A J

Mia Blumkist

Ich liebe was, was du nicht siehst

atb aufbau taschenbuch

Mia Blumkist, aufgewachsen an den Rändern der deutschen Sprache, wollte Seiltänzerin werden, tanzt heute aber bloß anderen auf der Nase herum. Sie ist Viel- und Gerneschreiberin und arbeitet als Werbetexterin. »Ich liebe was, was du nicht siehst« ist ihr erster Roman.

Franziska und Paula haben es sich ziemlich gut eingerichtet in ihrem Singleleben: Hauptsache, sie sind füreinander da. Männer? Fehlanzeige oder Randerscheinung und im Grunde unwichtig. Der wird sich schon irgendwann zeigen, der Traumprinz. Doch dann naht Paulas fünfunddreißigster Geburtstag, und auf einmal bekommt sie Panik: Was, wenn nicht? Schließlich ist die Wahrscheinlichkeit, dass eine Frau über fünfunddreißig einen freien und halbwegs intelligenten Mann findet, so groß wie die Chance, in der Arktis von einem lilafarbenen Pudel zerfleischt zu werden. Das zumindest behauptet ihre Arbeitskollegin und Beziehungsexpertin Cornelia. Also muss schnell ein Mann her – und wo findet man den besser als bei einem Dating-Seminar. Oder etwa nicht?

MIA BLUMKIST

Ich liebe was, was du nicht siehst

ROMAN

atb aufbau taschenbuch

ISBN 978-3-7466-3136-3

Aufbau Taschenbuch ist eine Marke der Aufbau Verlag GmbH & Co. KG

1. Auflage 2015

Umschlaggestaltung Mediabureau Di Stefano, Berlin
unter Verwendung eines Motivs von
© plainpicture/Readymade-Images/Denise Boomkens
Druck und Binden CPI books GmbH, Leck, Germany
Printed in Germany

www.aufbau-verlag.de

There is a crack, a crack in everything
That's how the light gets in
Leonard Cohen

Abschied vom Periodenmann

»Komm.«

Keine Bitte – ein Befehl.

»Jetzt?«

»Sofort.«

»Dringend?«

»Was ist das für eine Frage?«

»Alles klar«, sagt Franziska.

»Mit wem redest du?«, ächzt Marco.

»Paula.«

»Was?«, fragt Paula.

»Marco«, zischt Franziska. »Er ist hier.«

»Bei dir?«

»Sozusagen«, sagt Franziska und steigt von Marcos Schoß, mit nichts anderem bekleidet als ihrem Handy.

»Tut mir leid«, sagt sie. »Ein Notfall. Ich muss weg.«

»Hier auch Notfall«, grummelt Marco und deutet auf sein Mittelstück, doch Franziska sammelt bereits ihre Kleidung vom Boden auf und fischt nach ihrem Slip, der sich in den Falten des Heizkörpers verfangen hat.

Die Nachmittagssonne taucht die Szenerie in gnädiges Licht.

»Das erledigen wir später«, antwortet sie.

Einem Mann muss man immer eine Belohnung in Aussicht stellen.

»Erledigen? Später?« Marco sieht sie an, als spräche sie Kisuaheli.

Wenn Franziska ehrlich ist, dann tut er ihr ein wenig leid. Wie er so dasitzt. Alles an ihm ist enttäuscht. Die Sorgenfurche zwischen seinen Augenbrauen, die noch tiefer scheint als sonst; die Mundwinkel, die in Richtung Erdmittelpunkt zeigen. Sogar seine Ohren wirken traurig und schlapp.

»Bin doch gleich wieder zurück«, sagt sie.

»Ich dachte, wir hätten ausgemacht, dass wir nicht telefonieren ... während – also, während wir uns lieben«, murmelt er.

Beinahe hätte Franziska geantwortet: Wir lieben uns doch gar nicht. Was wir gerade getan haben, rangiert unter Mitleidssex und muss weder zwingend weitergeführt noch beendet werden.

Doch dann hätte Marco zu einer Grundsatzdiskussion angesetzt, und Franziska hätte erst recht nicht abhauen können, deshalb sagt sie: »Was kann ich dafür, wenn Paula anruft?«

Marco nickt düster, offenbar ist ihm bewusst, dass bei Nennung dieses Namens der Spaß aufhört. Franziska hat es ihm doch schon tausendmal erklärt: Paula ist ihre Universalfreundin. Muss man mehr sagen? Mit einem Universalreiniger putzt man sowohl Klo als auch Küche, in einem Universalkochtopf lässt sich Hummer ebenso zubereiten wie Gulasch. Mit einem Universalschlüssel schließt man Dachboden und Keller auf.

Mit einer Universalfreundin ist es ähnlich: Immer und überall ist sie für einen da. Eine Freundschaft wie ein Lottogewinn. So fühlt es sich an. Als seien sie nur noch per Kernspaltung zu trennen. Gegen eine Universalfreundin hat ein

Periodenmann nicht den Funken einer Chance, das wird Marco früher oder später begreifen müssen.

Periodenmänner – so nennen Franziska und Paula die Männer, für die der Begriff »Lebensabschnittspartner« zu schicksalsschwer scheint. Außerdem verleiht der Begriff »Periode« der ganzen Angelegenheit einen künstlerischen Touch. Man kann etwa sagen: »Ich durchlebe gerade eine kreative Periode«, wenn der Lover am Wochenende an seinem Modellbauflugzeug herumschraubt. Trinkt er öfter mal einen über den Durst, spricht man von einer »blauen Periode«, und wenn es in der Folge zum unvermeidbaren Bruch kommt: »Meine Periode ist vorzeitig zu Ende.«

Neben dem Periodenmann und dem Lebensabschnittspartner gibt es in Paulas und Franziskas Partner-Typologie noch eine dritte Sorte: den Phasenmann. Eine Phase dauert länger als eine Periode, ist aber kürzer als ein Lebensabschnitt. Um sich zum Phasenmann zu qualifizieren, benötigt der Periodenmann einhundert Punkte. Abzüge gibt's für Hypochondrie (»36,9 Grad! Du kannst die Bestattung anrufen«), weibisches Verhalten (Schuhe online bestellen, die Orientierung verlieren) und vor allem für Kritik an der Universalfreundin. Das geht gar nicht.

»Bleib bei mir«, jammert Marco, als Franziska in ihre Schuhe schlüpft. Dieser Mann ist egoistisch, und es mangelt ihm an Einfühlungsvermögen.

»Ich kann nicht bleiben, es ist etwas passiert«, sagt Franziska und betont jedes Wort, als spräche sie mit einem Vorschulkind. »Paula heult.«

Paula heult durchschnittlich drei Mal am Tag, insofern ist das nicht gelogen.

»Och.«

»Den ironischen Unterton kannst du dir schenken.«

»Ironisch? Ich hab sie bedauert. Und dich dazu. Weil du jetzt zu ihr fahren musst.«

Franziskas Hand liegt schon auf der Türklinke. Soll sie darauf antworten?

Irgendwann hast du ein Alter erreicht, wo du die Zukunft vor dir ausgebreitet siehst wie einen hässlichen Teppich, denkt sie. Sie weiß genau, was jetzt kommt.

Es geht doch darum, dass man seinen Freundinnen beisteht, würde sie sagen, und Marco würde antworten: Besonders den verrückten, nicht wahr, und Franziska würde daraufhin entgegnen: Wenn einer den Verrückte-Freunde-Contest gewinnt, dann wohl eher du, und er: Sonst noch was? Passt dir meine sexuelle Performance vielleicht auch nicht? Und Franziska: Weil du's grad erwähnst – in der Tat! Du brauchst sie erst gar nicht mit englischen Vokabeln aufblähen, das macht sie nicht besser, und er: Dann fahr doch in dieses Irrenhaus, und weißt du was? Bleib gleich dort.

Daraufhin würde Franziska entrüstet sein. Das ist *meine* Wohnung, würde sie sagen. Falls du es vergessen haben solltest.

Und er: Gut, dass du mich daran erinnerst. Ich packe meine Sachen und geh. (Wobei er ohnehin nur zwei Funktionsunterhosen mit Komfortbündchen bei ihr zwischengelagert hat.)

Franziska: Mach doch!

Er: Geh doch!

Franziska: Los!

Er: Los!

Würde er sagen. Wenn sie den Mund aufgemacht hätte.

Stattdessen rechnet sie stumm. Zwanzig Minuspunkte für

die Paula-Herabwürdigung, noch mal zehn für den Streit, den er angezettelt hat, weitere fünf für die Justin-Bieber-Gedächtnisfrisur – auf dem Schädel eines erwachsenen Mannes vollkommen indiskutabel.

Eine schmerzhafte Periode sozusagen.

Den Phasenstatus kann sich Marco bis auf weiteres abschminken.

Franziska zieht die Tür zu. Sie bleibt stehen, horcht, hält den Atem an.

Alles still.

Der Fluch des Einhorns

Unten angekommen, steigt Franziska in den Wagen, lässt den Motor an und wirft einen Blick hinauf zu ihrem Balkon. Wird Marco auf sie warten? Am Anfang ihrer Beziehung – falls dieses Wort überhaupt zutrifft – wäre er herausgetreten, hätte ihr nachgewinkt. Ein letzter, freundlicher Gruß. Typisch Marco. Seit einiger Zeit zeigt er ihr nur noch ein beleidigtes Gesicht. Wie schnell doch alles sauer wird, denkt Franziska und gibt Gas.

Am Anfang macht es *bäng*, und du denkst, dass das Universum explodiert. Mindestens. Aber schon nach kurzem blättert der Lack ab, und zum Vorschein kommt eine fade Milchstraße, in der ein Stern nach dem anderen traurig verglüht.

Der gute alte Abgrund zwischen Erwartung und Wirklichkeit. Als kleines Mädchen wünschte sich Franziska ein Pony, um ihm ihre rosa Schultüte zwischen die Ohren zu kleben. Sie wäre die Einzige gewesen mit einem leibhaftigen Einhorn. Der Star in der Klasse. Endlich. Stattdessen bekam sie ein Meerschweinchen, das noch dazu auf einem Auge blind war. Aus dem Tierheim, denn Mama hatte ein Herz für die geschundene Kreatur. Dass Franziska zum Gespött ihrer Freundinnen wurde, schien sie nicht zu beeindrucken. Natürlich hatte Franziska die Ankunft des Einhorns schon hinausposaunt. Nach dieser Schmach wollte niemand mehr Sammelbildchen mit ihr tauschen.

Mit den Männern ist es doch ähnlich, denkt Franziska. Du wünschst dir einen Til Schweiger und kriegst einen Marco Schnotz, der die Frage *Wann machen wir mal was Kulturelles?* beantwortet mit: *Ich war doch gestern erst beim Fußball.* Egal, denkst du dir am Anfang. Der Typ begehrt dich. Das kriegst du nicht an jeder Ecke! Also steigerst du dich ordentlich hinein, bis du nach wenigen Wochen zu der Erkenntnis kommst: wieder nur so ein halbblindes Meerschwein.

Früher hat man gesagt: Sei froh, da kommt was Besseres nach. Eine Tür schließt sich, dafür öffnet sich die nächste. Geht das eigentlich immer so weiter, oder ist irgendwann Schluss, so nach dem Motto: *Für dich habe ich heute leider keine Tür.*

Das Handy singt die Pippi-Langstrumpf-Titelmelodie.

»Ja?«

»Wo bleibst du?«

Ungeduld, dein Name ist Paula.

»Ich bin unterwegs.«

»Mit Blaulicht, hoffe ich.«

»Mein Gott, ich bin doch nicht allein auf der Straße!«

Freitagnachmittag, alles verstopft. Jeder will zurück in seine Höhle, in freudiger Erwartung des Mammutbratens. Sie haben zumindest ein Zuhause. Jemand, der wartet.

Rote Welle, auch das noch. Franziska seufzt, dreht am Radioknopf. Eine unerträglich gut gelaunte Moderatorin sagt Dinge wie: »Auf der Schüttelstraße werden Sie geblitzt, Lippenstift nicht vergessen« und »Auf der Südosttangente hat ein LKW eine Ladung Bier verloren. Auf der Gegenfahrbahn bleiben immer wieder Schau- und Trinklustige stehen. Bitte fahren Sie weiter!«

Telefon.

»Was ist denn schon wieder?«

Schluchzen. »Erischnichgekomm…«

»Was? Paula? Wer ist –?«

Grün. Der Hintermann hupt und gestikuliert. Sie fährt an. Der Hintermann auch. Er schert aus, überholt, öffnet das Fenster, steckt eine Kelle raus. HALT! POLIZEI.

O nein. Was für eine fiese Falle. Auf dem alten Fiat haftet doch sogar ein »Jessica-Jacqueline fährt mit«-Aufkleber.

Franziska lässt das Handy fallen und lenkt das Auto im Schritttempo an den Rand. Herzflattern.

Ein gutaussehender – um nicht zu sagen: granatenmäßig scharf aussehender Polizist mit tilschweigermäßigem Grübchen am Kinn setzt in Zeitlupe sein Käppi auf. Während er zu ihrem Wagen schlendert, überprüft er den Sitz seiner Pistole.

Franziska öffnet das Fenster und setzt ihr Ich-war's-nicht-ehrlich-nicht-Gesicht auf.

Der Polizist lugt hinein. »Sie haben während der Fahrt telefoniert.«

Kein *Guten Tag*, nichts.

»Guten Tag«, antwortet Franziska und versucht zu lächeln.

»Das macht fünfzig Euro«, sagt der Typ und zückt den Knöllchenblock.

»Das kann nicht sein!« Eigentlich wollte sie Contenance bewahren, daraus wird nun nix. »Ich habe mich nur am Ohr gekratzt, seit wann ist das verboten? Außerdem habe ich kein Handy dabei!«

Stahlgraue Augen, die sie mustern. »Wie Sie wollen. Dann steigen Sie bitte aus.«

Übelkeit. Schnappatmung. Franziska versucht unauffällig, das Telefon mit dem Fuß unter den Sitz zu befördern. Und dann, gerade als sie die Tür öffnet und ein Bein auf die Straße stellt, beginnt es zu klingeln.

Zwei mal drei macht vier, widewidewitt und drei macht neune.

Scharf gebügelte Falten neben dem Mund. Der zuckt nicht mit den Wimpern. Was kommt jetzt? Handschellen? Verhör im Kommissariat? Strenge Kammer?

Ich mach mir die Welt, wiedewiedewie sie mir gefällt –

»Wollen Sie nicht rangehen?«, fragt Til, der Polizist.

Hände in den Hüften, Gewicht auf einem Bein. Mister Arrogant.

»Mein … meine Freundin«, stottert Franziska. »Sie bekommt ein Baby. Jetzt. Gerade. Ich muss … zu ihr.« Was für ein Unsinn. »Ich hab ihr versprochen, sie zu begleiten. Ins Krankenhaus, meine ich. Damit sie nicht ganz so … alleine ist. Sie ist nämlich. Ganz. Allein. Es ist entsetzlich.«

Ich hab ein Haus, ein kunterbuntes Haus, ein Äffchen und ein Pferd –

»Soll ich einen Krankenwagen holen?«, fragt Til.

»Nicht nötig«, ruft Franziska schnell. »Der ist schon unterwegs. Ich muss ihr die Hand halten, wissen Sie. Wegen der – äh, Zwillinge.«

»Gleich zwei?«

»Äh, ja. Wenn nicht sogar … drei. Also Drillinge. Manchmal versteckt sich eins hinter dem anderen, wissen Sie. Wie auf dem Schulhof.«

Sie lacht hysterisch. Tils Aufmerksamkeit hat sie jedenfalls.

»Das hab ich ja noch nie gehört. Dass sich eins hinter dem anderen versteckt.«

»Ja, doch … ist so.« Franziska nickt bedeutungsschwer. Endlich gibt das Handy Ruhe.

Til kritzelt etwas auf den Block. Bestimmt notiert er ihr seine Telefonnummer. Für den Ernstfall. Falls sie doch seine Hilfe braucht. Vielleicht drängt es ihn aber auch, sich mit einer mitfühlenden Person, wie sie es ist, privat zu treffen. Womöglich will er ihr bei einer Latte macchiato tief in die Augen schauen, bis hinab in die Abgründe ihrer Seele.

Sie wird ihm sagen, dass er die Uniform ruhig anbehalten kann.

Alles wird gut.

Endlich reißt er das Blatt ab, hält es ihr entgegen.

»Zahlen Sie bar oder mit Karte?«

Ewige Bestenliste

Die fünfzig Euro waren für die Schmetterlingsbluse reserviert, die Franziska letzte Woche anprobiert hatte. Acryl, aber gutes Acryl. Fühlte sich gar nicht nach Kunstfaser an. Und kaschierte die Frühlingsrollen an ihren Hüften hervorragend. *Figurschmeichelnd* heißt das in der Fachsprache. Darum hat dieser Hilfsgendarm sie gerade gebracht: um eine vielleicht lebensentscheidende Gelegenheit, eine figurschmeichelnde Textilie zu erwerben und damit den Traummann zu bezirzen.

Noch drei Straßen weiter glüht Franziskas Kopf wie eine rote Ampel. Sie hat die Banknote rausgerückt und die Quittung sofort zerknüllt. Der Polizist hat nichts gesagt, nicht einmal *danke*, ist nur lässig zu seinem Wagen zurückgeschlendert. Wetten, dass der gar kein Kind hat, das Jessica-Jacqueline heißt? Wahrscheinlich ist das der Name seiner Freundin, die mit verbissener Miene und abgebissenen Kunstnägeln mit Leopardenmuster daheim auf dem Alcantara-Sofa sitzt, Gala liest und darauf wartet, dass ihr Held von seinen Beutezügen zurückkehrt.

Von dem Zwischenfall mit dem Freund und Helfer wird sie Paula jedenfalls nichts erzählen, beschließt Franziska, denn sonst müsste sie ja auch zugeben, dass sie ihr Zwillinge, wenn nicht sogar Drillinge angedichtet hätte, und diese Pointe hebt sie sich für eine bessere Gelegenheit auf.

Paula wohnt im Hamsterweg in einem gräulichen Nachkriegsklotz, dem man noch nie eine Renovierung gegönnt hat. Im Erdgeschoss befindet sich der legendäre *Wurstkönig*. In unmittelbarer Nachbarschaft hat das Bordell *Mon Chéri* seine sündigen Pforten geöffnet. Um dem Etablissement einen seriösen Touch zu verleihen, hat Bordellbesitzer Hans Blaschitz, der gleichzeitig Paulas Vermieter ist, statt der üblichen schummrigen Beleuchtung ein eiskaltes Licht gewählt. Aus der Entfernung wirkt das *Mon Chéri* jetzt wie eine Tagesklinik für Schönheits-OPs, denkt Franziska und fragt sich, wann es bei ihr so weit sein wird: Venen, Falten, Flecken, die ausradiert, gelasert, wegoperiert werden, bis sie eines Tages nicht mehr verjüngt, sondern nur noch komisch ausschauen wird, eine Außerirdische vom Planeten Botox. Welche Fratzen das Alter aus einem schnitzt, kann man nicht nur in der Gala, sondern auch zwei Häuser weiter im *Wurstkönig* bewundern. Wenn sie ehrlich ist, dann fürchtet sich Franziska aber nicht nur vor dem Verfall, sondern auch vor dieser verfallenden Gegend. Sie zwielichtig zu nennen wäre noch zu freundlich. Jetzt wäre es schön, einen Beschützer neben sich zu wissen, am besten einen, der sie auch ohne figurschmeichelnde Bluse einfach nur hinreißend findet. Sie parkt den Wagen unter einer Linde respektive einem Ahorn – unter einem Baum eben – und steigt aus.

Vor dem *Mon Chéri* knallt eine Autotür. Franziska beschleunigt ihren Schritt, als sie ein »Fräulein, Fräulein, jetzt warten Sie doch!« vernimmt. Sie wagt einen kurzen Blick. Es ist *Mon Chéri* -Besitzer Blaschitz in seinem schlecht sitzenden Anzug. O nein, bitte nicht. Was will der von ihr? Blaschitz sieht aus wie ein in die Jahre gekommener Jockey: untersetzt, o-beinig, Röntgenblick, mit dem er nicht nur durch die Kleidung, sondern angeblich auch durch Wände gucken kann.

»Bleiben Sie stehen!«, keucht er.

»Keine Zeit«, ruft Franziska. »Tut mir leid.« Es tut ihr natürlich nicht leid, aber Höflichkeit ist eine unschlagbare Waffe, wenn man etwas nicht tun will.

»Ihre Freundin soll mich anrufen!«, brüllt Blaschitz ihr hinterher.

Paula wird sich freuen. Seit Jahr und Tag bemüht sich Blaschitz darum, Paula als Servicekraft für seine Lokalität zu gewinnen. Nur für hinter der Bar, sagt er. Klar. Paulas letzter Wille: ein Job im *Mon Chéri*.

Ein wenig beleidigt ist Franziska schon, dass Blaschitz nie auf die Idee kommt, *ihr* den Job anzubieten (den sie selbstredend entrüstet ausschlagen würde). Aber so ist das eben: Wer mit einer Naturgewalt wie Paula befreundet ist, darf sich nicht beschweren, wenn man in ihrer Gegenwart unsichtbar wird.

Franziska klingelt bei Kohm, Hamsterweg 3, Tür 26. Beinahe im selben Augenblick summt es. Offenbar hat Paula neben der Gegensprechanlage Wache gehalten.

Paula steht im Flur. Die Haare vom Winde verweht, der Mascara malerisch verronnen, die Wangen rot gefleckt.

»Na endlich«, ruft sie, als Franziska aus dem Lift steigt. »Wo warst du so lange?«

Eine Beschwerde statt einer Begrüßung – die Frau hat ja keine Ahnung, welche Entbehrungen man ihretwegen in Kauf nimmt.

»Marco hat einen Aufstand gemacht«, sagt Franziska. »Nur damit du Bescheid weißt. Wir haben Monatstag.« Das fügt sie hinzu, um Paula wenigstens den Hauch eines schlechten Gewissens zu verpassen. Den Monatstag feiert man mit Periodenmännern, damit man überhaupt etwas zu feiern hat. Bis zum Jahrestag ist es nämlich meist schon wieder aus und vorbei.

»Sei froh«, sagt Paula und winkt Franziska hinein.

Mit dem schlechten Gewissen hat Paula es nicht so. Dass sie Marco für eine mittelmäßige Wahl hält, daran hat sie nie auch nur den geringsten Zweifel gelassen.

Paulas Flur – unter normalen Umständen ein Schlachtfeld, auf dem sich verwundete Taschen und abgelatschte Schuhe mit verkrusteten Sohlen ein Stelldichein geben – blitzt und blankt, dass es die reine Freude ist.

»Das wär aber nicht notwendig gewesen«, sagt Franziska, als sie aus den Pumps schlüpft.

»Ist auch nicht wegen dir«, sagt Paula.

Nee klar. Es geht nichts über Ehrlichkeit.

Sie traben ins Wohnzimmer, wo die Bee Gees »Night Fever« jaulen. Paula muss es wirklich schlecht gehen, wenn sie auf den Trost der Gebrüder Gibb setzt. Doch Franziska vergibt ihr sogar ihren Musikgeschmack. Schließlich werden sie sich in der Senioren-WG ein Zimmer mit Südbalkon teilen und dem jungen Pfleger heimlich Geld zustecken, damit er ihnen den richtigen Fernsehsender einstellt. In Anbetracht dieser Zukunftsvision rekapituliert Franziska Paulas Pluspunkte auf der ewigen Bestenliste. Da lässt man dann auch einiges durchgehen.

Was Franziska an Paula mag:

Erstens. Zum einen ist es immer praktisch, eine Freundin im Beste-Freundinnen-Portfolio zu haben, die zugleich dicker und selbstbewusster ist als man selbst. Tatsächlich ist Paula nicht vom leisesten Selbstzweifel angekränkelt. Das imponiert

Franziska. Paula ist sich ihrer Wirkung in jedem Augenblick bewusst. Trotz ihrer erstaunlichen Größe und Breite hat sie eine schmale Taille und ein langes Gesicht mit hohen Backenknochen, die sie ihrer russischen Großmutter verdankt. Auf Männer wirkt sie einschüchternd und anziehend zugleich. Als hätte der liebe Gott das Casting »Das Universum sucht die Superfrau« ausgerufen und alle weiblichen Zutaten zu einer neuen, explosiven Mischung vermengt. Frauen reagieren auf Paula mit einem Mix aus Verachtung und Neid, was Paula nicht im Geringsten irritiert. Ihr größter Vorzug ist nämlich nicht die Körbchengröße, sondern ihre Liebenswürdigkeit. Allem und jedem kann sie etwas Positives abgewinnen. Daher folgt nun

Zweitens. Paula sagt Sätze wie: »Gut, er trägt zwar weiße Socken und Sandalen, aber hast du seine Zähne gesehen? Die sind eins a, wie frisch von der Zahnfee!« – oder: »Delikate Party. Muss sich eben erst herumsprechen«, wenn sie um zwei Uhr nachts als einziger Gast an einem Cuba Libre nuckelt. *Delikat* ist übrigens eines von Paulas Lieblingswörtern. Im Paula-Universum kann alles *delikat* sein, nicht nur das Essen: die Party, die Schuhe, das Wetter.

Aus der Zusammenschau von Erstens und Zweitens ergibt sich

Drittens. Paulas Selbstbewusstsein ermöglicht es ihr, mit einer Durchschnittsfrau wie Franziska befreundet zu sein, ohne das Verachtungs-Maschinchen anzuwerfen. Paula findet sich delikat, wie sie ist, und Franziska findet es toll, dass sie sich delikat findet. Keine »Wir müssen mal ins Fitness-Center«-Jammerei, den Begriff *Diät* kennt sie nur in Verbindung mit Fahrtkosten, und dass ihre Oberschenkel wie antike Säulen aus den kurzen Kleidchen ragen, ist für Paula ein Grund zur

Belustigung. »Mal ehrlich, das Kleid könnte noch kürzer sein«, sagt sie dann und klatscht sich auf die Oberschenkel, dass die Tauben von der Dachrinne fallen. »Klingt gut, was?«

Paula ist eine Amazone im ursprünglichen Sinne des Wortes. Eine Kämpferin für das Edle und Gute – was ihre Anziehungskraft auf Männer nicht unbedingt erhöht. Franziska vermutet, dass sie einfach Angst haben vor Paula.

Viertens. Paula hat noch weniger Sex als Franziska. Nämlich gar keinen. Nichts, nada, zero. Aktuell dürfte sie sich bereits im Stadium der Re-Virginisierung befinden. Bedeutet: Wenn nicht bald was passiert, entwickelt sich Paula möglicherweise zur Jungfrau zurück. Selbstlos, wie Franziska nun mal ist, hat sie ihr angeboten, sich Marcos überschüssiger Energien zu bedienen, was Paula jedoch entrüstet ablehnte. Dabei kann Franziska der Idee des Männer-Sharings durchaus etwas abgewinnen. Man sollte voreinander keine Geheimnisse haben, wenn man

Funftens – später mal gemeinsam ins Betreute Wohnen ziehen will. Natürlich erst, wenn man alt und grau ist und verschrumpelt wie eine Rosine. Doch Paulas Stolz verbietet es ihr, emotionale Almosen anzunehmen. Am Erotik-Büfett würde sie sich niemals mit den kümmerlichen Resten zufriedengeben, wenn andere in Saus und Braus leben. Sie will nur das Beste. Und das bitte auf dem Silbertablett.

Nach zwei doppelten Baileys rückt Paula mit den Fakten raus.

»Clemens, achtunddreißig, Orthopäde. TOP SINGLE.«

Oha, ein Arzt! So etwas war noch nicht da. Aber Obacht, er ist TOP SINGLE, das bedeutet: Paula hat ihn in der gleichnamigen Internet-Singlebörse aufgegabelt. Wie man weiß, kann da einiges schiefgehen.

Franziska holt tief Luft, um die einzige Frage zu stellen, die zählt: »Habt ihr euch schon getroffen?«

Paula senkt den Kopf. Und tut dann etwas, was Franziska noch nie gesehen hat: Sie wischt sich verstohlen eine Träne von der Wange.

Scheint ernst zu sein. Sehr ernst.

Franziska gießt sich einen weiteren Baileys ein.

»Ich höre«, sagt sie.

Textile Nervennahrung

Eine halbe Stunde und achtzehn Papiertaschentücher später: Paula hat vier Mal »delikat« gesagt, zwei Mal »du hättest ihn sehen müssen«, drei Mal sprach sie von seiner Frisur, indem sie mit der Rechten eine Wellenbewegung über ihrem Kopf andeutete. Scheint ein knackiger Zeitgenosse zu sein, dieser Clemens. Trägt das richtige Aftershave und kein Gurkenwasser aus dem Drogeriemarkt, die passenden Socken (ohne Sandalen natürlich), und selbst sein Gebiss ist astrein.

Und der Pferdefuß? Weint sie vor Glück oder wie? Franziska wird ungeduldig.

Paulas Schwärmereien machen sie hungrig und unglücklich, was ungefähr dasselbe ist.

»Er ist ein *Traum*«, sagt Paula mit seltsam tonloser Stimme. »Einfach *wunderbar.*«

»Ja – und?«

»Heute wär das zweite Date gewesen.« Grabesstimme. »Er ist nicht aufgetaucht. Keine Nachricht, keine SMS, kein Anruf, kein Pieps. Vom Erdboden verschluckt. Ich wollte schon im Krankenhaus anrufen, in dem er arbeitet, dann ist mir eingefallen, dass ich seinen Nachnamen nicht kenne. Ich kann doch nicht im Krankenhaus fragen, ob ich Dr. SMARTY75 sprechen kann.«

Franziska verkneift sich ein Lachen.

»Du machst dich über mich lustig!« Anklagender Ton.

»Niemals«, sagt Franziska. »Bestimmt ist etwas dazwischengekommen. Kranke Mutti, kaputtes Auto, so was in der Art.« Das glaubt sie zwar selbst nicht, aber Paula benötigt jetzt eine Hoffnungsspritze.

Wenn das zweite Date schiefgeht, dann vergiss es.

Das ist einer der unverrückbaren Universal-Grundsätze, die sie einst in der »Fibel über den Periodenmann« niedergeschrieben haben.

Schiefgehen heißt: Er verspätet sich deutlich und ohne Grund. Er vergisst seine Kinderstube, öffnet einem nicht die Autotür, bringt kein Geschenk mit. Beim zweiten Date muss jeder Mann förmlich nach der Aufmerksamkeit der Dame hecheln, er muss seine Gentleman-Qualitäten herausstreichen, als hinge sein Leben davon ab. Die Niederungen des Alltags kommen früh genug und sind tiefer als befürchtet.

»Ich hab noch nie einen Mann getroffen, der mich nach dem ersten Date … so …« Paula ringt nach Worten. »Clemens ist wie ein Erdbeben. Er hat mich erschüttert.«

Paula wird poetisch. Höchste Alarmstufe.

»Als ich ihn das erste Mal gesehen hab, da dachte ich, dass er vielleicht … dass er der Richtige für … weißt du, dass wir, also Clemens und ich …«

Franziska verschluckt sich beinahe an einem Wasabi-Nougat-Keks.

Das hört sie zum ersten Mal aus Paulas Mund. Da muss sie erst ganz tief Luft holen. »Du meinst … du wünschst dir einen –« Sie traut sich kaum, das Wort auszusprechen. »Einen … Lebens –, einen Abschnitts –«

»Ich bin bald fünfunddreißig, Franzi. Das ist eine Schallmauer. Das weißt du so gut wie ich.«

Jetzt sind sie also da: die ersten Anzeichen geistigen Verfalls. Paula hat sich nun auch infiziert. Mit dem *Morbus Kleinfamilie*, der zahlreiche Freundinnen aus Jugendtagen in Doppelhaushälften mit Thujenhecke gespült hat. Gerade die, die's am wildesten trieben, verwandelten sich per Spontan-Mutation in die eifrigsten Hausmütterchen unter der Spüli-Sonne. Fehlt nur noch, dass Paula tatsächlich das Thema Kinderkriegen anspricht. Die Einsamkeit der leeren Gebärmutter. Sie hätte Til, dem Polizisten, keine Lüge auftischen sollen. Das war doch eine selbsterfüllende Prophezeiung. In einem Moment sagst du Unsinn und meinst es nicht so, nur um im nächsten Augenblick von der Realität überholt zu werden.

Und plötzlich hat Franziska eine Vision. Sie sieht sich zusammen mit Paula im Betreuten Wohnen, hässliche Acryldecken über den ramponierten Knien, bei der Lektüre des Wochenspeiseplans. Das ist es, was bleiben wird, wenn der Traum vom bürgerlichen Leben endgültig verpufft ist: die Wahl zwischen Rindfleisch und Makkaroni. Zum Nachtisch: Apfelmus. Das flutscht nur so an den Dritten vorbei. Für den Sonntagabend-Tatort wird ihr Augenlicht nicht mehr ausreichen, dafür werden sie sich gemeinsam an die gute alte Zeit erinnern.

– Weißt du noch, damals, als ich in der Krise war? Wegen des Orthopäden? Chris hat er geheißen. Nein, Clemens. Das war's.

– Wann warst du *nicht* in der Krise?

Der junge und attraktive Pfleger – in diesem Zustand wird ihnen alles jung und attraktiv erscheinen, das noch eigene Zähne im Mund hat – wird ihnen vorsichtig das Apfelmus vom Kinn tupfen und eine Folge der *Lindenstraße* in den

Hologramm-Fernseher einspielen, auf dass Mutter Beimer ihnen den Kreislauf stabilisiere.

Filmriss.

Franziska erhebt sich vom Sofa, was angesichts der viereinhalb Gläser Baileys nicht ganz einfach ist.

»Zieh dir was an«, sagt sie zu Paula. »Wir gehen.«

Manchmal hilft nur noch eins.

Mareike Moden. Drunter, etwas schief, dafür in blinkenden Lettern: OUTLET. Ein Wort mit Zauberkraft, das in der Lage ist, Paula ein Lächeln ins Gesicht zu zaubern. Und das will was heißen, denn das ist weder dem Alkohol noch vierzehn Wasabi-Nougat-Keksen gelungen.

Über den übervollen Kleiderständern, die die Blicke magisch auf sich ziehen, gleißt das gnadenlose Neonlicht wie eine ewige Sonne. Da sieht die Welt doch gleich anders aus! Seit sie die heiligen Hallen ehrfurchtsvoll betreten haben, hat Paula weder den Namen Clemens erwähnt, geschweige denn das Wort »Orthopädie«, »Arzt« oder »Date« in den Mund genommen. Stattdessen sagt sie: »Das hier, das hier, das hier, in meiner Größe, schnell! Verdammt, wo hängt meine Größe?«

Es ist kurz vor Ladenschluss. Dort, wo es sich normalerweise staut wie auf der Außenringautobahn vor einem Feiertag, herrscht wohltuende Ruhe.

Die Verkäuferinnen, die in kleinen Grüppchen zusammenstehen und offenbar ihre Pläne für den Feierabend besprechen, sehen aus, als hätten sie zur Jahrtausendwende das letzte Mal etwas gegessen. Ungeschickt, findet Franziska, die erst kürzlich gelesen hat, dass mollige Verkäuferinnen mehr verkaufen als Hungerhaken. *Du darfst nicht dünner oder hübscher als deine Kundinnen sein.* Auch so ein in Stein gemeißelter Grundsatz.

Ach, da hängt sie, die Schmetterlingsbluse. Wehmütiges Wiedererkennen. Franziska streicht zärtlich über den Dreiviertelärmel, der ihr wahnsinnig gut stehen müsste. Gerade bei etwas kräftigeren Oberarmen peppt so ein über den Ellenbogen reichender Ärmel unheimlich auf. Zugleich kaschiert er die etwas zu voll geratenen Teile der Anatomie und lenkt den Blick auf das schmale Handgelenk. Ein Modetrick, der die Jahre bis zur Oberarmabsaugung überbrücken muss.

Neunundvierzig neunzig. Doch leider, leider steckt der Fünfziger in der Geldbörse des Polizisten. Vielleicht hat er ja nicht mal eine Börse und den erbeuteten Fünfziger mit einer schnöden Geldklammer achtlos an die anderen Geldscheine geheftet. Einfach nur tragisch.

Einmal nur hineinschlüpfen, denkt Franziska und hat schon die Bluse vom Bügel gepflückt. Vor den Umkleidekabinen trifft sie auf Paula, die einen Berg Klamotten in den Armen trägt.

»Delikate Bluse«, sagt Paula. »Aber hast du die nicht schon letzte Woche anprobiert?«

In der Umkleidekabine ist es stickig und eng. Auf dem Boden tanzen Staubmäuse. Es riecht nach billigem Deo und Verzweiflung. Ein Spiegel wurde nicht montiert, damit man rausmuss vor die Spiegelwand, um von den Blicken der zaundürren Verkäuferinnen gedemütigt zu werden. Sado-Maso-Laden.

Franziska schlüpft aus den Schuhen, zieht das Kleid über den Kopf, legt es auf den Hocker. Dumm, dass sie keine Jeans angezogen hat. Nun wird sie die Bluse mit untenrum nichts probieren müssen. Der fließende Stoff schmeichelt ihrer Haut. Sie sieht an sich herunter. Ja, doch. Ein Traum. Sie überlegt, die Bluse irgendwo im Laden zu verstecken und wieder herauszuholen, wenn das nächste Gehalt eingetrudelt ist. Um ganz sicherzugehen, sollte sie aber doch einen Blick in den Spiegel werfen. Sie lüftet den Vorhang. Die Spiegelfront, so breit wie in einem Ballettstudio, ist verwaist.

Perfekt. Sie schlüpft hinaus, mit nackten Beinen, barfuß, dreht sich vor dem Spiegel. Die Bluse fällt locker über den Bauch.

Entscheidend ist übrigens, wie man von hinten aussieht. Profitrick. Weil einen so ja die anderen sehen. Die Vorderansicht täuscht mitunter, dessen muss man sich bewusst sein. Deshalb stellt sie sich jetzt mit dem Rücken zum Spiegel und verdreht den Kopf, um einen Blick von ihrem Heck zu erhaschen.

In diesem Moment öffnet sich mit einem entschlossenen *Rrratsch* der Vorhang der ersten Kabine, und eine Miss Alpenvorland tritt vor den Spiegel. Blonder Bob, Silikonvorbau, eine Taille, so schmal wie Franziskas Unterschenkel. Sie trägt ein schwarzes Neckholder-Kleidchen mit applizierten Swarovski-Steinchen und High Heels.

Instant-Scham. Als Franziska so dasteht neben dieser Gestalt, in dem halbtransparenten Blüschen und den ebenso stämmigen wie blassen Oberschenkeln, da möchte sie am liebsten mit den Schmetterlingen davonfliegen.

Doch gerade als sie mit einem Hechtsprung hinter den rettenden Vorhang ihrer Umkleidekabine verschwinden will, hört sie ein ebenso überraschtes wie durchdringendes »Franziska!« aus Männermund. Erstarrung. O nein. Boden, tu dich auf. Springflut, ich bin bereit. Neonlampen, zerspringt, habt ein Einsehen.

Die Stimme gehört Jens, dem sie letztes Jahr irrtümlicherweise ihr Herz geliehen hatte. Die unerfreuliche Episode – von einer Phase konnte man gar nicht sprechen – dauerte nicht einmal drei Wochen. Der Typ mit dem Selbstbewusstsein eines russischen Oligarchen machte in Aktien, wahrscheinlich hat er Griechenland in die Pleite gestürzt. Und er war ein Profi in Sachen Selbstbewusstseins-Demontage. Nach diesem Intermezzo war Franziska bereit für die Burnout-Klinik.

Dieser Jens stellt sich nun jedenfalls neben die hochhackige Schönheit und zwickt sie ins Hinterteil. Das Produkt der ästhetischen Chirurgie quietscht pflichtbewusst. »Du bist eine Wucht, Kathi-Schatz«, sagt er. Und: »Ach, übrigens – das ist Franziska, sie arbeitet im Callcenter. Nicht, was du glaubst, haha, sie verkauft Kalender. Na, wie läuft das Geschäft, Franziska? Ganz ehrlich, ich würde an deiner Stelle was anziehen. Obwohl, am Telefon sieht man dich ja nicht, haha.«

Franziska lächelt dümmlich und schlingt sich den Vorhang um ihre Oberschenkel.

Kathi-Schatz hebt den Mundwinkel, um ein Lächeln anzudeuten, kurz darauf dreht sie sich wieder wollüstig vor dem Spiegel. Eitel bis zum Abwinken. Jens steht daneben und macht »Hmm« und »Hooo!«.

Endlich kann Franziska in die Kabine zurückschlüpfen. Die Wut ist ein heißer Stein, der in ihren Innereien wirbelt. Manchmal hilft es, wenn man sich detaillierte Racheszenarien ausmalt. Jens auf dem Klo ohne Klopapier, in Griffweite nur das schwarze Kleidchen mit den Swarovski-Applikationen. Oder: Der Exekutor klopft an die Tür. »Herr Jens Wotruba? Ich muss Ihnen leider einen Kuckuck auf die Stereoanlage kleben. Sie haben sich bei den Schweinebäuchen ordentlich verspekuliert, alles ist weg.« Jens beim Arzt wegen einer Viagra-resistenten Erektionsstörung. Das ist niederträchtig, aber es tut gut. Das tut richtig gut.

Vor lauter Aufregung hat Franziska in die Bluse geschwitzt, auch das noch. Kreisrunde Flecken unter den Armen. Sie wird sie diskret zurücklegen und sich vom Acker machen.

»Franzi, bist du da?«

Das ist Paula.

Franziska steckt den Kopf aus der Kabine. Jens und Kathi-Schatz sind wie vom Erdboden verschluckt. Stattdessen dreht sich Paula in einer dottergelben Tunika vor dem Spiegel. Ein gelbes, unförmiges Zelt mit zwei Kamel-Höckern an der Vorderseite.

»Na?«, sagt Paula. Was so viel heißt wie: Findest du nicht auch, dass mir dieses Kleidungsstück hervorragend steht und meine Vorzüge herausstreicht, wie es kaum einem anderen textilen Werk je gelungen ist?

Jetzt heißt es vorsichtig sein. Lügen, aber nicht wie gedruckt, eher wie mit Wasserfarben gemalt – so, dass sich die Lüge problemlos wieder abtupfen lässt.

»Dein Teint wirkt etwas blass«, sagt Franziska. »Dieses Gelb ist schon sehr kräftig.«

Das sitzt. Paula guckt enttäuscht.

»Gelb ist Clemens' Lieblingsfarbe.«

»Aha«, sagt Franziska, und es klingt kläglich.

Was erwartet Paula? Dass ein Fußdoktor ihr zu Füßen liegt, bloß weil sie als Dotterblume verkleidet durch die Stadt spaziert? Seit wann hat frau mit einer Tunika je einen Mann rumgekriegt?

»Dann nimm sie«, sagt sie.

Wenn Paula ihre Hoffnung in ein Stück Stoff steckt, soll sie es tun. Sie wird dem jungen Glück nicht im Wege stehen.

Franziska schließt den Vorhang und fühlt sich plötzlich sehr allein.

Immer Anschluss unter dieser Nummer

Neun Uhr morgens in der Vorhölle. Jens hat schon recht, denkt Franziska. Beim Telefonieren sieht man sie nicht. Und darüber ist sie ehrlich gesagt nicht unfroh. Weil ja dieses Headset jede Frisur ruiniert. Am Abend schaust du aus, als hättest du den ganzen Tag einen zu engen Sturzhelm getragen, die Schnittlauchhaare sind am Oberkopf plattgedrückt, die Stirn ist in Falten gelegt, trüber Tunnelblick.

Ein Anruf geht ein. Franziska holt tief Luft. »Einen wunderschönen Morgen aus dem dreiundzwanzigsten Bezirk und einen guten Tag bei *Ihr schönster Kalender*, dem sympathischen Kalenderproduzenten, Sie sprechen mit Franziska Huppendorf, Ihrer fröhlichen *Ihr schönster Kalender*-Mitarbeiterin, die sich nichts Aufregenderes vorstellen kann, als Sie bestens zu beraten, was kann ich für Sie tun?«

In der Zeit, die Franziska benötigt, um ihren Spruch herunterzuleiern, hat der durchschnittliche Anrufer ein Drei-Gänge-Menü verspeist, inklusive Zigarette danach. Sie braucht schon lange keinen Spickzettel mehr, die Sätze haben sich eingegraben in ihre Erinnerung, als hätte sie einer mit dem Meißel hineingeschlagen.

Ihre Sorge ist eher, dass sie die Worte dort nie wieder rausbekommt. Selbst wenn sie die Karriereleiter erklommen hat und für einen internationalen Konzern das asiatische Verkaufsteam leiten wird, wird ihr bei jedem Klingeln des Telefons die *Ihr schönster Kalender*-Begrüßung auf der Zunge liegen. Ein Fluch.

Paula blökt denselben Stumpfsinn in den Hörer, bloß zwei Schreibtische weiter. Abkürzen ist streng verboten. Jedes Gespräch wird aufgezeichnet, außerdem gibt's Kontrollanrufe durch die Firmenleitung.

Die Dame am anderen Ende, sie heißt Flusenböck, fragt nach einem Kalender zum Thema Ostsee. Während sie spricht, checkt Franziska auf ihrem Bildschirm Bestellstatus, bereits gekaufte Kalender und die Bonität der Dame. Zahlt zwar in Raten, aber immer brav zurück. Was macht die bloß mit den vielen Kalendern? Im Vorjahr bestellte sie je einen Korallen-, einen Pferdebaby-, einen Irische-Landschaften- und einen Pandabär-Kalender.

»Ostsee«, sagt Franziska und scrollt durch das Motivangebot. »Wir hätten Nordsee im Angebot. Minus fünf Prozent. Aber nur heute!«

Die Losung lautet: Wenn ein gewünschter Kalender nicht lieferbar ist, eine Alternative vorschlagen und mit einem Rabatt koppeln, um über die Enttäuschung hinwegzutrösten.

Stille am anderen Ende der Leitung. Frau Flusenböck überlegt.

Franziska wirft Paula einen Blick zu. Paula hebt die Hände, als würde sie um himmlischen Beistand bitten. Hat wahrscheinlich eine Nervensäge am Apparat. Franziska deutet auf die Bahnhofsuhr, den einzigen Wandschmuck in dem kargen Großraumbüro. Bald bricht die Vormittagspause an, daran richtet sich Franziska moralisch auf.

Außerdem ist Franziska froh darüber, dass Paula ihr Arbeitsschicksal teilt. Gemeinsam haben sie hier angeheuert, gemeinsam werden sie das entwürdigende Schauspiel durchstehen.

Paula hat ohnehin die Ruhe weg. Für sie ist der Callcenter-Job eine notwendige Plage auf der Karriere-Rolltreppe, an deren oberem Ende Klunker und Glitzer warten. »Mal bist du die Taube, mal die Parkbank«, sagt sie. »Sobald wir diesen Taubenschlag hier verlassen haben, kann uns niemand mehr aufhalten.«

»Wie recht du hast«, antwortet Franziska an Tauben-Tagen.

»Deinen Optimismus möchte ich haben«, sagt sie an Parkbank-Tagen.

»Nein, nein, nein!«, tönt es an Franziskas Ohr. Frau Flusenböck ist unzufrieden. »Keine Nordsee. Nie mehr Nordsee!« Dann sagt sie mit tränenerstickter Stimme: »An der Nordsee hat mich der Klaus verlassen.«

Oh. Oh. Oh. Geradewegs ins Wespennest hineingestochen. Und jetzt? Ostsee-Kalender gibt's keine, den kann sie sich nur selbst basteln.

Franziska greift nach dem Telefonleitfaden. Sucht bei T nach Tränen, während Frau Flusenböck lautstark in ein Taschentuch trötet. Keine Tränen im Telefonleitfaden, die sind offenbar nicht vorgesehen, dafür stößt Franziska beim Buchstaben E auf »Emotionale Krise« und die dazugehörige Anweisung:

Sprechen Sie mit dunkler Stimme langsam auf die Anruferin/den Anrufer ein. Fragen Sie, wie Sie helfen können. Verweisen Sie auf unsere Kalender mit beruhigenden Landschaftsmotiven (Steine, Springbrunnen, Wasserfälle, Klangschalen-Arrangement auf Wiese).

Franziska räuspert sich. »Kennen Sie schon unseren Kalender mit Klangschalen auf einer Wiese?«

»Herta hat sie geheißen«, sagt Frau Flusenböck. »Hat auf Norderney in einem Strandcafé serviert. Ich sehe sie heute noch vor mir. Eine blonde Kleine, mit so einem Lachen, einem Grinsen, nein, wie sie den Klaus angegrinst hat! Sie hat es auf ihn abgesehen gehabt, von Anfang an hab ich es blitzen sehen in ihren Augen. Eine Schlange. Klaus hat immer gesagt, diese Insulanerinnen sind eine Wucht, eine Wucht sind die! Dabei war sie aus Neukölln. Heute lebt der Klaus bei ihr in so einer Hartz-IV-Burg, fragen Sie nicht.«

»Ich frage nicht«, sagt Franziska. »Auf den Klangschalen-Kalender kann ich Ihnen zwanzig Prozent geben«, sagt sie mit dem dunkelsten Timbre, das ihr möglich ist, »aber nur heute.«

»Kalender, immer nur Kalender, Sie mit Ihren verdammten Kalendern!«

Frau Flusenböck echauffiert sich. Franziska überlegt, sie an die Kollegen von Astro-TV weiterzureichen, dort gibt's möglicherweise eine Magierin aus der dritten Dimension, die dem Klaus und der Herta Filzläuse in den Schritt zaubern kann.

Nein, Frau Flusenböck möchte nun gar keinen Kalender mehr, weder Ostsee noch Atlantik, noch Mittelmeer, jeder Ozean ist ihr ein Gräuel, an jedem Wasser lauert die Erinnerung. Als Frau Flusenböck endlich auflegt, schält sich Franziska das Headset vom Kopf, legt das Gesicht in die Hände. Bitte, lieber Gott, mach, dass dieser Tag schnell vorübergeht.

Sie checkt ihr Handy. Kein Anruf in Abwesenheit, keine SMS. Seit dem letzten – brüsk abgebrochenen – Date hat sich Marco nicht mehr bei ihr gemeldet.

»Na, Fräulein Huppendorf? Unausgeschlafen?«

Achim Schroeder hat die Gabe, sich von einem Moment zum anderen zu materialisieren.

Franziska lässt das Handy in ihre Handtasche fallen.

»Ein wenig … Kopfschmerzen heute«, sagt sie.

Schroeder greift in die Sakkotasche und holt einen Blister mit Tabletten hervor. Mit einer nachlässigen Geste drückt er eine Kapsel aus der Verpackung und lässt sie auf ihren Schreibtisch fallen.

»Das sollte wirken«, sagt er. »Fünfhundert Milligramm. Auch für die etwas festere Konstitution.«

Er lacht schallend – während Franziska das macht, was sie immer macht, wenn sie wütend auf ihn ist: Stellt ihn sich mit einem Hirschgeweih auf dem Schädel vor. Und nackt, bis auf eine lächerliche Fell-Unterhose.

Franziska steht auf, bloß weg hier.

»Sie entfernen sich vom Arbeitsplatz, Fräulein Huppendorf?«

»Ich schlucke Tabletten am liebsten mit Wasser«, antwortet sie, bevor sie in Richtung Klo stapft.

Schroeder hingegen wandelt weiter an den Schreibtischen vorbei, so als sei er der Schöpfer höchstpersönlich, der am siebten Tage sein Werk bestaunt und findet, dass er einen guten Job gemacht hat.

Der Weg zum Klo ist gepflastert mit Motivationsparolen, die mit Rechtschreibfehlern gespickt sind:

ICH VERKAUFE WIE EIN WELTMEIHSTER!

ICH LIEBE ES, FÜR »IHR SCHÖNSTER KALENDER« ZU ARBEITEN!

WIR SIND DAS TIEM DER SIEGER!

Typisch Schroeder. Ein Legastheniker, dem ein Stein aus

der Krone fällt, müsste er seine schriftlichen Ergüsse vor Drucklegung korrigieren lassen. Stattdessen sind alle Mitarbeiter angehalten, Schroeders Privat-Orthographie zu übernehmen. WELTMEIHSTER. Wehe, man schreibt das anders.

Im Übrigen besteht Schroeder darauf, dass seine Untergebenen ihren Arbeitsplatz keinesfalls als Callcenter bezeichnen. Wegen des schlechten Rufs. Er hat wahnsinnige Angst vor Undercover-Reportern, die sich im Stern auf zehn Seiten über die Arbeitsbedingungen auf seinem Narrenschiff verbreiten könnten. Natürlich ist das noch nie passiert, keine einzige Undercover-Reportage, obwohl sie alle sehnlichst darauf warten und hinter jedem Neuen mit Schnauzer einen Wallraff erhoffen.

Franziska stürzt auf die Toilette, und gerade als sie ihre Frisur vor dem Spiegel zu ordnen versucht, schlüpft Paula durch die Tür.

»Conchita sagt, du hast dich mit Schroeder in die Haare gekriegt?«

Conchita heißt eigentlich Cornelia. Schwarzes, glattes Haar, Mandelaugen mit künstlichen Wimpern, Wespentaille.

»Sieht man das?« Franziska versucht, ihrem Vogelnest, das nicht mal bei Dunkelheit als Frisur durchgeht, ein zivilisiertes Aussehen zu verleihen. Dann lässt sie die Hände sinken. »Heute ist ein Parkbank-Tag. Alles beschissen«, sagt sie. »Und bei dir? Was Neues vom Fußdoktor?«

Paula verzieht den Mund. »Lassen wir das Thema. Was ist mit Marco?«

Paula kann unheimlich gut einen Ball zurückspielen.

»Aus und vorbei.«

»Traurig?« Paula legt ihr die Hand auf die Schulter.

Franziska zuckt mit den Schultern. Um diese Frage zu beantworten, müsste sie in sich gehen, doch dort war sie schon lange nicht mehr gewesen. Nur nicht in den Abgrund sehen. Nicht mal daran denken.

Franziska zeigt Paula die Tablette in ihrer Hand. »Eine milde Gabe von Schroeder. Gegen Schmerzen aller Art.«

»Runter damit. Andere Mütter haben auch hässliche Söhne.«

Da muss Franziska lachen. Hier, auf dem Klo des Callcenters, vor dem erblindeten Spiegel (ein Schachzug von Schroeder, um der Eitelkeit keinen Vorschub zu leisten), spürt sie wieder diese alte Verbundenheit mit Paula. Dieses Band, das manchmal durchhängt und hin und wieder verknotet ist. Aber es ist immer da. Wie die Sicherheitsleine eines Trapezkünstlers. »Such dir deine Freundinnen gut aus«, hat sie irgendwo mal gelesen, »sie werden deinen Ehemann überleben.«

Nicht, dass Marco ihr fehlt. Also als Mann. Eigenartigerweise sind es seine Geräusche und Gesten, die sie vermisst: Das Schmatzen, das entsteht, wenn er mit nackten Füßen über das Laminat tappt. Die Art und Weise, wie er den Kühlschrank öffnet, um den Inhalt zu inspizieren (vorsichtiges Öffnen, beinahe zärtlich, dann aber heftiges, enttäuschtes Zuwerfen). Dieses lässige Über-die-Stirn-Wischen, wie über ein Display, wenn er seine Frisur in Form zu bringen versucht. Jetzt war die Wohnung wieder ganz still.

Paula hat kein Ohr für ihre Wehleidigkeiten. Das vorzeitige Ende der Marco-Phase kommentiert sie mit einem einzigen Wort: »Endlich.«

»Das ist alles?«

»Du hast Besseres verdient.«

»Und wo find ich das?«

Da rutscht Paula mit dem Rücken die weiße Plastikwand entlang, bis sie hockt. Sie stützt den Kopf in die Hände. »Weißt du was: Wir bleiben übrig, ich sehe kein Licht«, murmelt sie. »Das war's dann.«

Sie greift mit der Hand hinter den Heizkörper und holt ein Zigarettenpäckchen aus dem Versteck. Das Rauchen auf dem Klo ist nicht nur streng verboten, sondern erinnert Paula auch an die Schulzeit, und das mag sie: sich wieder wie sechzehn fühlen. Frei, wild, das ganze Leben vor sich. Mit der Putzfrau hat sie einen Deal. Wenn sie das Zigarettenpäckchen in Ruhe lässt, darf sie sich jeden Tag zwei Zigaretten herausnehmen. Eine Hand wäscht die andere, und am Ende sind alle sauber.

Paula bläst den Rauch in Kringeln zur Decke.

»Wunderbar, ich fühl mich wie siebzehn«, sagt sie und seufzt.

»Ich dachte, wie sechzehn«, sagt Franziska.

»Egal. Furchtbar jung eben.«

In dem Moment öffnet sich die Tür. Conchita drückt sich zu ihnen hinein, trotz ihrer Wespentaille wird es eng.

»Oh, dicke Luft«, sagt Conchita und fächelt mit der Hand vor ihrem Gesicht rum.

Paula stört das nicht. »Du solltest dir einen Bart wachsen lassen, Conchi«, sagt sie. »Würde dir toll stehen.«

Conchita zwängt sich an Franziska und Paula vorbei in eine Kabine. »Vergiss es, ich kann nicht singen.«

»Riiiiiise like a Phoenix«, trällert Paula.

»Schnauze!«, tönt es aus der Kabine. »Schroeder patrouilliert vor den Toiletten.«

Paula drückt die Kippe in Windeseile an den Sprossen des

Heizkörpers aus. »Jede Lebenslust wird einem hier drin abgetötet«, zischt sie. »Wenn mich jemand fragen sollte, wo er nicht arbeiten soll, werde ich sagen: Hüte dich vor *Ihr schönster Kalender*. Das ist die Hölle. Die Hölle.«

Jetzt übertreib mal nicht, will Franziska sagen, als Conchita aus der Kabine tritt, eine Zeitschrift in der Hand.

»Sehr interessant«, murmelt Conchita.

»Was?«

»Gehört die euch? Lag am Spülkasten.«

Paula wirft einen Blick auf das Cover und verzieht angeekelt das Gesicht. Die glückliche Frau.

»Du traust mir zu, dass ich so was lese?«

»Also das hier«, sagt Conchita und klopft auf das Heft, »ist der Hammer. Ein Interview mit Camillo Jungbluth.«

»Kenn ich nicht«, sagt Paula.

»Na, das ist doch dieser Dating-Guru. Mit eigener Fernsehshow«, sagt Franziska. Die hat sie immer gern gesehen. Mitgefiebert, mitgelitten. »Bringt angeblich jede und jeden unter die Haube.«

»Dann wissen wir ja, wo wir hinmüssen, wenn nichts mehr geht«, murmelt Paula.

Conchita lacht schrill auf. »Hört mal her«, ruft sie. »Hier steht: Die Wahrscheinlichkeit, dass eine Frau über fünfunddreißig einen freien und halbwegs intelligenten Mann auf dem freien Markt ergattert, ist so groß wie die Chance, in der Arktis von einem lilafarbenen Pudel zerfleischt zu werden. Habt ihr das gehört? Lilafarbener Pudel! Haha!«

Conchita hat gut lachen. Sie ist glücklich verheiratet mit Alex, der sie seit acht Monaten allabendlich mit einem Lafer-Lichter-Lecker-Menü erwartet.

»Haben wir gehört«, sagt Paula.

»Der übertreibt doch«, sagt Franziska.

»Wenn ihr meint.«

Conchita stöckelt an ihnen vorbei, öffnet die Tür, wirft ihnen noch einen letzten höhnischen Blick zu.

»Pudel«, sagt sie. Nur dieses eine Wort.

Pudel.

Als wollte sie damit ein ganzes Schicksal zusammenfassen.

Nie mehr Bolero

»Platz da!«, brüllt Molly, und sofort bildet sich eine Schneise im Menschengewimmel. Das ist fast wie bei Moses und dem Meer. Molly jongliert das Tablett mit den Gläsern hoch über ihrem Lockenkopf.

Franziska könnte ihr stundenlang dabei zusehen: Wie sie mit ihrem Tablett durch die Menge schreitet und dabei die hilflosen Studentinnen herumkommandiert, die, mit Wursttellern bewaffnet, im Gewühl die richtigen Tische suchen.

Molly ist klein, quadratisch und emsig, und sie gehört zum *Wurstkönig* wie das Mobiliar aus unbehandeltem Holz: ein wenig wurmstichig, aber immer noch gut in Schuss.

Molly ist die Seele des Lokals, zuständig für Ordnung, Disziplin. Und für Herz. Ganz besonders fürs Herz. Wie viele Gäste ihr schon ihr Liebesleid geklagt haben! Es müssen Myriaden sein. Und wenn es nicht mehr laufen sollte mit dem *Wurstkönig*, dann wird sie eben eine Liebeskummerpraxis eröffnen, sagt sie immer.

»Die Frankfurter auf die drei!«, ruft Molly jetzt mit ihrer Stimme, die immer so klingt, als erhole sie sich gerade von einem Lachanfall, »die Käsekrainer mit extra Senf auf die siebzehn!«

Eine wie Molly hat man gern zum Vorbild, wenn man noch nicht genau weiß, wohin die Reise geht. So möchte

Franziska später auch mal sein: Glücklich mit dem, was man tut. Das Gefühl, am richtigen Platz zu sein. Davon kann sie im Moment leider nur träumen. Die Sache mit *Ihr schönster Kalender*, das ist doch nicht mehr als ein Treppenwitz des Schicksals, das kann das Karma doch nicht ernst meinen.

Paula sitzt auf der Holzbank, mit gesenktem Kopf und hängenden Schultern, wie eine Angeklagte, die demütig auf den Richterspruch wartet. Franziska fühlt sich an den Philodendron aus ihrer Studentenbude erinnert, den sie einst zu gießen vergaß.

»Bier kommt gleich«, sagt sie und tätschelt Paulas Arm.

»Will kein Bier.«

Der Philodendron streckt nicht mal mehr ein Blättchen zum Bier. Alarmstufe Rot. Paula wollte auch partout nichts Flottes anziehen. Graue Jogginghose, ausgewaschenes Shirt – das war das höchste der Gefühle.

Da muss dringend was passieren. Franziska schaut sich um. Alles wie immer. Zu viele Gäste auf zu wenigen Stühlen, wie bei der Reise nach Jerusalem, einige lehnen an den Wänden, andere drängen sich in Grüppchen aneinander, Frauen sitzen auf dem Schoß von Männern und umgekehrt. Eine dichte Rauchwolke hängt über der Szenerie wie eine Glocke. Aus den Lautsprechern tropft ein Schlager von Karel Gott: *Nie mehr Bolero / nur noch Einsamkeit / ein Traum zerbricht / nie mehr du und ich.* Nicht wirklich die passende Aufmunterungsmucke. Franziska hat den Schlager am ersten Takt erkannt, ihre Mutter war eine Zeitlang Vorsitzende des Karel-Gott-Fanclubs.

»Hast du das gehört?«, jammert Paula. »Nur noch Einsamkeit.«

»Ich bitte dich, das ist ein Lied. Keine Prophezeiung.«

»Aber warum spielen die das genau jetzt? Wollen die mir was sagen?«

»Bestimmt. Karel Gott hat das nur für dich komponiert.«

»Gott!«, kreischt Paula. »Der heißt auch noch so!«

»Das ist ein Künstlername«, sagt Franziska.

Eine Notlüge. Dieser Gott heißt tatsächlich Gott, man glaubt es kaum.

Franziska seufzt. Fünfunddreißig minus eins. Nur noch einmal schlafen, dann hat Paula Geburtstag. Das ist Fakt. Und Fakt ist auch: Paulas Stimmung ist am Gefrierpunkt angelangt. Tiefer geht's nicht. Morgen durchbricht sie die Schallmauer. Franziska fühlt sich hingegen deutlich jünger. Sie hat noch acht Monate bis zum Stichtag. In acht Monaten kann viel passieren. In acht Monaten kann ein Leben komplett auf den Kopf gestellt werden.

Am Nebentisch nehmen Anzugträger eine gelangweilte Blondine mit meterlangen Kunstnägeln in die Zange. Obwohl Franziska alles daransetzt, nicht hinzuhören, schwappen immer wieder Gesprächsfetzen zu ihnen herüber.

»Otto log nie«, hört sie einen der Typen sagen, mit drohendem Unterton, immer wieder: »Otto log nie!«

Die Blondine, ein Katzenberger-Verschnitt, die wahrscheinlich im *Mon Chéri* ihre Salamibrötchen verdient, stützt gelangweilt ihren Kopf auf die Hände. »Du machst … zu einfach«, hört sie die Blonde zu dem Typen an ihrer rechten Seite sagen. »Otto … log nie, das sagt sich … einfach.«

»Ich will nach Hause«, mault Paula und verschränkt die Arme vor der Brust.

»Nichts da. Wir essen jetzt erst mal was.« Franziska bemüht sich um einen strengen Ton. »Essen beruhigt die Nerven.« Sie schnappt sich die Wurstkarte. »Käsekrainer, Debrecziner,

Burenwurst, Waldviertler ohne Haut, Waldviertler mit Haut, dicke Bratwurst, dünne Bratwurst, Königswurst, Currywurst.« Sie sieht auf. »Was ist? Ich warte auf ein *Stopp*!«

»Und, die Damen?« Molly balanciert ein Tablett mit mindestens fünf mit Majonäse reich verzierten Königswürsten – die Spezialität des Hauses – an Paula und Franziskas Tisch vorbei. Ihr Blick bleibt an Paula hängen. »Aber was ist denn hier … – bist du krank, meine Schöne?«

Franziska formt mit den Lippen das Wort *Krise*. Molly scheint zuerst nicht zu verstehen, dann legt sie die freie Hand auf ihre Brust und verzerrt ihr Gesicht zu einer Leidensmiene. »Ein Sekündchen, bin gleich bei euch.« Und schon ist sie am Nebentisch, wo sie die Teller abstellt und die Gäste lautstark begrüßt.

»Diana!« Molly fällt der Blonden um den Hals. »Haben sie dich rausgelassen?«

»Ich wusste es«, zischt Franziska Paula zu. »Die arbeitet im *Mon Chéri*. Und Otto, der nie lügt, ist ein Freier. Oder ihr Zuhälter.«

Molly winkt. »Kennt ihr euch, Kinder? Wie, ihr kennt euch nicht? Das darf doch nicht wahr sein. Jetzt gebt euch aber die Hand, wie es sich gehört.« Molly, die Ersatzmami mit dem großen Herzen.

Da Paula immer noch auf den Holztisch starrt, als wolle sie sich die Maserung einprägen, ergreift Franziska widerwillig die Hand der Blonden. Eine Premiere. Noch nie hat sie die Hand einer Prostituierten geschüttelt.

»Franziska«, stellt sie sich vor.

»Diana«, sagt die andere. »Von Kombyn-Reuttlingen.«

Franziska zuckt zurück.

»Das ist ihr *Name*«, erklärt Molly, »keine Krankheit. Na

los, nicht so schüchtern! Übrigens: Ich kenne Diana, seit sie so groß ist.« Molly deutet auf eine Königswurst. »Und heute«, sagt sie, »ist Diana Assistenzprofessorin an der Uni. Philosophie.« Ganz stolz sagt sie das, so als sei das die Konsequenz der Fütterung mit Königswürsten.

Paula wirft Franziska einen spöttischen Blick zu. »*Mon Chéri*, was?«

»Wir sprachen gerade über Ontologie«, sagt Diana. »Du meine Güte, haha! Das wird euch weniger interessieren, dabei geht es um die Grundstrukturen von Wirklichkeit und Möglichkeit.«

»Ach«, sagt Franziska.

»Und was macht ihr beruflich?«, will Diana jetzt wissen.

»Och«, sagt Franziska. Was sollte sie darauf antworten? Dass sie ihren beruflichen Zenit noch nicht erreicht haben?

»Assistenzprofessorinnen. Alle beide. Am Institut für Idiotie und Arschkunde.« Paula, wie sie leibt und lebt.

Diana erstarrt.

Franziska kontrolliert ihre Handinnenfläche. Jetzt bloß nichts sagen. Schnauze, Schnauze, Schnauze.

»Ihr beide«, sagt Molly und deutet auf Franziska und Paula, »kommt mit in mein Kabuff. Habt ihr mich verstanden? Wenn ihr in fünf Minuten nicht unten seid, setzt es was.«

»Da hast du's«, zischt Paula. »Bist du jetzt zufrieden?«

»Ich? Wer hat die Brain-Barbie denn beleidigt?«

Als Brain-Barbies bezeichnet Paula jene Frauen, die sowohl hübsch als auch intelligent sind, die also bei der Zuteilung aus dem genetischen Lostopf gleich doppelt Glück hatten. »Wer wollte denn unbedingt in den *Wurstkönig*? Na? Wer denn?«

So ist das mit der Universalfreundschaft, denkt Franziska.

Wenn du mit einer Frau wie Paula befreundet bist, brauchst du keine Beziehung mehr, um die Belastbarkeit deines Nervenkostüms zu testen. Wenn du mit einer Frau wie Paula befreundet bist, hast du immer jemanden an deiner Seite, der deine Grenzen auslotet.

Das Kabuff der Chefin ist jener Raum im *Wurstkönig*, über den am meisten getratscht wird. Und doch haben ihn die wenigsten je mit eigenen Augen gesehen. Angeblich geschehen dort die absonderlichsten Dinge. Manche wollen von Wundern gehört haben, andere von Skandalen.

Der fensterlose Raum, kaum größer als eine Standard-Toilette, ist über eine schmale Treppe zu erreichen, die in den Bauch des Gebäudes führt. Franziska war erst einmal »unten«, wie man so sagt. Es ist eine Ehre, in Mollys Allerheiligstes gelassen zu werden. Das flüstert sie jetzt auch Paula ins Ohr, die wenig begeistert ist: »Will sie uns bestrafen? Müssen wir Geschirr spülen? Auf Tiefkühlerbsen knien?«

»Ich kenne Molly«, sagt Franziska. »Sie macht sich Sorgen. Um dich.«

»Wer sich um mich sorgt, muss viel Zeit haben.«

Franziska hält inne. Noch nicht einmal jetzt hat sie es verstanden. Dass es nicht notwendig ist, immer die Starke zu mimen. Dass man sich auch als große Frau mal klein und verletzlich zeigen darf.

»Wenn wir da jetzt reingehen«, Franziska deutet auf die Tür des Kabuffs, »schaltest du bitte einen Gang runter.«

»Weißt du was«, sagt Paula und bleibt auf der Treppe stehen. »Ich pfeif auf die Standpauke und geh nach Haus.«

Just in diesem Moment öffnet sich die Tür, und Franziska schubst Paula über die Schwelle. Und da stehen die beiden, mitten in Mollys Zelle, in der es riecht wie in einem schlecht gelüfteten Boudoir. An der Decke surrt ein altersschwacher Ventilator.

Molly lässt sich hinter einem sagenhaft unordentlichen Schreibtisch in einen Drehsessel aus rotem Leder plumpsen.

»Meine Füße«, ächzt sie und steigt aus den Schuhen. »Ein Krampf mit den Adern. Man wird nicht jünger.«

Sie deutet auf zwei plüschige Puffs. »Setzt euch, Kinder. Keine Sorge, die halten euch aus. Die halten alles aus.« Kehliges Lachen. »Also? Was ist passiert? Du bist doch sonst nicht so … meine Schöne. Da ist doch was. Ich kenn dich doch. Das warst nicht du, vorhin. Das war eine schlechte Kopie der Paula, die ich kenne.« Sie bohrt und bohrt.

Paula zuckt mit den Schultern. »Nichts ist passiert.«

»Und genau das ist das Problem«, sagt Franziska schnell. »Kein … Bolero mehr, wenn du verstehst.«

»Bolero?« Molly horcht auf.

Franziska summt die Melodie und klopft den Takt mit den Handflächen auf die Schenkel. Paula knufft sie in die Rippen. »Du kannst aufhören. Sie hat's kapiert.«

»Ach herrje.« Molly knetet ihre Waden. »Jeden Tag Fußentspannungsbad. Zwei Tropfen Wacholderbeeröl, zwei Tropfen Rosmarinöl, zwei Tropfen Cajeputöl. Hilft nix. Der *Wurstkönig* bringt mich noch ins Grab.«

Stille.

»Ach, und was dich betrifft, Paulinchen, wart mal ein Sekündchen.«

Ächzend erhebt sie sich, kramt in der Schublade einer windschiefen Kommode, ruft: »Da seid ihr ja, meine Kinderchen!«, und hält triumphierend ein Päckchen Spielkarten in die Höhe.

Paula streift Franziska mit einem Blick, der sagt: Die gute alte Molly hat nicht mehr alle Nadeln am Baum.

Molly fegt mit einer resoluten Geste die Schreibtischplatte leer, mischt die Karten, blickt Paula über die Gläser ihrer Lesebrille hinweg an. »Hast du eine Frage, meine Schöne? Jetzt ist der richtige Zeitpunkt dafür. Konzentrier dich auf das, was dir Sorgen bereitet. Na los, ich hab nicht ewig Zeit. Bereit?«

Molly fächert die Karten auf, zieht drei heraus, die sie mit Bild nach unten auf die Schreibtischplatte legt.

»Und was wird das, wenn's fertig ist? Black Jack? Was kann ich gewinnen?«

»Kon-zen-tra-tion«, flüstert Molly. »Zeig auf die Karte, die dich spontan anzieht.«

»Na los!«, feuert Franziska sie an. »*Deine* Chance.«

Dass Molly sich als Kartenlegerin betätigt, scheint neu zu sein. Sieht ihr gar nicht ähnlich.

Paula deutet auf die mittlere der drei Karten.

Molly deckt die Karte in Zeitlupe auf. Alle halten die Luft an.

»Oh«, sagt Molly. »Der Engel der Weitsicht.«

Schweigen. Der Ventilator macht flapp, flapp, flapp.

»Und? Was bedeutet das?«, fragt Franziska ungeduldig.

Anstatt zu antworten, deckt Molly die beiden anderen Karten auf.

»Soso«, sagt sie und runzelt die Stirn. »Ist ja interessant.«

»Der Engel der Kurzsicht?« Paula ist immer noch auf Krawall gebürstet.

»Pssst«, macht Franziska.

»Du wirst schon bald auf Reisen gehen«, sagt Molly. »An einen Ort, an dem es zugleich heiß und kalt ist. Dort wirst du jemanden treffen.«

»Sag bloß, einen Mann.«

Molly besieht sich die Karte genau. »Ein Mann ist es, ja, ja, eindeutig.«

Paula sieht Franziska an, grinst. Die gute Laune ist zurückgekehrt.

»Doch halt, halt!« Molly hebt den Arm und setzt einen entsetzten Blick auf wie eine Operndiva kurz vorm Bühnentod.

»Was?«, flüstert Franziska.

»Da ist … ein Störfaktor, der es auf dein Glück abgesehen hat.«

Paula lehnt sich zurück. »Na klar. Wär ja auch zu schön, um wahr zu sein. Komm, Franziska, wir sollten besser abhauen.«

»Der Störfaktor bist du selbst«, raunt Molly, nachdem sie die Karten einige Minuten lang mit sorgenvoller Miene betrachtet hat. »Du selbst stehst deinem Glück im Weg.«

»Klar, ich steh mir immer im Weg. Schon morgens, wenn ich zum Kühlschrank wanke.«

Franziska boxt Paula in den Oberarm. »Kannst du nicht ein Mal ernst sein?«

Und zu Molly: »Siehst du Details? Wie sieht er denn aus? Woran kann man ihn erkennen?«

Molly wirft einen forschenden Blick auf das Kartenbild.

»Das ist schwierig. Ich würde sagen, er trägt … ein Tattoo. Auf dem Oberarm. Seltsam sieht das aus. Ein schwarzer Vorhang. Nein, eine Fledermaus.«

»Vielleicht ist er ja Tierschützer«, sagt Franziska. »Oder Aktivist. Setzt sich ein für alles, was atmet.«

»Sehr witzig«, sagt Paula. »Und mit dieser Fledermaus gibt's dann Bolero, habe ich das richtig verstanden?«

»Bolero ohne Ende«, sagt Molly. »Aber nur, wenn du dich weise entscheidest.«

»Weise. Das ist genau Paulas Ding«, seufzt Franziska.

Und dann passiert es: Paula zeigt ein kleines Lächeln. »Klingt doch delikat«, sagt sie. »Ganz delikat.«

Alles, was man über Molly wissen muss:

Molly ist eine Legende. Keiner, dem nicht ein Verhältnis mit der Wurstkönigin angedichtet wurde. Heute ist zwar ein wenig vom Lack ab, doch in puncto Aktivität hat Molly nichts eingebüßt.

Dass sie neben den erotischen auch esoterische Anwandlungen hat, war Franziska zuvor noch nicht aufgefallen, doch möglicherweise ist das eine automatische Begleiterscheinung des Alters, so wie eine plötzlich eintretende Vorliebe für Schlagersendungen und Kreuzfahrten.

Wie alt Molly ist, weiß keiner so genau. Das Pendel schlägt irgendwo zwischen fünfzig und sechzig aus. Molly selbst liefert keine brauchbaren Anhaltspunkte. Während sie selbst davon spricht, die Mondlandung nur als Säugling mitverfolgt zu haben, behaupten andere stocksteif, mit ihr über die Ermordung von John F. Kennedy diskutiert zu haben – und zwar unmittelbar nach dem Attentat.

Eines jedoch steht zweifelsfrei fest: Als sie jung war und voller Pläne, träumte Molly davon, ein Café in Paris zu eröffnen. Drei Tischchen nur, am Fuße des Montmartre: CHEZ MOLLY (mit Betonung auf dem Y).

Heerscharen würden sich die Beine in den Bauch stehen, so stellte sie es sich vor, um ihren berühmten *double espresso* oder einen *café gourmand* (mit Macarons) zu degustieren.

Molly kaufte sich eine schwarze Strumpfhose mit Lochmuster und schrieb sich auf der Volkshochschule in einen Französischkurs ein.

Als sie beim Passé composé angelangt waren, lernte Molly einen burgenländischen Heimatdichter kennen, der Franz Thaler hieß und bereits drei Gedichte in der Lyrikzeitschrift Die Flut veröffentlicht hatte. Er sei der Dichter, nach dem dieses Land dürste, erklärte er Molly, und wenn sie ihn bei seinem Durchbruch unterstützte, so würde er ihr bis in alle Ewigkeit treu bleiben. Molly war jung und brauchte die Liebe. Also zog sie kurzerhand nach Mönchshof statt nach Paris. Und anstatt Kaffee zu mahlen und mit ihren neu erworbenen Französischkenntnissen zu glänzen, bereitete sie dem Franz Thaler fette Schweinsbraten zu, auf dass sie seine Inspiration beflügeln.

An einem besonders romantischen Sommerabend mit Grillenkonzert und zwei Flaschen Rioja setzte sie ihre Unterschrift unter ein Dokument und haftete ab diesem Moment für einen stattlichen Kredit. Mit dem aufgenommenen Geld finanzierte Franz Thaler den Ankauf des entzückenden Bauernhofs, in dem sie zur Miete lebten. Mit dem garantierten Erfolg käme auch das Geld, und so könnte sie den Kredit im Nullkommanix zurückzahlen, wurde Franz Thaler nicht müde zu betonen.

Doch statt des erhofften künstlerischen Durchbruchs brach nur der Blinddarm des Lyrikers durch. Im burgenländischen Kreiskrankenhaus, wo die Ärzte fälschlicherweise eine Gallenkolik diagnostizierten, hauchte er dann ebenso rasch wie unvermutet sein Leben aus. Molly ging zurück in die Stadt, im Gepäck die Urne mit der Asche der Dichterhoffnung, von der sie nicht wusste, wohin damit – und einen fetten Schuldenberg, von dem sie nicht wusste, wie sie ihn abbauen sollte. Als

Übergangslösung – und weil ihr die burgenländische Bank bereits Feuer unterm Hintern machte – beschloss sie, gleich zwei Jobs anzunehmen: Untertags arbeitete sie als Küchenhilfe im »Hotel Atlantis«, abends servierte sie im *Wurstkönig*, das damals noch *Wurstgraf* hieß und bei Studenten besonders beliebt war, weil es günstiges Essen gab und originelles Bier.

Ihrem Fleiß hatte Molly es zu verdanken, dass sie bald von der Aushilfskellnerin zur Chefkellnerin aufstieg. Und als der Eigentümer des *Wurstgrafen*, ein lungenkranker Leptosome, seinen Wohnsitz endgültig nach Mallorca verlegte (»das bekömmlichste Klima in Europa!«) und die Geschäftsführung in Mollys Hände legte, fühlte sie sich für ihr jahrelanges Engagement in Sachen Wurst endlich anständig gewürdigt und bedankt. Dieser Mann erkannte ihr Potential und hievte sie an jenen Ort, von dem aus sie die Welt ein kleines bisschen besser machen konnte, das machte Molly glücklich.

Wo aber bleiben Heirat, Kinder, Doppelhaushälfte?

Molly winkt ab. »Die einzige Liebe, die bleibt, ist jene zu den Würsten«, pflegt sie zu sagen. Die hätten sie noch nie enttäuscht.

Die Männer hingegen schon. »Hör mir auf damit«, sagt sie, wann immer sie zu ihren Lieben befragt wird.

Es waren nicht nur schöne Erinnerungen.

Edward zum Beispiel. Ein Mann ohne Scherenhände, dafür mit Stil, Finesse und Oberlippenbart, der jedes Mal die Nase rümpfte, wenn er den *Wurstkönig* betrat. Er hätte Molly lieber als Strumpfverkäuferin oder Kosmetikberaterin in einem blütenweißen Salon gesehen als in ihrer fetttriefenden Schürze.

»Das war sein Todesurteil«, sagt Molly. »Er wollte mich von den Würsten trennen. Die Würste machen mich glücklich, hab ich ihm gesagt. Du nicht. Knallhart. Damit war die Sache gegessen.«

Fett macht fesch und froh, das ist ihre Devise.

Das ist im Grunde alles, was man über Molly wissen muss.

Operation Pudel

Eine Minute nach Mitternacht setzt Franziska eine SMS ab.

»Tausend Küsse und das Beste wünsch ich dir zum Wiegenfeste.« Zugegebenermaßen nicht der originellste Spruch, doch sie will die Erste sein, und da bleibt keine Zeit für lyrische Spitzfindigkeiten.

Prompt folgt Paulas Antwort: »Danke, Süße. Wir sind die Weltmeihster.« Natürlich mit h, wie von Schroeder verordnet.

Franziska schmunzelt. Sie liegt in ihrem Boxspringbett und beißt in ein Nutellabrot mit den Ausmaßen eines Wiener Schnitzels in Bauarbeiterkneipen. Nutellabrot ist eine Universalmedizin, die zuverlässig wirkt: bei Einsamkeit und eingewachsenen Zehennägeln, bei Heiserkeit und Stimmungsschwankungen, bei Schlaflosigkeit und innerer Unruhe, bei Halsschmerzen und Herzschmerzen.

Das Boxspringbett hat sie sich in einem Anfall von Verschwendungssucht zugelegt. Als sie wieder einmal Single war und nicht den blassesten Schatten eines Periodenmannes am Horizont ausmachen konnte. Getreu dem Motto: Tu dir Gutes, wenn es schon sonst niemand tut. Allerdings handelt es sich bei dem Bett nicht um eine handgenähte englische Matratze samt Topper aus der Unterbauchwolle des handfrisierten irischen Brillenschafs – sondern um ein Exemplar aus einem schwedischen Möbelhaus. Böxäng oder so. Da durfte schon mal ein Proseccoglas umkippen oder ein Nutellabrot aus der Hand fallen, ohne dass es gleich in einen Herzanfall mündet.

Und wenn Franziska abends allein in ihrem Bett liegt – so wie jetzt –, versammelt sie ihre zweite Familie um sich: die Giraffe mit dem borstigen Hals, den blauen Plüschelefanten mit den hartnäckigen Ketchup-Flecken, den sie durch Kindheit und Pubertät herübergerettet hatte; die kleine, einarmige Plastikpuppe mit der Punk-Frisur, die aus nicht mehr rekonstruierbaren Gründen »Jesus« heißt.

Sobald sich Besuch ankündigt, verstaut sie die drei Mitbewohner flugs in der Sockenschublade. Einmal, in der Anfangsphase mit Marco, hatte sie sie auf dem Bett vergessen, und es kam, wie es kommen musste: Marco warf sich per Hechtsprung auf die Matratze und landete prompt auf Jesus' verdrehten Plastikgebeinen. Als Franziska auf Zehenspitzen aus dem Bad huschte, darauf bedacht, ihre Figur im Mondeslicht möglichst vorteilhaft erscheinen zu lassen, hielt Marco ihr die Puppe vor die Nase. Er ließ sie an ihrem einzigen Arm baumeln und machte aus seiner Überraschung kein Hehl: »Was ist denn das? Lag in deinem Bett.«

Franziska überlegte einen Augenblick lang, ob sie überrascht tun sollte. Als hätte sie die Puppe noch nie gesehen. Doch das wäre ein zu großer Verrat an ihrer zweiten Familie gewesen.

»Das ist Jesus«, sagte sie also.

Marco lachte. »Den hab ich mir irgendwie anders vorgestellt.«

Franziska riss ihm die Puppe aus der Hand. Ihr Herz hämmerte. Sie schämte sich. Für Marco. Und dass sie nicht besser aufgepasst hatte. Seither achtet sie darauf, ihre zweite

Familie vor fremden Blicken zu schützen. Nur Paula hatte sie sie einmal vorgestellt. Und Paula hatte ganz nobel reagiert. »Ich hab ein Einhorn«, hatte sie damals gesagt. »Rosa mit Glitzer. Auf dem könnte dein Jesus reiten. Ist nur ein unverbindliches Angebot. Falls er mal irgendwohin muss.«

Daran erinnert sich Franziska, als sie die letzten Reste des Nutellabrotes verschlingt. Und schickt Paula gleich noch eine zweite SMS.

»Die besten Wünsche auch von der Giraffe, dem Elefanten und Jesus.«

Antwort: »Dann ist ja alles geritzt. Das kann nur ein gutes Jahr werden.«

Paula weiß nicht nur über Franziskas zweite Familie Bescheid. Sie weiß auch alles über ihre erste Familie, die so ziemlich das Gegenteil einer Familie ist, die man allabendlich um sein Bett gruppiert sehen will. Dass Vaters Firma (Huppendorf Bad und Sanitär) pleiteging und die Ehe daran zerbrach. Dass sich Franziskas Mutter Monika nach der Scheidung auf die Suche nach sich selbst begab und von dort nicht mehr zurückkehrte. Dass sie heute als Fremdenführerin auf La Gomera arbeitet und sich nur alle heiligen Zeiten bei ihrer Tochter meldet.

Ihre Mutter schickt ihr meist Postkarten, weil sie dem ganzen elektronischen Zeug nicht traut. Sie trägt Zehenringe, ein Nasenpiercing und hat sich einen Affengott auf den Oberarm tätowieren lassen.

Manchmal erscheint Franziska der Gedanke abwegig, dass sie beide über einen gemeinsamen Genpool verfügen. Wenn sie an Monika denkt (das *Mama* hat sie sich abgewöhnt), dann tut sie es mit einer Mischung aus Nachsicht und Misstrauen – wahrscheinlich genauso, wie eine Mutter verdächtige Veränderungen an ihrer halbwüchsigen Tochter beobachtet. Auch davon weiß Paula, die sofort in ihrer Tasche zu kramen beginnt, sobald Franziska die Sprache auf Monika bringt, weil sie ihr dann einen Handspiegel vorzuhalten pflegt.

»Schau bitte da hinein«, sagt Paula dann. »Das ist der einzige Mensch, für den du verantwortlich bist.«

Damit hat Paula zweifellos recht. Franziskas Freundinnen aus der Schulzeit sind unbekannt verzogen oder widmen sich ausschließlich der Brutpflege. Als Kinderlose ist man da automatisch Outcast.

»Ich habe José-Frédéric in der Säuglings-Komponier-Klasse bei Maestro Kunz angemeldet. Ach, weshalb erzähle ich dir das eigentlich? Du hast ja gar keine …«

»Melanie-Sophie kann schon allein aufs Klo. Wir waren vorher natürlich beim Psychologen. Warum? Lustig, dass du fragst. Ah, stimmt ja – du hast ja keine …«

»Jocelyn-Aimée wacht nur noch zwölf Mal pro Nacht auf. Ein Segen, kann ich dir flüstern: Eine Stunde am Stück schlafen! Weshalb schaust du so entsetzt? Haha, du würdest dich wundern, was du alles bereit bist zu opfern, wenn du erst Nachwuchs hast. Ach, apropos: Hörst du nicht schon die biologische Uhr ticken, ticktack, ticktack?«

Weil Franziska höflich ist, lächelt sie. Und erzählt niemandem, dass sie ihren biologischen Wecker längst verscharrt hat. Hinter dem Callcenter, dort, wo die Hunde gerne ihre Häufchen setzen.

Und dann platzt diese Naturerscheinung namens Paula in ihr Leben, und auf einmal ist nichts mehr so, wie es war. Nicht nur, dass Paula ebenfalls keine Kinder hat. Sie sehnt auch kein Biedermeieridyll herbei. Das war neu. Das kannte

Franziska nicht. Bei ihr zu Hause galt eine Frau nur was, wenn sie mindestens ein Mal geworfen hatte. Mit null Mal galt Franziska also auch nix.

»Kinder ruinieren einem den Körper, bevor sie die Wohnung ruinieren«, pflegt Paula zu sagen.

Die Sache mit *Ihr schönster Kalender* war übrigens auch Paulas Idee. Paula hatte schon einmal bei einer Erotik-Hotline gearbeitet, das Telefonieren lag ihr im Blut.

Franziska lag es weder dort noch woanders.

»Das ist ein Callcenter«, maulte sie, als Paula ihr die Zeitung rüberschob.

»Es gibt nichts Besseres«, sagte Paula. »Du stellst dir einfach vor, du telefonierst mit einem heißen Typen. Egal, wer in der Leitung ist. Du stellst dir vor, der zieht sich langsam aus, nur für dich. Da kriegst du was Besonderes in der Stimme, und die Leute kaufen dir alles ab. Alles. Glaub mir.«

Kurz darauf saßen sie in Schroeders Büro, und Paula hielt unauffällig Franziskas Hand, wahrscheinlich, damit sie nicht davonlief (was für Franziska durchaus eine Option darstellte).

»Wir würden gern« – Paula setzte ein Lächeln auf, das als charmant durchgehen konnte – »in der Nähe voneinander sitzen, das motiviert uns.« Sie räusperte sich.

»Getratscht wird bei uns nicht«, antwortete Schroeder.

»Sowieso nicht. Nie! Wie kommen Sie denn da drauf?« Unschuldiger Blick.

Schroeder reichte Paula und Franziska einen Text, den sie laut vorlesen mussten. Das war gewissermaßen der Eignungstest.

Einen wunderschönen Morgen aus dem dreiundzwanzigsten Bezirk und einen guten Tag bei Ihr schönster Kalender, dem fröhlichen Kalenderproduzenten –

»Toller Text«, sagte Paula. »Haben Sie den geschrieben? Da steckt so viel – äh, Gefühl drin. So viel echtes Gefühl. So viel Authenzi-, Autentiti-, äh, man spürt, dass hier jemand für diesen Laden brennt.«

Nun war's aber mal gut. Darauf fiel doch nicht mal mehr der eitelste Pfau rein. Franziska zwickte Paula in den Handrücken.

Doch Schroeder fühlte sich tatsächlich geschmeichelt. Zu Paula sagte er: »Gut gelesen, aber ein bisschen weniger erotisches Timbre in der Stimme, wenn ich bitten darf. Das irritiert unsere Kunden.«

»Ich und erotisch?« Paula lachte auf. »Entschuldigen Sie, dass ich lache. So rede ich mit dem Einwohnermeldeamt. Und mit dem Postboten. Also mit dem rede ich ja selten, um ehrlich zu sein.«

Paula sprach ohne Punkt und Komma.

Franziska vermutete, dass es Schroeder gar nicht auffiel, dass sie auch noch da war. Sie war Paulas unscheinbares Anhängsel. Ein nutzloser Körperteil, ein Hautüberschuss, ein überzähliger Finger, den man locker dem Skalpell opfern konnte.

Schlussendlich bekamen sie ihre Schreibtische zugeteilt und Kopfhörer ausgehändigt. Das mit dem Nebeneinandersitzen gelang nicht ganz, doch zumindest können sie einander sehen. Und das ist doch der Sinn von Freundschaft: Nicht permanent aufeinanderzukleben, sondern einander wohlwollend auch mal aus der Ferne zu betrachten. Und das Gefühl zu haben, dass da jemand ist, der aufpasst.

Franziska fegt die Brotkrümel von der Bettdecke und sinkt zurück in die Kissen. Wenn ihr doch nur ein Geschenk für Paula einfallen würde! Sie zermartert sich das Hirn. Ein gelber Schal, passend zum dottergelben *Mareike Moden*-Oberteil? In der Nacht träumt sie von Schroeder, der auf einem rosa Einhorn durch die Stadt reitet, ein Lasso schwingend, deutliche Nutellaspuren um den Mund.

Guru-Roulette

Franziska hatte gehofft, Paula am Eingang abzupassen, um ihr persönlich zu gratulieren. Aber Paula ist nicht da. Als Franziska wenig später ihren Arbeitsplatz ansteuert, hört sie Paulas durchdringenden Koloratursopran. »Einen wunderschönen Morgen aus dem dreiundzwanzigsten Bezirk und einen guten Tag bei *Ihr schönster Kalender*, dem fröhlichen Kalenderproduzenten, Sie sprechen mit Paula Kohm, Ihrer fröhlichen *Ihr schönster Kalender*-Mitarbeiterin, die sich nichts Aufregenderes vorstellen kann, als Sie bestens zu beraten – was kann ich für Sie tun?«

Franziska tippt Paula von hinten auf die Schulter.

Paula dreht sich um, spricht dabei weiter. »Einmal Pandabär«, sagt sie, und nach einer kurzen Pause: »Ach so, Babypandabär, ja natürlich, die führen wir auch.« Sie setzt einen fragenden Gesichtsausdruck auf. Franziska deutet auf die Bahnhofsuhr und formt mit der linken Hand einen Becher, was so viel heißt wie: In der Vormittagspause treffen wir uns am Kaffeeautomaten.

Das ist ein liebgewonnenes Ritual der *Ihr schönster Kalender*-Crew: Wer Geburtstag hat, spendiert den anderen ein Getränk. Die Jungen bringen eine Kiste Cola mit, bei den Hörsemestrigen mündet es meist in eine Cappuccino-Orgie. Paula nickt und scheucht Franziska mit einer lässigen Geste davon.

Eigenartig. Franziska legt ihre Handtasche auf ihrem Schreibtisch ab. Paula legt doch sonst keinen Übereifer an den Tag. Weshalb gerade an ihrem Geburtstag?

Conchita stöckelt über das Linoleum, heute im schwarzen Hosenanzug. Sie zieht ihr Tablet aus der Ledertasche und winkt Franziska herbei.

»Muss dir was zeigen«, zischt sie, »aber nicht hier.«

Sie deutet auf die Toiletten.

Gerade als sich Franziska auf den Weg machen will, pflanzt sich Schroeder vor ihr auf.

»Frau Huppendorf, in letzter Zeit wurden mir unschöne Dinge berichtet«, sagt er. »Sie wissen, was ich meine.«

Franziska zuckt mit den Schultern. Keinen blassen Schimmer.

»Laut Telefonprotokoll haben Sie in Beschwerdegesprächen zwei Mal dem Kunden recht gegeben, als die behauptet hatten, dass die Kalender« – er sieht auf seinem Block nach – »›von ausgesuchter Hässlichkeit‹ seien.«

Tatsächlich. Er beschäftigt Spione, die sich alles noch mal anhören. Denen müssen doch die Ohren abfallen.

»Hätte ich ihnen widersprechen sollen? Es heißt doch: Der Kunde hat immer recht«, sagt Franziska und wähnt sich auf der sicheren Seite. »Paragraf drei, Absatz zwei der allgemeinen Gesprächsordnung.«

Schroeder verschränkt die Arme und sieht Franziska an wie etwas, das die Katze auf den Wohnzimmerteppich gekotzt hat. Eines scheint klar: Auf diese Weise wird sie wohl kaum Mitarbeiterin des Monats werden.

»Sie sagen doch immer, wir sollen uns auf den Kunden einschwingen«, sagt Franziska. »Good Vibrations, Empathie, Verständnis.«

»Herrgott ja … aber doch nicht in so einem Fall!«

Jetzt springt er auf und läuft um den Schreibtisch wie das Rumpelstilzchen ums Feuer. Die anderen recken bereits neugierig die Hälse. Franziska tut so, als berühre sie sein Anfall nicht im Geringsten, und spitzt seelenruhig einen Bleistift.

Krch krch krch.

»Frau Huppendorf, das ist eine Verwarnung«, bellt Schroeder. »Sie haben wie jeder andere Mitarbeiter einen Telefonleitfaden bekommen, an den Sie sich zu halten haben.«

Er hält einen in Klarsichtfolie eingeschweißten Zettel in die Höhe. »Und hören Sie endlich auf mit diesem Bleistift! Außerdem: Ihre Freundin war ja überpünktlich heute«, sagt er. »Das ist eigenartig. Um nicht zu sagen: verdächtig.«

Er rollt den Telefonleitfaden zusammen und klopft damit auf seinen Handballen. »Verdächtig, sehr verdächtig.«

Toc toc toc.

»Weiß auch nicht«, sagt Franziska. Sollte sie ihm recht geben und sagen: »Ja, absolut, das ist in der Tat merkwürdig.«

»Sehr verdächtig«, wiederholt Schroeder.

»Sie hat heute Geburtstag«, sagt Franziska, einer plötzlichen Eingebung folgend. Vielleicht lässt er ja eine Flasche Sekt springen.

»Kein Alkohol in diesem Haus«, sagt er, als hätte er ihre Gedanken erraten.

»Ich muss mal was erledigen.« Franziska nickt Schroeder zu und läuft zur Toilette. Der Typ hatte doch nicht mehr alle Latten am Zaun.

Conchita erwartet sie bereits und wischt aufgeregt an ihrem Tablet herum.

»Ich hab es!«, kreischt sie.

»Was?«

»Das perfekte Geschenk.«

»Für wen?«

»Na für Paula natürlich!«

»Du machst Witze.«

»Lache ich?«

Conchita sieht Franziska über den Rand ihres Tablets hinweg an. Ernst sieht sie drein. Ernster geht's kaum.

»Dann zeig mal.«

»Hetz mich nicht.«

Conchita surft in Windeseile über bunte Seiten.

»Es war auf einer Seminar-Restplatzbörse. *Guru-Roulette*. Ach, hier ist es schon.«

Conchita deutet mit einem perfekt manikürten Zeigefinger auf einen Typen, der Franziska bekannt vorkommt. Lächelt in die Kamera wie ein proaktiver Gebrauchtwagenverkäufer. Mindestens sechzig blendend weiße Zähne.

Über 35 und ohne Partner?
Nach meinem Transformations-Seminar ist alles anders.
Garantiert. Vertreiben wir gemeinsam den Pudel
des Schreckens!
Das Seminar mit Erfolgsgarantie. Camillo Jungbluth:
Der Mann, der die Herzen zusammenführt.
Bekannt aus Funk und Fernsehen. Vertrauen Sie der
Nummer eins. Drei Tage, die Ihr Leben verändern.

Antonia F. (37): Das Transformations-Seminar hat mein Leben auf den Kopf gestellt! Jetzt erst verstehe ich, wie Männer ticken! Danke, Camillo, Sie haben mich erlöst! Heute bereichern Toni, Tako und Waldemar meinen Alltag.

Franz M. (61): Nach meiner dritten Scheidung dachte ich: Jetzt ist Schluss. Ich nehme mir einen Hund. Und dann traf ich Marianna (26). Um nicht wieder dieselben Fehler zu machen, schrieb ich mich für das Transformations-Seminar ein. Und was soll ich sagen? Marianna hat mich zwar verlassen, dafür traf ich Jörg (45) und bin nun endlich glücklich!

Sabine S. (41): Der Pudel des Schreckens hat mir einige schlaflose Nächte beschert. »Torschlusspanik« sagt man wohl auch dazu. In meinem Fall war es ein riesiges eisernes Tor mit spitzen Dornen. Kein Weg zurück, wenn das mal zuschlägt. Nach dem Transformations-Wochenende war alles anders. Ich hab zwar noch keinen Mann gefunden, dafür ist das eiserne Tor keine Bedrohung mehr. Es hat sich in ein Türchen mit Spitzenvorhang verwandelt, vor dem ich keine Angst haben muss.

»Der Pudel des Schreckens!« Conchita lacht.

Franziska weiß nicht recht, was sie davon halten soll. Außerdem kostete der Spaß 499 Euro. »Hast du nicht was von Restplatz gesagt? Ich dachte, du sprichst von einem Schnäppchen?«

»Lies doch mal«, sagt Conchita. »Zwei für eins. Na? Du könntest sogar mitfahren.«

»Gut gemeint«, sagt Franziska, »aber das kannst du vergessen. Viel zu teuer.«

»Ach was, die paar Kröten kratzen wir zusammen, wetten?« Conchita knipst ihr Tablet aus. »Ich fange bei der IT an und grab mich zu den Telefonisten vor«, sagt sie.

»Und was soll ich machen?«

»Du?« Conchita überlegt. »Gib mir Rückendeckung. Falls Schroeder fragt, wo ich bleibe. Ich musste eben schnell zum Arzt.« Sie klopft sich mit dem Knöchel des Zeigefingers aufs Gebiss. »Akuter Weisheitszahn. Ach, dir fällt schon was ein.«

Und da weiß Franziska gar nicht mehr, was sie sagen soll. Conchita ist eben doch eine Wucht. Sie ist nicht ohne Grund schon das fünfte Mal in Folge Mitarbeiterin des Monats. Ein Organisationsgenie, das auch sonst alles gebacken bekommt.

»Jetzt guck nicht so betreten. Lächeln, Franzi! Ich schulde euch doch noch was«, sagt Conchita. »Gestern war ich nicht nett zu Paula. Das muss gesühnt werden.« Sie lacht. »Aber jetzt geht's los mit der Operation Pudel. Sonst wird das heute nichts mehr.«

Später am Kaffeeautomaten im Erdgeschoss. Als Franziska dazustößt, sind sie zu fünft: Aldo, Bernadette, Frau Muttonen mit dem strengen Dutt und dem weichen Herzen – und Paula. Conchita ist noch nicht da. Den Weg ins Erdgeschoss nehmen alle gern auf sich, dort sind sie vor Spitzeln sicher. Allerdings auch vor Frischluft, weswegen es niemand sehr lange dort aushält.

Schroeder erlaubt ihnen offiziell, die Pause im Erdgeschoß zu verbringen. Die anderen müssen schön oben bleiben und im Angesicht welker Topfpflanzen ihre Reiscracker und Vollkornkekse knabbern. Das Erdgeschoss hingegen ist schroederfreies Gelände, bis hier hinunter reicht seine Macht nicht.

Es war Frau Muttonens Idee, deswegen darf sie immer mit. Frau Muttonen ist gewissermaßen die Mami der *Ihr schönster Kalender*-Crew. Sie war von Anfang an dabei und hat noch jeden Neuen unter ihre zugegebenermaßen weitläufigen Fittiche genommen. Sie ist bereits zum vierten Mal verheiratet. Ihr Aktueller holt sie manchmal ab. Er ist deutlich jünger als sie und sieht aus wie ein Weberknecht mit Sonnenallergie: lang, dünn, weiß. Ein blonder Haarkranz umrahmt seinen schmalen Schädel, er trägt John-Lennon-Brillen und T-Shirts mit Aufdruck, »Der letzte echte Mann«, »Call me tiger« oder »Kurt kann's«. Ja, er heißt Kurt.

Alles nur Show, sagt Frau Muttonen. Er habe panische Angst vor Gewitter, großen Hunden und Treppen.

»Treppen?«

»Wenn er eine Treppe nur sieht, fürchtet er hinunterzufallen. Treppenphobie.«

»Oh.«

»Aber dann nehme ich ihn an die Hand«, sagt Frau Muttonen. »Und alles ist wieder gut.«

Sie nicken verständnisvoll, sind aber innerlich aufgewühlt. Franziska tauscht in Augenblicken wie diesen immer einen Blick mit Paula. Ist es das, was übrig bleibt, wenn all die anderen Männer weggeheiratet sind? Babys im Körper von erwachsenen Männern, immer auf der Suche nach einer Mami, die ihnen die Hand hält? Ist es das, was sie am freien Markt erwartet, jenseits der TOP SINGLES? Ist es das, wovon wir unseren Urenkeln erzählen werden, falls wir je welche haben? – »Schau mal, mein Häschen, das war der Onkel Erwin. Den hat die Uromi eine Zeitlang lieb gehabt.« – »Warum schaut der so traurig aus, Uromi?« – »Weil es … äh, weil es draußen gedonnert hat, mein Herz.« – »Und warum hält er sich an deinem Kleid fest?« – »Weil … ach, das verstehst du noch nicht.«

Paula hat sich besonders schick zurechtgemacht. Ein kurzer schwarzer Rock, schwarzes Top mit Glitzersteinen. Franziska zieht sie zur Seite.

»Warum warst du schon so früh da heute? Was ist los?«

»Ach.« Paula schüttelt den Kopf. »Gestern hat sich Clemens gemeldet. Der Orthopäde.«

»Ist doch schön!«

Endlich mal eine gute Nachricht.

»Gar nicht schön. Der hat sich verabschiedet.«

»Wie – verabschiedet?«

»Na, er will mich nicht mehr sehen. Wollte nur adieu sagen und mir ein schönes Leben wünschen.«

Franziska schluckt.

»Kein so toller Geburtstag, weißt du«, sagt Paula.

»Ach, Paula.« Franziska schlingt ihr die Arme um den Hals. Jetzt bloß nicht heulen. Alles wird gut.

Dann ertönt das *klack klack klack* von Conchitas Absätzen auf den Stufen.

»Der harte Kern ist da, dann kann's ja jetzt losgehen«, sagt Frau Muttonen und hebt die Dirigentinnenhand. »Auf drei! Eins – zwei ...«

Und dann beginnen sie zu singen, mehr schief als richtig, aber von ganzem Herzen. Und darauf kommt es schließlich an.

Happy birthday, liebe Paula, happy birthday to you.

Franziska wirft Conchita einen Blick zu. Hat sie Erfolg gehabt? Aber Conchita setzt ihr Pokerface auf und lächelt.

»Eine besondere Frau verdient ein besonderes Geschenk«, sagt Frau Muttonen und klatscht in die Hände. »Das hier« – sie hält ein Kuvert hoch – »ist von uns allen. Weil wir dich lieb haben. Und weil wir dir das Beste wünschen. Nur das Beste.« Ihre Stimme zittert. Und in Franziskas Hals steckt ein Frosch. Früher sagte ihr Vater immer, sie sei nicht nah am Wasser gebaut, sondern direkt drin, also *im* Wasser, weil sie bei jeder sich bietenden Gelegenheit – es genügte bereits eine Margarine-Werbung, in der eine fröhliche Mutter den Frühstückstisch deckt – Rotz und Wasser heulte.

Auch Paula wischt sich eine Träne aus dem Augenwinkel. Darf das wahr sein? Die toughe Paula zeigt Gefühle.

Paula öffnet das Kuvert und zieht einen *Ihr schönster Kalender*-Kalender heraus, personalisiert natürlich, mit Paulas Bildnis auf dem Cover. Aldo ist mit dem Hamilton-Weichzeichner großzügig über das Foto gegangen. Paula sieht aus, als sei sie zu jung, um Alkohol an der Tankstelle kaufen zu dürfen.

»Das wäre doch nicht notwendig gewesen«, sagt Paula. Dabei weiß sie ganz genau, dass jeder zum Geburtstag einen personalisierten Kalender bekommt. Jedes Jahr dasselbe. Und jeder tut so, als freue er sich. Kein Entrinnen, keine Gnade.

Paula verteilt Luftküsse. Alle klatschen.

»Das ist aber noch nicht alles!«, ruft Conchita. »Noch lange nicht. Der Rest folgt. Es bleibt spannend.« Sie zwinkert Franziska zu.

Franziskas Herz tanzt Cha-Cha-Cha. Ist es ihr tatsächlich gelungen, so viel Geld aufzutreiben?

Später, als sie alle die Stufen zum Großraumbüro hinaufklettern, nimmt Franziska Conchita zur Seite.

»Jetzt sag schon«, zischt sie.

Conchita lächelt. »Alles paletti«, sagt sie. »Du musst nur –«

»Was? Mach's nicht so spannend.«

»Ein Motivationsgespräch. Du musst dort anrufen und erklären, warum Paula dieses Seminar unbedingt braucht.«

»Ich? Aber –«

»Sorry. Kein Motivationsgespräch, kein Seminarplatz. Frag mich nicht, warum. Ist so. Dir fällt schon was ein.«

Conchita klopft Franziska auf die Schulter und überreicht ihr einen Zettel. »Das ist die Nummer. Frau Grieskorn. Ist irgendwas in der Jungbluth-Stiftung, frag mich bitte nicht nach Details. *Sie* musst du überzeugen.«

»Und das Geld?«

Conchita öffnet ein Seitenfach ihrer Handtasche und lässt sie hineinblicken. Ein Haufen Scheine schauen ihr entgegen. Franziska kann es nicht fassen. Diese Solidarität! Alles für Paula. Das hätte sie nicht erwartet. »Wie hast du das nur gemacht?«

»Kleiner Trick.« Conchita kichert. »Ich hab gesagt, Paula wird auf eine Hexenschule geschickt. Und wer sich nicht beteiligt, dient als Versuchskaninchen für Flüche, Verwünschungen, magische Rituale und so. Haben alle sofort geglaubt.«

Franziska weiß nicht, ob sie lachen oder weinen soll. Was für eine Schlange. Andererseits hatte sie so das vielleicht beste Geschenk organisiert, das sie ihrer Universalfreundin je zukommen lassen wird. Dafür muss sie belohnt werden.

»Weiß du was: Fahr du mit ihr, Conchi. Begleite du sie, du hast es verdient.«

Conchita ist entrüstet. »Ihr zwei, ihr werdet schön gemeinsam fahren! Vielleicht« – sie tätschelt Franziskas Arm – »wirkt es ja auch bei dir.«

»Bei mir?« Daran hat Franziska noch keinen Gedanken verschwendet.

»Jetzt glotz mich nicht so an! Oder brauchst du das etwa nicht?«

»Nö, ich … hab doch noch acht Monate. Schonfrist.«

Noch ist der lila Pudel keine konkrete Gefahr. Erst ein winziger, kaum sichtbarer Schatten am Horizont. Sie wird sich den Kopf zerbrechen, sobald er zu bellen beginnt. Das ist früh genug.

Conchita steht da. Lächelt. »In diesem Fall brauchst du dir natürlich keine Sorgen zu machen«, sagt sie. Und ihre Augen sagen ganz etwas anderes.

Nachmittagspause. Franziska hat sich auf die Toilette verzogen, sitzt auf dem Klodeckel, das Handy am Ohr.

»Grieskorn, Jungbluth Foundation.«

Sie hat sofort abgehoben. Oho. Foundation. Da hat wohl einer zu viel Geld gescheffelt.

»Ja, äh, hier spricht Huppendorf von *Ihr schönster Ka-*, äh, Mist. Vergessen Sie's. Einfach nur Huppendorf.«

Kein guter Beginn, Franziska, gar kein guter Beginn.

»Wie bitte? Sie müssen deutlicher reden, ich verstehe Sie so schlecht.«

»Hupp-en-dorf. Ich –«

»Frau Huppfort, was kann ich für Sie tun?«

»Hu – ach, egal. Es geht um meine Freundin. Paula Kohm.«

»Mitgliedsnummer?«

»Nein, kein Mitglied. Noch nicht. Ich wollte sie für ein Seminar anmelden. Bei Herrn Jungbluth.«

»Wie bitte? Was wollen Sie?«

Franziska starrt auf das Zettelchen mit der Telefonnummer. Hatte sie sich etwa verwählt?

»Ist da nicht Grieskorn?«

»Natürlich ist da Grieskorn, das sagte ich doch schon, mein Fräulein. Sie müssen mir zuhören! Außerdem habe ich auch noch zu arbeiten. Wenn Sie bitte Ihr Anliegen zeitnah vortragen.«

Anliegen zeitnah vortragen. Nun denn.

Tür geht auf, schwerer Schritt, Wassergeplätscher. Wahrscheinlich Frau Muttonen. Franziska dämpft ihre Stimme.

»Es geht um das Pudel-Seminar. Also, um das Transformations-Dings. Äh, Seminar.«

»Transformation?«

Frau Grieskorns Stimme klingt entrüstet. Gerade so, als hätte Franziska ihr vorgeschlagen, sie solle nackt auf dem Fenstersims tanzen.

»Und warum ruft sie nicht selbst an, Ihre Frau Kohm? Ist sie stumm?«

Durchhalten, Zähne zusammenbeißen, jetzt nur nicht auflegen, ganz ruhig, ganz ruhig, langsam ein- und ausatmen.

»Es ist ein Geschenk. Ein Geburtstagsgeschenk.«

»Dass sich jemand nicht höchstpersönlich zum Seminar anmeldete, ist noch nie vorgekommen, seit es die Jungbluth Foundation gibt«, sagt Frau Grieskorn streng. Und warum es denn so halle. Es klänge, als befände sie sich – sie kann das Wort kaum ausspucken – auf einer öffentlichen Toilette.

Franziska lacht auf. »Oh, nein, gar nicht!«, sagt sie. »Das sind unsere Büroräume.«

Just in diesem Moment drückt Frau Muttonen die Spülung.

»Das war unser Bürospringbrunnen«, ruft Franziska. »Für ein besseres Raumklima.«

»Und Ihre Freundin«, Frau Grieskorn räuspert sich, »arbeitet auch dort?«

»Ganz genau«, sagt Franziska. »Wir sind eine – äh, Unternehmensberatung. Wir beraten andere, kleinere Unternehmen, aber natürlich auch große Firmen, sehr große internationale Konzerne«, plappert Franziska, von der Sorge getragen, der Ausdruck »kleinere Unternehmen« könnte Frau Grieskorn verdrießen.

»Woher weiß ich denn, ob sich Ihre Freundin überhaupt

eignet?«, fährt Frau Grieskorn dazwischen. Drei Eigenschaften müsse der geneigte Seminarteilnehmer nämlich unbedingt mitbringen. Die drei C.

»Und die wären?« Franziska denkt natürlich sofort an Aspirin C, an das hohe C und an Clemens, den Orthopäden, und Frau Grieskorn sagt entnervt, als ob das ohnehin auf der Hand läge: »Charisma, Contenance und Clarity.«

Ausstrahlung, Beherrschung, Klarheit. Na klar, was auch sonst.

»Paula ist derzeit noch kontinent, da machen Sie sich mal keine Sorgen«, kichert Franziska.

Am anderen Ende seufzt es. »Und woher sollen wir wissen, ob Ihre Freundin steuerbar ist, was die Partnerwahl betrifft?«

Steuerbar? Handelt es sich etwa um einen Segelkurs?

»Oh, sie ist sehr steuerbar«, sagt Franziska und beschließt im selben Moment, dass es wieder einmal Zeit wäre für eine Beichte, die sie von der Last der Lügen befreien würde. In letzter Zeit war doch eine Menge flexibler Wahrheiten zusammengekommen, da würde sich eine Pauschalbeichte à la »All you can confess« schon rentieren.

»Paula ist ein Steuerrad, das man drehen kann, wie man will«, sagt Franziska und merkt gleichzeitig, dass sie den Bogen überspannt. »Sie ist quasi ein leeres Gefäß, in das Herr Jungbluth seine Erkenntnisse einfüllen kann.« Himmel. Sie muss schleunigst das Thema wechseln. Kurz überlegt sie, ob sie Frau Grieskorn einen *Ihr schönster Kalender-*Kalender andrehen sollte, das Sprüchlein liegt ihr bereits auf der Zunge.

Frau Grieskorn seufzt. Sie hat sich so richtig eingeseufzt mittlerweile.

»Eigentlich dürfen wir nur Angaben von Blutsverwandten weiterleiten. Sind Sie verwandt mit Frau Kohm?«

»Verwandt?«

Mehr als das, möchte sie dieser Frau entgegenschleudern. Zwar nicht blutsverwandt, dafür proseccoverwandt, auch das ist schließlich ein ganz besonderer Saft, oder etwa nicht? Fehlt nur noch, dass diese Grieskorn ein polizeiliches Führungszeugnis reklamiert, den Impfpass sowie alle Zeugnisse der Grundschule.

Und dann, als sie schon beinahe nicht mehr daran glaubt, vernimmt Franziska plötzlich die Worte, auf die sie so lange gewartet hat: »Also gut, in Ordnung, dann wollen wir's mal versuchen. Bitte buchstabieren Sie den Namen Ihrer Freundin.«

Irgendwo rauscht eine Klospülung, und durch Franziskas Adern rauschen die Glückshormone.

Das beginnt ja schon mal gut

Unter den Rollkoffern knirscht der Kies. Der Weg führt bergauf. Steil bergauf. Die Luft schmeckt wie frisch geputzt. Rechts eine Kuhweide. Die Kühe glotzen sie an und kauen dabei nachlässig, als sähen sie ein Fernsehprogramm, das sie nicht sonderlich interessiert. Links ein Acker. In der Ferne: Bauernhöfe. Irgendwas ist anders, denkt Franziska. Jawohl: kein Hintergrundrauschen. Es ist still. So still, dass es fast in den Ohren dröhnt.

Und dieser Weitblick! Als hätten ein paar eifrige Kulissenschieber die beeindruckendsten Bergpanoramen der Alpen zusammengestellt. Extra für sie. Bergmassive, auf deren Spitze der Schnee glitzert, grüne Almen, zerklüftete Wände. Hier muss irgendwo der Bergdoktor wohnen. Der Himmel stülpt sich über das Tal wie eine Kuhglocke über ein Gänseblümchen. Franziska liebt es jetzt schon.

»Wie weit noch?« Paula ächzt und setzt sich auf ihren Trolley. »Ich geh keinen Schritt mehr. Rufen wir ein Taxi.«

Das fängt ja gut an. Franziska liest aus den Anreiseinformationen vor, die Frau Grieskorn ihr geschickt hat.

Vom Bahnhof Bad Örzen an der Schlurf schlängelt sich ein ebenso romantisches wie aussichtsreiches Weglein hinauf in den Ort. Sie sind im Hotel »Zur Berggräfin« untergebracht. Frau Simone Aschenbrenner erwartet Sie. Atmen Sie tief durch, Sie sind schon fast am Ziel Ihrer Träume!

»Romantisch?« Paula scheint wenig überzeugt.

»Jetzt schau dich doch einfach mal um!«

Alles hier erinnert Franziska an die Streichelzoo-Erfahrungen ihrer Kindheit. Als Kind liebt man ja Tiere, die ebenfalls klein sind. Babyschafe, Zwergziegen, Mini-Shetlandponys. Die ausgewachsenen Tiere sind dann nicht mehr so attraktiv, aber das ist ja bei den Menschen nicht anders. Das Land verbindet Franziska immer mit weichem Fell, feuchter Wiese unter nackten Füßen und frischem Hefezopf in der »Pension Berta«, wo sie den Sommer verbracht hatten, als sie noch das waren, was man eine Familie nennt. Klebrig-süße Erinnerungen an eine Zeit, in der die Ordnung des Universums noch nicht auf den Kopf gestellt war. Damals war Stella ihre beste Freundin, und Stella kam aus einem »zerrütteten Haus«, wie Franziskas Mutter hinter vorgehaltener Hand flüsterte. Über so etwas Ungehöriges sprach man nicht laut. Franziska stellte sich damals vor, dass Stellas Haus auf wackligem Untergrund stand und deshalb alles, was sich darin befand, durchgeschüttelt wurde. Erst später erfuhr sie, was tatsächlich geschehen war: Stellas Vater hatte ihre Mutter mit dem Messer bedroht und aus dem fahrenden Auto geworfen. Unfassbar. Sie mochte Stellas Vater. Er war elegant gekleidet und trug einen bleistiftdünnen Schnurrbart wie Clark Gable.

Sie hätte immer gern einen Vater wie ihn gehabt. Wenn sie bei ihrer Freundin zu Abend aß, träumte sie, dass sie die zweite Tochter wäre, dass dieses Haus ihr Zuhause und Stellas Zimmer auch ihr Zimmer wäre. Dass sie denselben Nachnamen trügen. Moricutti. Stella und Franziska Moricutti.

Später verblasste der Wunsch nach einer neuen Familie, und Franziska war froh, dass ihr Vater, der so überhaupt keine Filmstarallüren an den Tag legte und eher einem Metzger glich als einem feinsinnigen Künstler, niemals ein lautes Wort verlor. Als er ging, war er besonders leise. Verabschiedete sich nicht einmal.

»Hast du nicht von einem Vier-Sterne-Hotel in der Stadt gesprochen? Was sollen wir in dem Kaff?«

Ein Stoß gegen ihre Schulter. Franziska zuckt zusammen.

»He, träumst du?«

Franziska atmet tief ein. Diese Luft.

»Kannst du mir erklären, warum du auf diese Wiese starrst? Was gibt's da zu sehen außer dieser einen blöden Kuh?«

Wenn du dich dazustellst, sind's zwei. Das spricht Franziska natürlich nicht aus. Aber denken wird sie's ja wohl noch dürfen.

Das also ist der Dank für ein Geschenk der Extraklasse: Chronische Unzufriedenheit und eine Laune, bei der die Buschwindröschen freiwillig einknicken. Was für eine verwöhnte Göre! Anstatt froh zu sein, einmal dem Moloch zu entkommen, beschwert sie sich, sobald ein Molekül sauberer Luft auf ihre Bronchien trifft.

»Und die Stadt? Wo ist denn die Stadt?«

»Sehnsucht nach Plattenbauten? Jetzt schon? Oder geht dir nur das *Mon Chéri* ab?«

Schweigen im Walde.

Dabei hatte sich Paula so sehr gefreut, als Franziska ihr das Geschenk überreicht hatte. Oh, und wie. Luftsprünge hat sie gemacht (zumindest versucht) und sich an Franziskas Hals geklammert und immer wieder ausgerufen: »Das gibt's doch nicht, das gibt's doch nicht!«

Conchita stand daneben, Tränen in den Augenwinkeln. Ein seltener Anblick. Sonst lässt sie sich doch nie eine Regung anmerken, Rührung schon gar nicht.

»Das ist von uns allen«, hatte Franziska betont. »Von der gesamten Crew. Alle wollen, dass du teilnimmst. Und:« – Trommelwirbel. »Schröder hat uns den Freitag freigegeben. Nicht nur dir, sondern auch mir, weil ich dich nämlich begleiten werde.«

»Nein.«

»Doch.«

»Aiiii!«

Der Schrei hallte durch die leeren Hallen und kehrte als Echo zurück.

Was jetzt? Franziska kickt ein Steinchen weg. Jetzt stehen sie hier, auf diesem *romantischen Weglein*, und wissen nicht, wie's weitergeht. Paula ist overdressed, um es höflich zu formulieren. Sie trägt das gelbe Oberteil, das für den Orthopäden reserviert war. Und High Heels. Dabei hat sie sehr wohl gewusst, dass es aufs Land geht. Doch wenn Franziska eines vermeiden möchte, dann ist es Streit.

»Die Kuh schaut schon so angriffslustig, meinst du, die ist gefährlich?«

»Bestimmt«, sagt Franziska. »Die hat es auf dich abgesehen.«

»Aber meine Bluse ist doch gelb, nicht rot.«

»Das ist auch eine Kuh und kein Stier.«

Noch bevor sie tiefer in die Fauna und Flora eintauchen können, ertönt hinter ihnen ein männlich-joviales: »Guten Tag, die Damen!«

Sie drehen sich um.

Da stapft einer scheinbar mühelos den Bergweg herauf. Rucksack auf dem Rücken, Ray-Ban im Gesicht, den Oberkörper in ein hautenges Shirt gequetscht, Marke Cola-light-Mann, der vom Baugerüst pfeift.

Paula erhebt sich von ihrem Trolley wie von der Tarantel gestochen.

»Oh!«, ruft sie aus. »Ein menschliches Wesen!«

Der Typ lacht. Er kaut Kaugummi. Ganz lässig. Steckt die Hände in die Hosentaschen.

»Was machen zwei so elegante Ladys in der Pampa?«

Paula wechselt einen Blick mit Franziska.

»Wir suchen unser Hotel«, sagt Paula.

Er blickt auf die Trolleys, lacht. »Willkommen! Ihr hättet ja auch abreisen können. Aber schön, dass ihr erst ankommt.« Er zwinkert und schickt sich zum Gehen an. »Schönen Urlaub noch!«

»O nein«, sagt Franziska. »Kein Urlaub.«

Er soll nicht denken, dass sie Bad Örzen vorsätzlich ausgesucht haben, um sich hier zu erholen. Eine absurde Idee.

Ein warnender Blick von Paula: Wehe, du erwähnst das Seminar. »Weiterbildung im weitesten Sinne«, ergänzt Paula.

Der Typ nickt. »Und was, wenn ich fragen darf?«

»Management«, antwortet Paula schnell. »Für Führungskräfte. In der Industrie.«

Das wird ja immer besser.

»Allerhand«, sagt der Typ. »Welche Industrie?«

»Erdöl.«

Erdöl? Franziska sieht Paula entgeistert an. Paula kann doch Olivenöl nicht von Motoröl unterscheiden. Was sagt sie, wenn der Typ weiterbohrt?

»Und Sie?«, fragt Paula.

Ah, sie biegt ab. Geschickt.

»Ich bin hier« – er deutet auf die Landschaft ringsum –, »um mich zu sammeln. Das hier ist mein Refugium. Ich ziehe mich zurück, um mein neues Buch fertigzuschreiben.«

»Ein Buch, hast du gehört, Franziska?«

Franziska hat gehört. Und Paula ist hin und weg. Ein Intellektueller. Hier in Bad Örzen an der Schlurf! Der ist genau ihre Kragenweite. Franziska kann förmlich sehen, wie sich kleine Zahnrädchen unter Paulas Schädeldecke zu drehen beginnen.

»Sie müssen mir mehr erzählen. Ist es ein Krimi? Eine Liebesgeschichte? In Irland? Ich liebe Bücher. Ich verschlinge sie.«

Das ist neu. Ganz neu. In Paulas mickrigem Buchregal stand das letzte Mal »Hanni und Nanni finden einen Schatz« neben einem zerfledderten Heftchen mit dem Titel »Doktor Langusti. Der Arzt, dem die Frauen vertrauen«.

Der Typ lacht und steckt den rechten Daumen in eine Gürtelschlaufe. Herr Oberlässig. »Nicht, was Sie glauben. Ein aktuelles Thema, unterhaltsam aufbereitet. Es geht um den Zusammenhang zwischen Testosteronspiegel und Hedgefonds. Und um die Krise, um die geht es natürlich auch.«

»Klar«, sagt Paula.

Sie hängt an seinen Lippen. Die beiden haben nur Augen füreinander. Eigentlich, so überlegt Franziska, könnte sie ja schon alleine vorgehen zum Hotel Berggräfin und einen Tee aus getrockneten Heideröslein trinken.

»Ich bin hier, um zu tun, was ich am besten kann. Schreiben«, sagt er gerade.

»Oh, Sie können sicher auch noch anderes.« So ist sie, Paula. Lässt nichts anbrennen.

Der Typ schickt sich zum Gehen an. »War schön, euch zu treffen. Vielleicht sieht man sich ja mal«, sagt er. »Zufällig. Abends. In einer Kneipe.«

Er lacht.

»Das wäre wunderbar«, ruft Paula aus.

Schon ist er über alle Berge, fester Schritt und ein Tempo, als hätte er einen Düsenantrieb eingebaut.

»Na siehst du«, sagt Franziska. »Klasse Studienobjekt, was? Am Abend werden wir durch die Bars streifen und nach ihm Ausschau halten. Dann kannst du deine neuen Erkenntnisse gleich anwenden.«

Beherzt greift Paula nach dem Griff des Trolleys. »Warum stehen wir hier noch faul in der Gegend herum? Ein runder Platz mit Baum, um den sich die Häuser gruppieren. Keine Menschenseele zu sehen. Keine Beschwerde tönt mehr aus ihrem Mund, bis sie den Ortskern erreichen.

»Schlossweg 3. Hier muss es sein.«

»Gib mal her.« Paula schnappt sich die Anreiseinformationen. »Das kann doch nicht stimmen. Das hier ist ein Schuppen, kein Hotel.«

»Das ist ein Bauernhof, Paula«, sagt Franziska. »In dieser Gegend nicht unüblich.«

Dass Paula aber auch immer meckern muss! Zugegeben: Das ist kein Hotel, in dem man am Vorabend beim Honigaufguss in der Biosauna überlegt, ob man den süßen oder den trockenen Prosecco zum Frühstück wählen soll. Sondern eher jener Typ Herberge, in der um Punkt sieben reines, ehrliches Vollkornbrot auf den Tisch kommt, der Laib so hart, dass man den Nachbarsbauern damit k. o. schlagen könnte, falls der Hahn wieder einmal zu früh kräht.

Franziska blickt sich um. Im Garten neben den Gemüsebeeten rotten sich Gartenzwerge und -zwerginnen zusammen, ausgerüstet mit Schubkarre, Harken und Gartenscheren. Da muss man vorsichtig sein: Gartenzwerge vermehren sich mittels Samenflug.

»Ist das hier ein Sägewerk?« Paula deutet auf die Fassade.

Gut, es ist viel Holz vor der Hütte gestapelt (was auf ein ebenfalls holzlastiges Interieur schließen lässt), aber was kann man in den Alpen anderes erwarten?

»Ich dachte … an etwas Edles. Weil das Hotel doch Bergkönigin heißt.«

»Gräfin.«

»Was?«

»Berggräfin.«

»Eine Gräfin stell ich mir auch anders vor.«

»Wie denn? Wie vielen Gräfinnen bist du schon begegnet?«

»Ach, egal.«

Paula wuchtet ihren Trolley von der Größe eines Kleinwagens die Stufen zur Eingangstür hinauf. Der Umstand, dass sie nur ein paar Tage bleiben, scheint keinen Einfluss zu haben auf die Menge der Kleidung, die sie eingepackt hat.

»Jo, grüßt euch! Ihr müsst die Trixi und die Fuxi sein.«

»Äh«, sagt Paula. »Fix und Foxi?«

»Wir sind die Paula und die Franziska.«

Franziska streckt der jungen Frau im farbenfrohen Dirndl die Hand entgegen. Es gibt wenige Frauen, denen ein Dirndl richtig gut steht. Aber diese Simone – »Sagt's einfach Simi zu mir!« – ist wahrscheinlich schon in Tracht zur Welt gekommen. Groß, blonde Korkenzieherlocken bis zum Allerwertesten, ein riesiger roter Mund mit mindestens achtzig blinkenden Zähnchen. Falls es irgendwann nichts mehr sein sollte mit der Berggräfin, kann sie als Topmodel bei Heidi Klum anheuern.

Das Hotel selbst hingegen wirkt, als wäre der Ausstatter ein Messie im Spätstadium der Erkrankung gewesen. Ein

Alm-Messie, um genau zu sein. Sämtliche Simse, Vorsprünge und Ablageflächen sind vollgestellt mit Staubfängern – Kühe und Frösche aus Glas, Kunstorchideen. In einer Vitrine stehen die obligatorischen Pokale.

»Was für einen Sport betreiben Sie denn?«, fragt Franziska und deutet auf die Pokale. So groß und schlank, wie sie ist, käme Volleyball in Frage, oder Basketball, aber wahrscheinlich fährt man hier eher Ski.

»Ah, naa, die sind vom Fritzl«, sagt Simi. »Der wirft mit Baumstämmen. Und Musik macht er auch. Solo Piping.«

»Solo Pipi?«

»Dudelsackgepfeife. Mir gfällt's net, aber die Männer stehen drauf. So, und jetzt schauma uns des Zimmer an!«

Diese Frau hat eine Energie. Beneidenswert.

Sie folgen ihr über eine enge, mit einem giftgrünen Teppich überzogene Treppe in den ersten Stock. Die Trolleys werden jeden Treppenabsatz schwerer und schwerer. Wo bleibt der Fritzl, wenn man ihn braucht?

Es riecht eigenartig. Nach Staub und billigem Raumdeo.

»Ihr kriegt unser Glückszimmer«, sagt Simi mit ihrer glockenhellen Stimme. »Die Nummer dreizehn. Ihr seids wohl net abergläubisch?«

Paula ist völlig außer Atem, deshalb antwortet Franziska. »Da machen Sie sich mal keine Sorgen. Wir glauben nur an die Macht des lila Pudels.«

Entsetzter Blick.

»Wos?«

»Ein Witz.«

Simone Aschenbrenner drückt Franziska den Schlüssel in die Hand. Keine schnöde Zimmerkarte, sondern ein richtiger schwerer Schlüssel mit einem Plastik-Edelweiß als Anhänger.

»Jetzt mach schon auf«, drängt Paula. »Ich bin hundemüde.«

»Der passt auch in die Eingangstür«, sagt Simone. »Aber seids leise, wenn's spät wird. Der Fritzl und i, wir schlofn neben der Küche.«

Klar, ein Baumstammwerfer braucht seinen Schlaf.

Das Zimmer ist eigenwillig dekoriert. Ein Doppelbett mit fröhlich gemusterter Überdecke (Blümchen und Herzchen), über dem Bett ein röhrender Hirsch in der Abendsonne.

»Der do is brunftig«, erklärt Simi lachend.

»Hoffentlich nicht nur der«, murmelt Paula.

»Klappe«, zischt Franziska. Fehlte nur noch, dass sie einen ungünstigen Eindruck bei der Berggräfin hinterlassen.

Als Simone die Stufen hinuntersteigt, lässt sich Paula aufs Bett fallen und streckt alle viere von sich wie ein Käfer im Koma.

»Los, aufstehen, Entdeckungstour!«, ruft Franziska.

Paulas Forscherwille beschränkt sich auf die Matratze. Sie wälzt sich von einer Bettseite auf die andere, um schließlich an der fensternahen Seite zu verkünden: »Hier schlafe ich.«

»Aber doch nicht jetzt!«

»Warum nicht?«

Und schon hat sie sich in voller Adjustierung in die Decke eingekuschelt.

Kalt ist das neue Warm

Franziska zieht vorsichtig die Tür zu. Dann macht sie sich eben alleine auf Erkundungstour.

»Schaust in den Ort?«, fragt Simone, als Franziska die Stufen hinuntersteigt. »Da gehst immer gradaus und biegst nach dem Herrgott rechts rein.«

»Nach dem Herrgott?«

»Nach der Kirche.«

In Bad Örzen ist halt die Welt noch in Ordnung. Am Sonntag gehen bestimmt alle in die Messe, die Frauen sitzen rechts, die Männer links, und danach kehren die Männer ins Wirtshaus ein, während die Frauen nach Hause gehen, um fürs Mittagessen zu kochen. Exotisch, das alles. Da braucht man keinen Urlaub auf den Malediven. Franziskas letzter Urlaub ist ohnehin Ewigkeiten her. Fremde Länder sind nicht drin bei dem Gehalt, das Schroeder zu zahlen bereit ist. Wenn sie Fernweh hat, setzt sie sich in eine Straßenbahn und fährt bis zur Endstation.

Simone drückt ihr einen Plan in die Hand. »Damit du dich net verläufst.«

Oha, da hatte wohl ein Tourismusverband zu viel Geld. Auf dem Plan sind exakt vier Straßen und sechs Wege verzeichnet. Der Fluss oder besser: das Bächlein, die Schlurf. Und natürlich die Bad Örzener Institutionen: die Kirche, die Schule, der Laden, fünf Arztpraxen – und das Kurzentrum.

Ein Glasbau mit Kuppeldach, der in der Sonne glitzert und gleißt. Eine profane Kathedrale, dem Gott der ewigen Gesundheit gewidmet. Unübersehbar in die Landschaft gepflanzt, thront es auf einem kleinen Hügel wie ein Raumfahrtzentrum. Da weiß man wenigstens gleich, wohin die Steuergelder geflossen sind.

Franziska marschiert den Hügel hinauf. Das Seminar findet im Konferenzraum des Kurgebäudes statt. Wenn sie jetzt schon alles auskundschaftete, hätten sie morgen mehr Zeit fürs Frühstück.

Da ist sie ja, die Kirche. Eine winzige Kirche, als hätte man sie für die Gartenzwerge gebaut, die bei der Berggräfin herumstehen. Der Herrgott von Bad Örzen braucht wenig Platz, jedenfalls deutlich weniger als die Kurärzte.

Franziska schlendert an Reihen schmucker Einfamilienhäuschen vorbei. Alles hier ist sauber, gepflegt und von einer beinahe unerträglichen Ordnung. Sie kommt an einem Tante-Emma-Laden vorbei, der auch Zeitungen verkauft, aber von einer Bar oder Abendlokalität keine Spur. Das wird Paula nicht gerne hören. Wo werden sie denn den Schriftsteller abfangen? Etwa bei der Abendmesse in der Zwergenkirche? Oder im Wartezimmer von einem der fünf Ärzte?

Und dann steht sie vor diesem beeindruckenden Kurhaus und überlegt. Möglicherweise ist das Seminar ja gar nicht so weltbewegend wie erhofft. Dann würde sie sich – immerhin nur Begleitperson – im warmen Wasser aalen und durch sämtliche Saunen schwitzen. Ein guter Plan. Ein sehr guter Plan. Eigentlich war sie ja nicht unzufrieden mit ihren Periodenmännern. Wenn der eine geht, kommt (irgendwann) ein anderer, zumindest war's bis jetzt so. Eine Tür geht zu und eine andere auf, und das ist kein architektonischer Planungsfehler, sondern eine existentielle Konstante. Sollte sich das einmal grundlegend ändern, nützte ihr wahrscheinlich auch kein Guru der Welt mehr.

Sie betritt das Glasgebäude, das aussieht, als käme es von einer fernen Galaxie, und steuert den Kassenschalter an, hinter dem eine kastenförmige Dame mit Dauerwellenlöckchen sitzt. In ihrer Bluse stecken fette Schulterpolster. Eine bizarre Erscheinung, die offenbar direkt aus den Achtzigern herübergebeamt worden ist.

»Guten Tag, wie viel kostet der Eintritt in die Therme?«

»Do is ka Therm.«

Franziska sieht sich um. Sieht Gestalten in Bademänteln durch die weitläufige Lobby schlendern. War sie hier falsch?

»Aber das ist doch ein Kurhaus, oder?«

»Jo.«

»Und es gibt kein Wasser bei Ihnen?«

»Wosser gibt's scho. Oba nur kaltes.«

Franziska ist überrascht. Hatte sie nicht gelesen, dass die Bad Örzener Quellen weit über die Landesgrenzen hinaus bekannt seien?

Unschlüssig steht sie vor dem Schalter.

»Nur kaltes Wasser. Also kein heißes?«

»Na.«

»Nein oder ja?«

Jetzt sieht die Dame an der Kasse, die bislang kaum Interesse gezeigt hatte, Franziska direkt in die Augen, so als forsche sie nach sichtbaren Anzeichen von Irrsinn. »Hörn'S gut zu: Wir haben kein heißes Wasser nicht.«

Gut, gut, das war eindeutig. Franziska nestelt an ihrer Tasche.

»Kein heißes Wasser … so ist das also.«

Die Dame wird ungeduldig. »Wolln Sie jetzt rein oder net?«

»Gab's da nicht mal Quellen? Heiße Quellen?«

»Die Quelln sind versiegt. Schon vor zehn Johrn. Deswegen sind mir jetzt ein Kneipp-Kurort. Kneippen, Sie wissen. Guat für die Durchblutung.«

»Danke, ich bin schon durchblutet«, sagt Franziska.

Keine gute Neuigkeit. In kaltem Wasser zu waten ist so, wie ohne Chips »Sex and the City« zu gucken. Unbefriedigend.

»Do, nehmen'S mit.« Die Frau schiebt ihr ein Prospekt über den Tisch. »Da steht ois drin.«

BAD ÖRZEN AN DER SCHLURF:
IHRE GESUNDHEITS-OASE IM BRUCHTAL.
*** WEIL WIR DIE KÄLTE LIEBEN ***

Darunter ist ein Pärchen im fortgeschrittenen Alter zu sehen, das fröhlich durch ein Wasserbecken wandelt.

Na wunderbar. Franziska greift nach dem Prospekt und rollt ihn ein, bereit, ihn im nächsten Mistkübel zu entsorgen.

Abends hat Paula ihre gute Laune wiedergefunden.

»Und jetzt gehen wir aus«, verkündet sie.

»Erwarte nicht zu viel. Von diesem Dorf, meine ich«, sagt Franziska.

»Ich erwarte nichts«, antwortet Paula.

Sie besprüht sich großzügig mit »Amouresse«, einen schweren, süßen Duft, den man eher in den Spinden des *Mon Chéri* als am Handgelenk einer Callcenter-Angestellten vermuten möchte. Und sie trägt immer noch die gelbe Tunika, die nach dem nachmittäglichen Powernapping schon deutliche Verknitterungstendenzen aufweist.

»An deiner Stelle würde ich Turnschuhe anziehen«, sagt Franziska. »Irgendwas Flaches. Wir sind hier nicht im Asphaltdschungel. Hier gibt's Wellen im Boden.«

»Ich habe keine flachen Schuhe!«, jammert Paula. »Damit bin ich klein wie ein Gartenzwerg.«

»Passt doch perfekt in die Gegend«, sagt Franziska. »Schau mich an.«

»Schrecklich«, sagt Paula, nachdem sie Franziskas Turnschuhe in Augenschein genommen hat. »Ich schaue auf mich.«

»Willst du damit sagen, dass Frauen mit flachen Schuhen nicht auf sich schauen?«

Es ist zum Verzweifeln. Paula besteht auf ihren Stöckelschuhen. Und muss sich an Franziskas Arm festklammern, um unfallfrei ins Erdgeschoss zu gelangen.

Simone steht unten, Nordic-Walking-Stöcke unterm Arm.

»Braucht's was zum Aufstützen?«

Das Dorf liegt da wie tot. Kein Mucks. Als hätte man eine Neutronenbombe abgeworfen, die jedes Leben eliminiert und die Gebäude verschont hat.

Sie gehen die Schlossstraße entlang, und Franziska weiß bereits, wie's weitergeht: Zuerst kommt die Kirche, dann der Laden, dann das Kurhaus. Zwei Arztpraxen auf dem Weg. Orthopädie und Innere Medizin.

Paula interessiert sich nicht für Sightseeing, sie ist ganz begierig darauf, den Schriftsteller wiederzusehen.

»Wo treibt er sich am Abend herum, was meinst du?«

Franziska hat keine Ahnung. Vermutlich in seiner Pension, in seinem Hotel, woher soll sie das wissen.

»Und Lokal gibt es hier wirklich keins?«

»Frag doch, wenn du mir nicht glaubst.«

Hinter einem Gartenzaun steht eine Frau in einer schicken Gartenschürze und bewässert die Beete.

»Schönen Abend! Wo gibt's hier eine Disco? Oder eine Bar?«

Die Frau mit dem Schlauch wirkt verschreckt. »Disco?«

»Ja, zum Tanzen!«

Paula vollführt ein paar kesse Hüftschwünge auf dem Asphalt. In dem Moment tritt der Mann der Gärtnerin über die Terrasse in den Garten. Macht große Augen. Ist wahrscheinlich lange her, seit die letzte junge Dame vor seinem Anwesen das Becken hat kreisen lassen.

Die Frau verscheucht ihn mit einer resoluten Geste. »Geh wieder rein, Friedrich, des is nix für di.«

Resigniert macht er auf dem Absatz kehrt.

Interessant, denkt Franziska. Bei diesem wilden Bergvolk haben offenbar die Frauen das Sagen.

»Bar haben wir keine«, sagt sie nach einer Weile. »Aber einen Tanzstadel. Da müssen'S aber aus dem Dorf raus und nach Wulst. Des is Richtung Stumpftal, bei der Kreuzung nach Rüttinghofen.«

Paula wirkt happy, direkt euphorisch. »Hast du dir das gemerkt, Franzi?« »Klar«, sagt Franziska. »Wulst. Und jetzt?«

»Lass mich mal machen.«

Und schon steht sie auf der Straße und bringt ihren Daumen in Position. Ein absurdes Schauspiel, denn in Bad Örzen gibt es abends nicht viel Verkehr. Franziska lehnt sich an einen Holzzaun und wartet. Am Horizont glitzern die Bergspitzen im allerletzten Licht. Sie atmet tief ein. Wie weit mit einem Mal alles weg ist! Die Stadt, das Callcenter, der *Wurstkönig*, die Kalender, Marco …

Ihre Mutter hat immer gesagt: Du kannst dich jeden Moment deines Lebens neu erfinden. Die Zelte abbrechen und irgendwo anders anfangen. Wer das nicht ausprobiert hat, der hat nicht gelebt. Klar, dass sie damit ihren ganz persönlichen Neuanfang rechtfertigen wollte. Aber was, wenn das wahr wäre? Kann man tatsächlich in jeder Sekunde seinem alten Leben die kalte Schulter zeigen? Sich neu erfinden an einem völlig fremden Ort?

Und wenn sie einfach dabliebe, hier in Bad Örzen? Das war nicht der Nabel der Welt, eher ein Fussel im Weltnabel, aber spielte das überhaupt eine Rolle?

Nach einer geschlagenen Viertelstunde klopft sich Franziska den Hosenboden ab. »Mach, was du willst, aber ich geh zurück«, ruft sie Paula zu, als sie plötzlich das Schnaufen eines Motors vernimmt, und tatsächlich zwängt sich in diesem Moment ein LKW durch die engen Bad Örzener Gassen. Paula stellt sich in die Mitte der Straße und breitet die Arme aus wie ein Verkehrspolizist. Der Brummifahrer kurbelt das Fenster runter. Franziska kann keine Details erkennen, aber glücklich geht anders. Sie wechseln ein paar Worte, dann winkt Paula Franziska zum LKW. »Los, beeil dich, wir fahren mit!«

Franziska sieht sich zunächst die Beschriftung des Lastwagens an. *Frischmilchtransport*. Das ist in Ordnung. Hätte er Heizöl geladen, würde sie nicht einsteigen. Viel zu gefährlich. So was kann sich ja spontan entzünden.

Und schon sitzt Paula in der Fahrerkabine. Wenn sie sich etwas in den Kopf gesetzt hat, ist sie erstaunlich schnell und wendig. Franziska hangelt sich hoch und setzt sich neben Paula. Sie haben zu dritt bequem Platz, stellt sie erstaunt fest. Doch ganz geheuer ist ihr das nicht. Es riecht – komisch in diesem Fahrzeug. Verdächtig. Süßlich und schwer … irgendwie nach … Haschisch?

»Das ist der Wolfi«, sagt Paula und deutet auf den Fahrer.

Wolfi nickt ihr zu. Stoppelglatze, ein magersüchtiger Adler auf dem Unterarm, ausgebleichte Farben, so als stamme er aus einer Zeit, in der die einzigen Tattoostudios die Justizvollzugsanstalten waren. Wolfi kaut nervös auf einem Zahnstocher herum. Die Mahlbewegungen lassen seinen Kiefer eckig hervortreten. Dass er selbst nur die Milch trinkt, die er transportiert, würde man ihm nicht abnehmen.

»Freut mich«, sagt Franziska.

»Wohin?«, fragt Wolfi und lässt den Motor an.

»Wulst«, sagt Paula eifrig. »Zum Tanzstadel.«

»Inferno«, sagt Wolfi.

»Was?«

»Inferno, das ist die Disco.« Wolfi lacht das raue Lachen eines Mannes, der eine halbe Million Zigaretten in seinem Leben weggeraucht hat.

Sie fahren die Straße entlang, wieder an der Berggräfin vorbei. Franziska überlegt einen Augenblick auszusteigen. Eigentlich hat sie keine Lust auf ohrenbetäubende Mucke und billige Drogen, die auf dem Land angeblich gang und gäbe sind.

Als hätte er ihre Gedanken gelesen, dreht dieser Wolfi plötzlich am Regler des Radios. Deep Purple dröhnen aus den Boxen. Franziska zuckt zusammen. Wolfi klopft mit dem Daumen den Takt ins Lenkrad.

Sie haben Bad Örzen hinter sich gelassen und fahren durch eine Ebene. Franziska sieht aus dem Fenster. Knorrige Bäume, windschiefe Bauernhöfe, Schafe auf der Wiese. Manchmal überlegt sie, wie es sich wohl anfühlen muss, im Fell eines Schafs zu stecken. Den ganzen Tag fressen oder herumstehen und Löcher in die Luft glotzen. Ist diesen Viechern denn nie langweilig? Andererseits kommt so eine Existenz dem Paradies doch schon recht nahe: Du bist zufrieden mit dem, was du hast. Keine Sehnsucht nach irgendwas. Und züchtest keine sinnlosen Hoffnungen, weil ein Schaf das Prinzip Hoffnung nicht versteht.

Wolfi greift zum Lautstärkeregler und dreht den Ton weg.

»Was? Was hast du gesagt?«

Er fixiert Paula.

»Nichts!«, sagt Paula. Sie blickt Franziska an. »Hab ich was gesagt?«

Franziska schüttelt den Kopf.

Wolfi insistiert. »Du hast doch gerade etwas gesagt. Wiederhol das.«

Der rachitische Adler auf seinem Unterarm zittert.

»Hab ich nicht, ehrlich!« Paulas Stimme kippt. Sie rückt ein wenig weg vom Fahrer und wechselt einen Blick mit Franziska. Der Typ hat sie doch nicht mehr alle. Kaputtes Trommelfell? Innenohrschaden?

Nach einer Weile dreht er die Musik wieder auf. Franziska entspannt sich. Blick auf die Uhr am Armaturenbrett. Kurz nach neun. Sie scannt das Führerhaus, sucht nach Auffälligkeiten. Am Rückspiegel baumelt der obligatorische Duftbaum. Zerknüllte Taschentücher auf dem Boden. Er hat Schnupfen. Hoffentlich.

Nach der Kuhherde geht es wieder los. Musik aus. Vernichtender Blick.

»Sag das noch mal, und ich –«

»Was? Aber ich habe doch nichts –«

»Du wirst schon sehen, was du davon hast!«

Er ballte seine Hand zu einer Faust.

Ein Wahnsinniger, sie sitzen im Führerhaus eines Irren. Inzwischen ist *Black Night* zu Ende und geht in *Dead or Alive* über. Auch das noch. Franziska will »Hilfe« schreien, aber das ist ja lächerlich, wer soll ihnen denn helfen. Ihre Handflächen sind feucht. Und wenn er sie nicht rauslässt und mit ihnen in seinen Unterschlupf im Wald fährt, wo er sie kleinraspeln und an die Schweine verfüttern wird?

Franziska muss schlucken. Komischerweise denkt sie an Marco und dass er doch nicht der schlechteste Mann unter der Sonne war. Nicht einmal der zweitschlechteste. Zumindest hätte er so was nie gemacht. Sondern sie beschützt. Vielleicht. Und sie denkt daran, dass sie sterben würde, ohne ein Kind gezeugt, ein Haus gebaut und ein Buch geschrieben zu haben. Kein einziger Punkt auf der To-do-Liste des Lebens abgehakt. Eine Existenz, die nichts bedeutete. Sie würde nichts hinterlassen, bis auf ein paar verrottete Kalender, die sie noch nicht mal selbst hergestellt hatte. Eine Niete.

»Verdammt!«, ruft Wolfi plötzlich.

Franziska greift nach Paulas Hand. Das Ende ist nah.

Er bremst abrupt, die Reifen blockieren, der Truck bleibt inmitten einer selbstproduzierten Staubwolke stehen.

»Was … was ist los?«, stottert Paula.

»Wir sind da. Raus mit euch.«

»Aber –«

Da ist doch nichts. Weit und breit. Ödnis.

»Raus, wird's bald!«

Mit zitternden Fingern öffnet Franziska die Beifahrertür. Gott sei Dank. Entkommen.

Paula hat Schwierigkeiten, mit den High Heels aus der Führerkabine zu klettern. Franziska reicht ihr die Hand. Und dann stehen sie beide da und sehen zu, wie Wolfi den LKW auf hundert Sachen beschleunigt. Am Heck ist ein Schild montiert: *Ich bremse auch für Tiere.*

»Nie wieder Autostopp«, sagt Franziska. »Versprich mir das.«

Paula lacht. »Ach, komm, war doch nur halb so schlimm.«

Sie sehen sich um.

»Da vorn!«

Paula deutet auf einen Stall, der etwas windschief am Fuß des Hanges klebt. Auf einem improvisierten Parkplatz stehen tiefergelegte Boliden neben Familienkarossen und Traktoren. Das lässt Böses erahnen.

Sie steuern das Gebäude an, Paula trägt bereits ihre Schuhe in der Hand und marschiert barfuß über Stock und Stein. Späte Einsicht.

Die Stalltür ist nur angelehnt. Franziska öffnet sie einen Spalt, lugt hinein in einen vollkommen verrauchten Raum. Um eine breite Bar hängen offenbar sämtliche Quartalsäufer des Bruchtals.

»Los, rein!« Paula stupst sie über die Schwelle.

Hundert Augen, die sie anstarren. Hundert Männeraugen. Und sprach die Frau mit dem Gartenschlauch nicht von einem Tanzstadel? Nicht nur, dass hier niemand tanzt, aus den Lautsprechern dringt auch bloß das wehleidige Gejaule eines Countrysängers. Als hätte ihm einer den Verstärker auf die Zehen gewummert. So hatten sie nicht gewettet. Stehen da wie bestellt und nicht abgeholt.

»Jetzt trinken wir erst mal einen«, murmelt Paula und setzt sich auf einen Barhocker, der aussieht wie ein Melkschemel auf Stelzen. Die Enttäuschung ist ihr ins Gesicht gemeißelt.

Die Bar ist richtig lang, zehn Meter, schätzt Franziska.

Offenbar herrscht Bierbauchpflicht. Manche der Herren haben sich in respektvoller Distanz zum Tresen aufgestellt, damit ihr Bauch nicht mit der Bar kollidiert.

Der Barkeeper sieht nicht schlecht aus, wenn man sich seinen Vollbart und die dunklen Krater unter seinen Augen wegdenkt. Beim Wegdenken ist Franziska spitze. Bei Marco dachte sie sich immer die Frisur weg und die Nase, die etwas zu klein und spitz geraten war. Ein Damen-Näschen inmitten eines Männergesichts. Manchmal fragt sie sich, was Männer sich bei ihr wegdenken. Oder dazuphantasieren. Einen größeren Busen, einen strafferen Hintern? Von wegen *Ich mag dich so, wie du bist.* Das ist doch leeres Geschwafel von Tugendterroristen. Franziska ist schon froh, wenn sie über einen Körperteil mal nicht nachdenken muss. Das bedeutet zumindest, dass er sie nicht belastet. Ihre Knie zum Beispiel. Die sind knubbelig und wirken zu groß für ihren Körper, so als hätte ihr der liebe Gott in Sektlaune die Knie eines Fußballnationalspielers draufmontiert. Aber das kratzt sie nicht, weil sie ihre Knie kurzerhand ignoriert und bei Rendezvous darauf achtet, beinferne Textilien anzulegen – lange Kleider, weite Hosen, knieumspielende Röcke. Es kommt nicht drauf an, was du bekommen hast. Sondern was du draus machst.

Paula fackelt nicht lange und bestellt beim Barkeeper zwei Jacky Cola. Trinken, um zu vergessen. Franziska sieht sich um. Man kann sich noch lebhaft vorstellen, wie es hier aussah, als hier Kühe drinstanden. Auf dem Holzboden liegen Reste von Stroh, vom Dach hängen getrocknete Maiskolben und rostige Kutschenräder. Man trinkt Bier. Von irgendwoher ertönt ein glockenhelles Lachen. Scheint zumindest eine einzige Frau anwesend zu sein.

»Entschuldigung!« Paula winkt den Barkeeper zu sich. »Gibt es hier einen Schriftsteller? Ich meine: Kennen Sie einen Schriftsteller?«

Der Barkeeper wirkt verstört. »Ob ich einen Schriftsteller kenne?«

»Na ja, ob es einen gibt, der hier mal ein Bier trinkt. Ist nur zur Arbeit in Bad Örzen. Um zu schreiben.«

Er überlegt. Dann nickt er. »Klar, kenn ich den.«

»Ach, wirklich?«

»Warte hier, ich hole ihn.« Er ist sich seiner Sache erstaunlich sicher.

»Wie, jetzt gleich?«

Paula ist nun doch etwas überrumpelt, fährt sich durchs Haar. »Hast du einen Taschenspiegel dabei, Franziska?«

»Nö. Auch kein Drei-Wetter-Taft.«

Jacky Cola ist eine Mischung, die sofort ins Blut geht. Nach ein paar Schlucken fühlt sich Franziska schon besser, und nachdem sie die Hälfte des Glases geleert hat, kann sie dem Stall, in dem sie gelandet sind, doch einiges abgewinnen. »Eigentlich ist es ganz gemütlich hier, oder? Hier kommen wir wieder her.« Sie kichert wie eine Zwölfjährige.

Unterdessen pirscht sich ein stämmiger Mittfünfziger an. »Wo kommt ihr denn her?«, will er wissen.

Paula hat keine große Lust, mit ihm zu reden. Sie wartet auf den versprochenen Schriftsteller.

»Aus der Stadt«, antwortet sie also kurz angebunden.

Er hält ihr die ausgestreckte Hand entgegen. »Ich bin der Horst.«

»Paula«, sagt Paula, ohne von ihrem Glas aufzusehen.

»Franziska«, sagt Franziska und gibt Horst die Hand. Sie weiß auch nach einem Jacky Cola noch, was sich gehört.

»Seid ihr ganz allein hier, ihr zwei Hübschen?«

Horst lässt nichts anbrennen. Seine speckige Unterlippe glänzt feucht. Die Narben an seinen kräftigen Unterarmen zeugen davon, dass er einen Beruf ausübt, der an die Substanz geht. Aug in Aug mit der Gefahr. »Wir sind verabredet«, sagt Paula. Lügt wie gedruckt und zuckt nicht mit der Wimper. »Er muss gleich kommen.«

»Einer für zwei? Das ist aber ein schlechtes Angebot.«

Der Typ rückt näher.

Paula beugt sich über die Theke, winkt den Barkeeper zu sich.

»Und? Wann kommt er?«

Der Barkeeper sieht sie verwundert an. »Aber er ist doch schon da! Horst Flöge. Sportreporter beim Wulster Abendblatt.«

»Sportreporter? Ich hab doch *Schriftsteller* gesagt!«

Der Barkeeper versteht nicht. »Ja, und? Das ist doch dasselbe! Beide schreiben.«

»Das ist vielleicht in Wulst dasselbe.« Paula ist verärgert. »Jetzt ist mir klar, warum dieses Lokal *Inferno* heißt.«

Horst zeigt auf. »Noch zwei für die Damen! Und für mich ein Helles. Ich brauche Sprit.« Er lacht, klopft auf seinen Bauch, grüßt einen Eintretenden: »Ferdinand, komm her!«

Und dann stehen sie plötzlich inmitten einer Traube von Männern, die viel trinken und viel lachen, von allen Seiten werden Drinks bestellt. Sie sind die Attraktion von Wulst, und es fühlt sich überhaupt nicht unangenehm an, wenn Franziska ehrlich ist. Und sogar Paula tauscht im Laufe des Abends ihren frustrierten Gesichtsausdruck gegen ein Strahlen ein. Ein rundum gelungener Abend, für den es nicht einmal einer Schmetterlingsbluse bedurfte.

Als sie schließlich um halb eins von den Melkschemeln hüpfen, fühlt es sich an, als hätten sie einen ganzen Kuheuter voll mit Whiskey geleert. Einer der Männer – Schnauzer, Goldketten und mit dem Traktor da – bietet ihnen an, sie von Wulst nach Bad Örzen zurück zu chauffieren.

Es ist eine laue Nacht, sie hocken auf dem Traktor »wie zwei Prinzessinnen, die sich aufs Land verirrt haben« (O-Ton Hans, der den Traktor fährt), und befinden, dass der erste Abend in Bad Örzen – wenn schon nicht der Knaller – so doch ganz ordentlich unterhaltsam war. Ein Urteil, das sie schon wenige Minuten später revidieren werden.

»Jetzt sperr schon auf«, jammert Paula, die Schuhe in den Händen.

»Ich? Du hast doch den Schlüssel mitgenommen!«

»Dieser komische Enzian passt doch nicht in die Tasche meiner Leggins. Ich *kann* ihn gar nicht eingesteckt haben.«

Die Erkenntnis folgt nach einer Schrecksekunde, die sich zu einer Ewigkeit ausdehnt. Am Ende steht eine schnöde Erkenntnis: Sie haben den Schlüssel im Zimmer liegenlassen.

Es ist nachts halb eins. Simi würde ihnen die Hölle heißmachen, wenn sie sie jetzt aufwecken oder sogar – Gott bewahre – ihrem teuren Baumstammwerfer den Schlaf rauben.

Franziska findet als Erste die Fassung wieder. »Wir müssen das systematisch angehen. Zuerst umrunden wir das Haus und überprüfen, ob irgendwo ein Fenster offen ist.«

»Du willst durchs Fenster rein? Du spinnst.«

Wo ist Paulas Mut, wenn man ihn braucht?

»Jetzt komm schon. Sei nicht so ein Hasenfuß.«

»Hasenfuß? Weißt du überhaupt noch, was du tust? Am

Ende landen wir im Knast, weil irgendein Nachbar, der Tag und Nach herüberglotzt, die Polizei anruft.«

Oha. Die Dame hat schlechte Laune.

»Ich will weg hier, das ist doch Mist«, sagt Paula. »Ganz großer Mist.«

»Und, Frau Siebenschlau? Welche Alternative schlägst du vor?«

Paula setzt sich auf einen Baumstumpf. Sagt gar nichts mehr. Und in Franziska wächst die Wut. Madame wünscht, dass die anderen alles für sie richten. Und das würde ihr so passen: Die Flinte ins Korn werfen, wo sie doch noch nicht mal den Acker besichtigt haben. Aber nicht mit Franziska. Sie will jetzt in dieses Haus rein, sofort. Hinter ihrer Stirn beginnt es zu pochen. Ins Bett fallen, die Augen schließen, an nichts mehr denken. Sie sieht rauf in den Sternenhimmel, der den Garten gnädig beleuchtet. Bitte, lieber Zwergenherrgott, mach, dass wir die Festung der Berggräfin bezwingen.

Die Fenster neben der Eingangstür sind verschlossen, auch an der einen Längsseite haben sie kein Glück.

Aber dann. An der Hinterseite des Hauses ist ein Fenster einen Spaltbreit geöffnet. Dahinter schaukelt ein hübsch dekorierter Vorhang (Blümchen, Herzchen) sanft in der nächtlichen Brise. So weit alles in Ordnung. Man könnte es zumindest versuchen.

Franziska winkt Paula herbei. Dank ihrer Tunika leuchtet sie sogar im Dunkeln. »Hock dich ins Gras. Du musst mir die Bank machen. Sonst komm ich nicht rauf.«

»Bist du wahnsinnig? Da ist ERDE auf dem Boden! Ich ruiniere mir die Leggins!«

Franziska seufzt.

»Willst du heute noch in dein Bett oder nicht? Wir können auch unterm Strauch übernachten, allerdings kann ich nicht garantieren, dass deine Hose dabei sauber bleibt.«

Paula zieht eine Leidensgrimasse, bevor sie sich auf ihre Knie niederlässt und sich mit den Händen auf dem Boden aufstützt.

»Zieh wenigstens die Schuhe aus«, zischt sie von unten. »Ich brauche keine Fußabdrücke auf meiner Bluse.«

Paula ächzt, als Franziska ihren Rücken besteigt.

»Wird's bald? Ich breche zusammen!«

»Sport! Du musst mehr trainieren!«, zischt Franziska. Dann drückt sie den Fensterflügel zur Seite und späht ins Innere des Zimmers. Aus der vollkommenen Dunkelheit lösen sich die Umrisse von Gegenständen: Ein Ergometer, zwei Staubsauger, ein Regal mit Flaschen, vermutlich Putzmittel. Scheint eine Rumpelkammer zu sein. Gut. Sehr gut.

Franziska hält sich am Mauervorsprung der Fensterbank fest und versucht, sich hochzuhieven. Sie hängt an der Mauer wie eine Zecke auf einem Hund, die Finger umklammern verzweifelt das Fensterbrett.

»Jetzt!«, zischt sie. »Schieb mich hinein!«

Paula steht auf, greift nach Franziskas Beinen und hebt sie an. Einen Moment lang balanciert Franziska mit dem Bauch auf dem Fensterbrett, bis sie, nur einen Wimpernschlag später, mit den Armen voraus in die Dunkelheit des Zimmers kippt.

Es ist ein weicher Aufprall. Sie tastet den Untergrund ab. Offenbar ist sie auf einer Matratze gelandet. Jetzt nur schnell hier raus und hinauf –

»Sakra!«

Ein Schrei aus einer Männerkehle. Schon blendet sie der Schein einer 90-Watt-Glühbirne. Ein heller Schmerz. Franziska kneift die Augen zu und kauert sich zu einem Wurm zusammen.

»Wer sind Sie?«

Ein Mann baut sich vor ihr auf. Allerdings kein Zwei-Meter-Riegel. Sondern ein kahles, schmales Männchen mit Nickelbrille. Ein viel zu großer Pyjama schlottert um seine Knie. Ist das der Fritzl, der ominöse Baumstammwerfer? Welche Baumstämme wirft der? Junge Birkenstämme? Palmwedel?

»Ich ruf die Polizei«, sagt er. »Sie rühren sich nicht von der Stelle.«

»Es tut mir leid, ich – ich meine, *wir* wollten –«

Franziskas Herz donnert gegen ihre Brust. Sie sieht sich bereits in Handschellen, zwei Mann würden sie abführen und auf die örtliche Polizeistation bringen. Verhör, Zelle, ihr Vater müsste anreisen, um sie auszulösen. Ach, halt, das war ja nicht möglich. Er war pleite.

»Der Schlüssel. Wir haben ihn vergessen.«

Jetzt ist es raus.

»Was ist lo-hos?«

Das ist Paula, draußen vor dem Fenster. Franziska überlegt, wie man zwei Personen einander vorstellt, die sich bestimmt nicht kennenlernen wollen.

»Äh, das ist meine Freundin. Sie möchte auch herein.«

»Noch irgendwelche Wünsche? Vielleicht einen Sänftendienst?«

Jetzt zittert er vor Wut.

»Ich wusste doch nicht, dass Sie hier schlafen!«

»Ich schlafe nicht, ich meditiere!« Wütender Ausruf. »Nie hab ich meine Ruhe! Das ist ein Irrenhaus. Einmal kommt Simone hereingestürmt, beim nächsten Mal bellt ein Hund, dann hüpft irgend so eine« – wegwerfende Handbewegung, das Substantiv erspart er sich – »zum Fenster herein. Wie soll man sich da konzentrieren? Ich muss mich auf den nächsten Wettkampf vorbereiten!«

Franziska schleicht vorsichtig zur Tür.

»Gute Nacht«, flüstert sie. »Ich werde dann mal –«

Läuft die Treppe hoch, mit dem Schlüssel wieder runter, sperrt die Eingangstür auf, lässt Paula herein.

Manche Dinge muss man sofort vergessen. Aus der Erinnerung entfernen. Dann ist es vielleicht auch nicht geschehen.

Und noch bevor ihr Kopf das Kissen (Blümchen, Herzchen) berührt, schläft sie bereits.

Die Quadratur des Sesselkreises

Sphärische Panflötenklänge. Oder sind es Walgesänge? Ein heller Kuppelsaal. Ein Stuhlkreis. In der Mitte: eine Kerze. Auf Konferenztischen, die an die Seite geschoben wurden, stehen blitzblank polierte Thermoskannen mit Tee und Kaffee sowie Sandwiches mit Roastbeef und Lachs, appetitlich angerichtet auf einer Spitzentischdecke.

Es ist eine andere Welt. Friedlich. Harmonisch. Beschaulich. Einladend. Noch bevor Franziska ein weiteres Eigenschaftswort einfallen will, klackt es hinter ihnen, *klack klack, klack klack* macht es, das vertraute Geräusch von Stöckel, die auf einen harten Untergrund treffen.

Eine langmähnige Schönheit betritt den Raum, und sie trägt – Franziska fällt die Kinnlade runter – ihre Schmetterlingsbluse! Raub, möchte sie rufen, diese Frau da hat mein Eigentum geraubt! Stattdessen steht sie nur da und schluckt. Die Bluse steht dieser Frau eindeutig besser als ihr.

»Ist das hier – dieses … äh, Seminar?«, fragt die Neue in einem Kleinmädchentonfall und wirft ihre kastanienbraunen Haare nach hinten.

Franziska dachte immer, solche Haare gäbe es in echt gar nicht. Dass die nur für die Werbung künstlich aufgeplustert werden und in Wirklichkeit fade ums Gesicht herumhängen wie ein Vorhang. Sie muss sie unbedingt fragen, welches Shampoo sie benutzt.

»Seminar« ist das Stichwort für Paula. Franziska kann ein verräterisches Funkeln in ihren Augen erkennen. Das verheißt im Allgemeinen nichts Gutes.

»Kommt drauf an, was Sie suchen. Wir sind da für *Schweinebauch pökeln leicht gemacht*«, sagt Paula. Sie sieht auf die Uhr. »Müsste gleich beginnen. Die Schweinehälften sind schon angeliefert.«

Der Gesichtsausdruck der Frau: unbezahlbar. Sie rückt eine Schrittlänge zurück und hält sich am Riemen ihrer Handtasche fest. Wahrscheinlich Prada oder so. Bestimmt echt. Keine dieser Fälschungen aus Thailand oder Istanbul, über die man im *Wurstkönig* stolpert.

Ein Moment absoluter Bewegungslosigkeit. Die Erde steht still.

Und dann prustet Franziska los. Paula fällt in das Lachen ein, schließlich auch die Fremde, der man die Erleichterung deutlich anmerkt.

»Hier ist ja schon Stimmung, gut so!« Ein Herr, graumeliert, nicht unelegant, markantes Kinn, rechteckige Brille, blau-grau kariertes Hemd über dunkelblauen Jeans, rauscht auf leisen Sohlen in den Saal, die Arme ausgebreitet wie ein Missionar auf Schäfchenfang.

Er reicht Franziska die Hand. »Jungbluth, angenehm.«

Oha, der Meister höchstpersönlich!

»Franziska Hu-, äh, Huppendorf«, sagt Franziska. Sie ist aufgeregt. Schließlich begegnet man nicht auf Schritt und Tritt einem waschechten Guru. Jungbluth nickt, sieht ihr tief in die Augen. Vom Typ her könnte er in jeder Krankenhausserie mitspielen. Als Chefarzt würde er eine hervorragende Figur machen. *Schwester Inge, bitte einmal Blutdruck auf der fünf. – Herr Doktor, Herr Doktor, bitte assistieren Sie mir bei –*

»Viel von Ihnen gelesen, Frau Huppendorf«, sagt Jungbluth jetzt. »Interessant, interessant.«

Ach ja? Wo denn? Was denn? Hat Frau Grieskorn ein Geheimdossier über jeden Seminarteilnehmer angelegt? Und was konnte so spannend sein an ihrem Leben? Es muss sich um eine Verwechslung handeln.

»Ich auch«, sagt Franziska.

Er versteht nicht, runzelt die Augenbrauen. Franziska steigt die Hitze ins Gesicht. Am liebsten würde sie sich kühle Luft zufächeln, allerdings geht das nicht, weil er immer noch ihre Hand festhält. »Ich meine, ich hab auch viel über Sie gelesen.«

Jungbluth beugt lächelnd den Kopf, so als hätte er diesen Satz noch nie gehört. Sie hofft inständig, dass er nicht fragt, was ihr in Erinnerung geblieben ist. Denn in Wirklichkeit war es doch nur das Interview in der Glücklichen Frau, das sie überflogen hatte, zwischen Diät-Tipp und Sahnekuchenrezept. Und gemerkt hat sie sich auch nichts – bis auf die Sache mit dem lilafarbenen Pudel. Mit diesem dürftigen Vorwissen bekleckert man sich nicht mit Ruhm.

Endlich lässt er ihre Hand los: »Wissen Sie, ürgendein Journalist will immer was wissen, haha, schrecklich ist das, neugierige Brut.«

Ürgendein. Drollig.

Dann begrüßt er die Langmähnige. Sie heißt Laura Calfattura oder Malfattura, irgendwas Italienisches, die Vokale perlen nur so durch den Raum. Franziska hört mit. Aha, eine Schmuckdesignerin am Scheideweg. Mann fortgeflogen zu einem fremden Nest, die gemeinsame Zukunft verpufft.

Gleich wird er sich an Paula wenden. Paula ist aufgeregt, nestelt an ihrer Armbanduhr, öffnet die Schließe, knipst sie wieder zu.

Franziska hofft, dass sie nicht so Dinge sagt wie »Sie sind meine letzte Hoffnung« oder »Können Sie erkennen, was nicht stimmt mit mir? Kann man das sehen?« oder »Ich brauche dringend eine Herztransplantation. Emotional gesehen.«

Weitere Seminarteilnehmer trudeln ein. Eine Bohnenstange mit verkniffenem Mund und nachlässigem Chignon, aus dem einzelne graue Strähnen abstehen, Öko-Sandalen und Handarbeitslehrerinnengehabe. In Franziskas Augen ein interessantes Phänomen: Manche Frauen werden mit dem Alter füllig, andere magern ab. Wann entscheidet es sich, ob man der anorektische oder eher der Big-Mama-Typ ist?

Der nächste Kandidat betritt den Raum. Ein aufgedrehter, breit lachender, etwas moppeliger junger Mann mit Grübchen und einer Monchichi-Frisur. Franziska schließt ihn sofort in ihr Herz. Dennis heißt er. Er sitzt zu ihrer Linken im Sesselkreis, Paula auf der rechten Seite. Alle schnattern aufgeregt durcheinander, während Jungbluth mit Feldherren-Attitüde seine Moderationskarten sortiert.

Eine distinguierte Dame Anfang sechzig steht im Türrahmen und linst misstrauisch zu ihnen herein. Beigefarbenes Kostüm, Perlenkette, beigefarbene Pumps, fleischfarbene Strümpfe. Alles an ihr wirkt korrekt. Sie erinnert Franziska an ihre ehemalige Englischlehrerin, die sie »Missis If« genannt hatten. Sie traktierte die Klasse drei Jahre lang mit monströsen If-Sätzen, die in der Realität bestimmt noch kein einziges Mal von einem englisch sprechenden Wesen verwendet wurden. Die Dame hier ist definitiv die Doppelgängerin der »Missis If«. Ob das ein gutes Omen ist?

Madame Perlenkette setzt sich demonstrativ neben Jungbluth, so als wolle sie jeglichen Kontakt mit dem Fußvolk vermeiden.

Ein Mann um die vierzig, Dreijahresbart und flirrender Blick Marke »Entflohener Häftling«, nimmt den vorletzten Stuhl in Beschlag.

Eine interessante Runde. Wie hatte es Frau Grieskorn formuliert? Worüber musste ein Teilnehmer verfügen? Über Charisma, Contenance und Clarity? Während Franziska die Teilnehmer betrachtet, wird sie das Gefühl nicht los, dass hier eher die drei V verbreitet sind: Verwirrung, Verschuldung, Vereinsamung.

Und dann.

Öffnet sich die Tür ein weiteres Mal. *Tapp tapp tapp*. Der letzte Teilnehmer trifft ein.

Paula greift unwillkürlich nach Franziskas Hand. Das darf doch nicht wahr sein! Ist er's tatsächlich? Der Schriftsteller. Ihr Schriftsteller! Aber was machte er hier? Musste er nicht zum Thema Testosteron und Börsencrash recherchieren?

Die Überraschung scheint ganz auf seiner Seite zu sein. Er zuckt zusammen, als er Franziska und Paula entdeckt, und bleibt unschlüssig vor dem Sesselkreis stehen, Rucksack auf dem Rücken, Schirmkappe tief ins Gesicht gezogen.

»Herr –« Jungbluth blättert in seinen Unterlagen.

»Großhorn«, sagt der Schriftsteller, der nun wahrscheinlich gar keiner ist, wie Franziska blitzschnell folgert. Was er auf jeden Fall ist: knallrot im Gesicht. Auf diese Überraschung war er bestimmt nicht vorbereitet.

Großhorn. Auch das noch. Franziska kichert. Wahrscheinlich ein hundsnormaler Single auf der verzweifelten Suche nach einer Freundin. Wenn der beim ersten Aufeinandertreffen schon dermaßen lügen musste, dann ist da doch irgendwas faul.

Paula ist kaum zu bändigen. »Hier«, ruft sie und klopft auf den freien Stuhl neben sich. »Hier ist noch ein Platz!«

Sie haben einander wiedergefunden. Im Liebes-Seminar. Gibt's was Schöneres? Was soll jetzt noch schiefgehen?

Paula strahlt und sitzt so aufrecht, als hätte sie einen von Simones Nordic-Walking-Stöcken verschluckt. Lukas Großhorn hingegen hängt im Stuhl, als hätte man ihm ein Anästhetikum verabreicht.

»Alle da?«

Jungbluth breitet die Arme aus. Und beginnt er mit seinen Ausführungen.

Minuten später weiß Franziska nicht mehr, wie sie hierhergekommen ist. Bleierne Müdigkeit hat von ihr Besitz ergriffen und sie in den Sessel gedrückt. Sie verwünscht den gestrigen Abend, die drei Jacky Cola – oder waren es vier? Zu viele jedenfalls, zu viele. Jungbluth spricht so monoton, dass die Glühbirnen durchschmoren, die ihr Aufmerksamkeitszentrum beleuchten. Seine Gestik erinnert an einen Pfarrer, der seine Worte von der Kanzel herab auf seine Schäfchen prasseln lässt, egal, ob die zuhören oder nicht.

»… und deshalb sage ich mit aller Deutlichkeit: Ürgendeinen Sinn hat es, dass wir uns hier versammelt haben. Die Liebe ist ein Acker, und wenn wir Monokultur betreiben … Artenvielfalt … Boden zerstört … Müssen uns lösen von Mustern der Vergangenheit … Unsere Vorstellungen voneinander und von uns selbst … wie Pflanzenschutzmittel … rotten die Unverwechselbarkeit in uns aus … deshalb … wünsch… ei… au… eeouaaaussoorschuuroo … Kaffee.«

Franziska schreckt auf: Kaffee. Er hat das Zauberwort ausgesprochen.

Wohl eine Aufforderung, denn alle erheben sich und gehen hinüber zu den Tischen. Die joviale Stimmung vom Morgen hat sich verflüchtigt. Ernüchterung scheint um sich zu greifen. Nur Paula ist aufgedreht.

»Er hat mich angeschaut«, flüstert sie Franziska ins Ohr. »Lukas! Von der Seite.«

Na von wo aus denn sonst? Wo er doch neben ihr sitzt. Eigentlich könnte Franziska ihre Mission als beendet betrachten. Traummann gefunden, Paula glücklich, Ende, Abspann. Aber dieser Lukas Großhorn benimmt sich seltsam. Furchtbar distanziert. So als hätte er sich nicht mit ihnen am Vortag bestens unterhalten. Als sei das nie passiert. Als sei er in dieses Seminar nur – hineingerutscht. Unabsichtlich. Und als würde er sich über dieses Missgeschick ordentlich ärgern.

Dennis bietet ihnen Popcorn an. Sie greifen zu. Scheint ein lustiger Knabe zu sein. Kaum zu glauben, dass der keine Frau findet.

»Jetzt erzähl mal«, sagt Franziska. »Was treibt dich hierher?«

Eigentlich sei er ja der IT-Beauftragte der Jungbluth-Stiftung, sagt Dennis, er kümmere sich um die Programmierung der Website, »dieses ganze elektronische Zeugs«.

Sagt's und stopft sich eine Handvoll Popcorn in den Mund. Und weil er den lieben langen Tag vor dem PC hockt wie ein Affe auf dem Schleifstein, habe noch kein Prinz den Weg in seine Kemenate gefunden. Franziska glaubt, sich verhört zu haben. Bis sie versteht, dass er es genau so meint, wie er es gesagt hat: Prinz. Nicht Prinzessin.

»Hoffentlich kommen wir uns nicht in die Quere«, sagt Paula.

»Wenn du dänische Holzfäller suchst«, sagt er, »mit Schnauzer und tüchtig Fell auf der Brust, dann könnte es eng werden.«

»Kannst du behalten.« Paula ist die Großzügigkeit in Person.

»Du musst rausgehen«, sagt Paula. »Du musst dich öffnen!«

Nur weil sie Jungbluth ein paar Minuten zugehört hat, glaubt sie wohl schon, andere therapieren zu können.

»Ürgendwie hast du ja recht«, sagt Dennis. Sie lachen.

Franziska sieht aus dem Augenwinkel, wie sich die Perlenkette an die dürre Handarbeitslehrerin heranpirscht.

Jungbluth mahnt Aufmerksamkeit an. Die Vorstellungsrunde steht an.

Vorstellungsrunde! DAS NACKTE GRAUEN.

Franziska fürchtet kaum etwas mehr als diese Selbstbeweihräucherungs-Orgien, in denen sich jeder als D-Zug mit Laserantrieb vorstellt, während er doch in Wahrheit ein renovierungsbedürftiger Waggon ist mit morschem Mobiliar, der auf dem Abstellgleis vor sich hin modert.

»Wer möchte beginnen?« Jungbluth wirft einen prüfenden Blick in die Runde.

»Nun, ürgendwer wird sich schon opfern müssen.«

Franziskas Herz hämmert. Was soll sie nur sagen? Telefonistin mit ungesundem Hang zu Periodenmännern und Weißwürsten?

»Ach, weil wir grad dabei sind: Vergessen Sie, was Sie sich gerade überlegt haben«, sagt Jungbluth, der offenbar immer für eine Überraschung gut ist. »Hier in diesem Raum haben wir eigene Spielregeln. Meine nämlich. Ich möchte von euch nicht wissen, was ihr euch hier und heute wünscht, sondern wo ihr in zwei Jahren sein werdet. Beschreibt mir, wo ihr seid, mit wem und warum.«

Das wird ja immer besser. Praktische Science-Fiction.

Franziska ist hellwach. Nicht ich als Erste, betet sie zum Zwergengott, bitte nicht mich auswählen, bitte, bitte nicht mich.

Die Bohnenstange mit dem Sparkassenschlitzmund zeigt auf. Proaktiv, so hat man's gern.

Jungbluth nickt ihr aufmunternd zu.

»Schön, Ursula, ich freue mich auf dich.«

Ursula? Die sind per du? Haben sich alle verbrüdert, während Franziska die erste Runde verdöst hat?

»Ich heiße Ursula Maschek und bin Handarbeitslehrerin.«

Na bitte, Volltreffer! Franziska wechselt einen Blick mit Paula. Verschwörerisches Grinsen.

»In zwei Jahren bin ich hoffentlich in Rente, mit einem lieben Partner an meiner Seite. Gerne ein Schafzüchter oder Hirte. Ich kann mir vorstellen, auf einer Alm zu wohnen.«

»Du wünschst dir schon wieder was«, rügt sie Jungbluth. »Schaffe Tatsachen! Hier und heute kannst du dich wie von Zauberhand auf die Alm beamen. Nun, wie sieht es dort aus?«

Ursula schließt folgsam die Augen, atmet tief ein, ihr Brustkorb plustert sich auf, dann steht sie auf, schleudert mit einer wilden Bewegung die Birkenstock-Sandalen fort.

Ein kurzer Moment des Entsetzens. Einige weichen zurück, befürchten wohl, dass weitere Ausstattungsteile der Handarbeitslehrerin durch die Luft fliegen könnten.

Im nächsten Augenblick aber spricht sie schon, salbungsvoll wie eine Schamanin, die ein Bittgebet an die Mutter Erde richtet.

»Ich gehe barfuß auf der Wiese, das Gras ist noch feucht vom Tau.« Sie marschiert auf der Stelle, die Augen immer noch geschlossen, streckt die Arme seitlich aus. »Neben mir geht Peter« – sie greift ins Leere, fasst mit den Fingern in die Luft, ganz lange, dürre Finger sind es, sie braucht zum Stricken wahrscheinlich gar keine Nadeln –, »ja, Peter ist da, ich freue mich so, ihn zu sehen.«

Franziska inspiziert unauffällig den Raum. War das *Versteckte Kamera*? Lauert hinter einem Mauervorsprung ein Regisseur, der sich ins Fäustchen lacht? Und sie sind die Idioten, die das Schauspiel für bare Münze nehmen?

Franziska wirft Paula einen schnellen Blick zu. Weit aufgerissene Augen. Auch sie kann nicht glauben, was sie sieht. Laura Konfetti hingegen bedenkt die Lehrerin mit einem Blick der Marke: *Ich verehre dich wegen deiner Wahrhaftigkeit, du weise Frau, du.* Einem Blick, der Franziska üblicherweise dazu veranlasst, einen Raum zu verlassen.

Dennis hält die Arme demonstrativ vor der Brust verschränkt. Stoische Miene.

Jungbluth ist begeistert. »Was fühlst du, Ursula, was siehst du?«

»Ich sehe einen Adler«, sagt Ursula. »Breite Schwingen, hoch oben am Himmel.«

»Jawohl, der Adler ist das Symbol für Freiheit und Selbstbestimmtheit«, fährt Jungbluth dazwischen und hebt den Zeigefinger.

»Ich rieche …« Plötzlich bleibt sie abrupt stehen. Schnuppert. Und erinnert Franziska an Lucky, die Hündin, die sie hatten, als sie noch im Haus wohnten. Langer Hals, Nase in den Wind gesteckt, alle Synapsen auf Empfang. »Ich rieche … den Schnee, von der Alm«, murmelt Ursula. »Dieser frische, kalte Geruch. Und« – sie schnuppert wieder – »Tier, totes Tier, Aas, ein fauler Geruch, modrig.«

»Das ist nur meine Leberwurst«, ruft Robert, der Typ mit dem Dreijahresbart, aus. »Für die Jause.«

Ursula öffnet erschrocken die Augen.

Robert hat es verbockt, die Kandidatin aus ihrer Trance geworfen. Das scheint ihn allerdings nicht zu kratzen, denn er öffnet seinen Rucksack, zeigt der Runde ein in Alufolie eingewickeltes Ding. »Ist von meiner Mama. Alles biologisch. Weil ich zwischendurch immer so einen Hunger hab.«

Und dann lacht Paula los. Ein Lachen von ganz tief unten, und nach einer Schrecksekunde fallen auch die anderen mit ein. Ursula steht neben der Kerze in der Mitte des Sesselkreises wie ein verlorenes Schaf. Jungbluth hat ein Einsehen und schickt sie zurück auf ihren Platz.

»Ihr« – er fixiert einen nach dem anderen – »seid allein. Ihr wünscht euch einen Partner, eine Partnerin. Und ihr ertragt es nicht, wenn ein Mensch Kontakt aufnimmt mit seinem Innersten? Da drin« – er klopft auf seine Brust – »ist nicht nur das Herz, da drin ist auch die Zukunft verborgen. Ihr müsst euch hier aufmachen« – noch einmal klopft er sich auf die Brust –, »wenn ihr nicht mehr alleine sein wollt. Ursula hat es vorgemacht, und ich danke ihr dafür.«

Ui, das hat gesessen. Ist jetzt kollektives Schämen angesagt?

Jungbluth blickt haarscharf an Franziska vorbei.

»Paula«, sagt er. »Bitte komm du in die Mitte.«

Das war ja wohl klar. Die Urheberin des Tumults muss büßen.

»Aber –«, beginnt sie, hält dann inne.

Franziska weiß, was sie sagen möchte. Das war doch der Typ mit seiner Semmel, der alles durcheinandergebracht hat, dieser Robert. Nicht ich. Ich wasche meine Hände in Unschuld.

Jungbluth bedenkt sie mit einem Blick, der sagt: Hab keine Angst.

Da erhebt sie sich widerstrebend, zieht die Enden ihrer Bluse nach unten, um den Hintern zu bedecken. Eine Geste, die Franziska so gut kennt, als wär's ihre eigene.

»Also. Wo siehst du dich in zwei Jahren?«, fragt Jungbluth. »Was wirst du bis dahin erreicht haben?«

Franziska sieht Paula ihre Unschlüssigkeit an. Sie weiß offenbar nicht, ob sie von Perioden- und Phasenmännern erzählen soll. Und von Lebensabschnittspartnern. Und all dem dazwischen. Und dem danach. Dem Betreuten Wohnen und den Pflegern, denen sie ein Trinkgeld zustecken wird. Also steht sie einfach da und sagt nichts.

»Und?« Jungbluth legt seinen Zeigefinger an sein Kinn. »Ürgendein Gefühl am Horizont?«

Nichts. Paula schweigt.

»Gut, dann ein Experiment. Lukas, bitte komm nach vorn. Wir probieren etwas aus.«

Folgsam erhebt sich der falsche Schriftsteller von seinem Sessel und stellt sich Paula gegenüber.

»Und jetzt«, sagt Jungbluth, »sag ihr bitte, dass du sie gernhast.«

Große Verwunderung. »Ich soll –?«

»Wie lang hast du diesen Satz schon nicht mehr ausgesprochen?«

Lukas schüttelt den Kopf. Da steht ein kleiner Junge, der

nicht weiß, wohin mit seinen Händen. Und Paula, die steht auch da, stumm und hilflos.

»Wie lange hast du diesen Satz schon nicht mehr gehört, Paula?«, fragt Jungbluth.

Wie lange ist es her, dass einer zu dir »Ich hab dich gern« gesagt hat?, fragt sich jetzt auch Franziska. Marco? Der hat immer nur gesagt: *Ich finde dich okay.* Und später: *Ich hab dich echt okay gefunden.* Im Perfekt. Da war's schon längst nicht mehr perfekt zwischen ihnen. Und vorher? Roland, ihre große Liebe. Schrieb Briefe. Mit der Hand. Etwas, das man heute nicht mehr kennt. Vier Seiten, manchmal fünf. Erzählte ihr, was er den ganzen Tag so trieb, aber in Wahrheit wollte er sie teilhaben lassen an seinem Leben, weil es umgekehrt nicht der Fall war. Er erschrieb sich ihre Nähe, die sie ihm nicht gönnte. Sie wollte lieber raus mit ihren Freundinnen, verstand seine Anhänglichkeit nicht. Roland, das war der Samstagabendfreund, den man mitnahm ins Kino. Ein Vorzeigetyp, damit man cool war wie die anderen und kein Loser. Ganz schön berechnend. Ihre Mutter warnte sie, sie müsse aufpassen: Jungs würden sie ausnutzen, wenn sie zu gutmütig wäre. Dabei war es doch genau umgekehrt: Sie war es, die die Jungs ausnutzte. Vor ihr hätte man die Jungs warnen müssen.

Mit ihrem coolen Ich von damals hatte sie nicht mehr viel gemein. Die Briefe, die ihr damals so wenig bedeutet hatten, hat sie aufbewahrt. Wahre Schätze, unwiederbringlich, denn alles, was sie danach bekam, waren Mails und SMS, schnell hingefetzte Botschaften, die sich nicht konservieren lassen. Manchmal sehnt sie sich nach dieser Zeit der Briefe zurück. Als alles noch Bestand hatte. Sind das schon die ersten Anwandlungen einer Midlife-Nostalgie? Ein Fünkchen Coolness hätte sie auch gern aus der Vergangenheit in die Jetztzeit transportiert. Denn wenn sie ehrlich war, kriecht ihr manchmal ein Sorgenwurm durch die Adern. Und wenn Roland schon der Richtige gewesen wäre? Und sie nur aus Dummheit und Eitelkeit mit ihm Schluss gemacht hatte? Wenn man nur eine große Chance hat im Leben und wenn man die verpasst, hat man Pech gehabt?

Draußen vor dem Kurhaus kreischen die Vögel. Franziska sieht ein Eckchen eines durchdringend blauen Himmels. Eine Prozession sogenannter Best Agers tritt wahrscheinlich in genau diesem Moment durch das Drehkreuz der Kuranstalt, um ihre Lebensgeister im kalten Wasser zu wecken.

Vielleicht wäre das nicht die schlechteste aller Lösungen, überlegt sie. Im kalten Wasser waten. Und alles in Ruhe überdenken. Franziskas Vater hat immer gesagt: *Wenn du nicht weiterweißt, dann setz dich ans Wasser. Die Antwort kommt angeschwommen*. Als sie klein war, stellte sie sich vor, dass sie eine Flaschenpost mit einer Botschaft drin abfing. Als ihre Mutter ihr mitteilte, dass sie sich scheiden lassen würden, ging sie runter zum Fluss und starrte ins Wasser. Lange. Da kam nichts außer noch mehr Wasser. Auf beiden Seiten des Ufers hielten Fischer ihre Angelruten in den Fluss. Mit einer Engelsgeduld. Heute weiß sie, dass genau das die Antwort war. Still sitzen, aber mit offenen Augen und offenem Herzen. Die Angelrute der Erwartung in den Fluss geworfen. Dass ein Fisch anbeißt, kann man nicht erzwingen. Aber man verpasst ihn nicht, falls er vorbeischwimmt.

Lukas sieht Paula in die Augen. Paula sieht Lukas in die Augen. Im Zuschauer, befindet Franziska, reift unweigerlich das unangenehme Gefühl heran, einen intimen Vorgang zu beobachten.

»Ich, hmm. Ich, also ich –«

Weiter kommt Lukas nicht. Er schüttelt den Kopf.

»Ich kann nicht.« Ganz leise sagt er das.

»Das war schon ganz gut«, sagt Jungbluth, nimmt seine Brille ab und putzt die Gläser mit dem Zipfel seines Hemdes.

»Wie fühlte sich das an?« Jungbluths Frage richtet sich an Paula.

»Was? Dass er *Ich, ich* gesagt hat?«

»Dass einer kurz davor ist, *Ich hab dich gern* zu sagen.«

Paula zuckt mit den Schultern.

»Ich weiß es nicht.«

Ursula steht auf, immer noch barfuß. »Es fühlt sich an, wie wenn jemand zu dir sagt: Bei mir bist du zu Hause.«

»Und was bedeutet das?«, fragt Jungbluth.

»Zu Hause ist dort, wo man den Bauch nicht einziehen muss«, sagt Robert und packt seine Jeans wieder ein.

Lachen.

»Nicht immer«, sagt Jungbluth ernst. »Manche ziehen auch den Bauch ein, wenn sie allein sind. So als würde sie ürgendwer beobachten. Eine richtende Instanz.«

»Mir geht es manchmal so.« Das ist Paula.

Alle Augen sind auf sie gerichtet. Sie lacht verlegen.

»Wo steckt die echte, die unverstellte Paula, die keiner beobachtet?«, fragt Jungbluth.

Jetzt wird's spannend. Franziska richtet sich auf. Manchmal fragt sie sich das auch. Ob Paula ihr nicht etwas vorspielt. Dieses ewig Aufgedrehte, an der Grenze zum Schauspiel. Drama Queen und mutige Amazone in Personalunion. Und immer laut. Unübersehbar. Unüberhörbar.

»Unterm Sessel«, sagt Paula. »Dort hat sie sich versteckt.«

Jungbluth blickt unter seinen Stuhl.

»Meinst du, dass du genug Platz hast?«

»Früher«, sagt Paula, »früher ging das locker. Dann war ich unsichtbar.«

»Und heute? Wie machst du das mit Unsichtbarkeit?«

»Heute hab ich dafür ein Spray. Pfft, pfft, pfft.«

Alle lachen. Paula lacht nicht mit.

»Wie hast du das gemeint mit dem Stuhl?«, fragt Franziska, als sie zurückgehen zur Berggräfin, um sich umzuziehen. Für den Nachmittag ist ein Spaziergang im Wald geplant.

»So, wie ich's gesagt hab. Ich hab mich versteckt, damit sie mich nicht finden.«

»Sie?«

Franziska weiß nicht viel über Paulas Kindheit. Paula winkt immer ab, wenn davon die Rede ist. *Nicht wichtig und lang vorbei.*

»Vater und Toni.« Das war der Onkel.

»Und falls sie dich gefunden hätten?«

»Dann hätte ich helfen müssen.«

Paula hatte noch zwei kleinere Geschwister, von denen sie aber nie sprach. Wenn ihre Eltern arbeiteten, musste sie die Kleinen hüten. Ihr Vater war Hausmeister im Gemeindebau, ihre Mutter arbeitete nachts, bis hinein in den Vormittag. Sie war Pflegerin im Krankenhaus. Erst viel später erfuhr Paula, auf welche Weise sie tatsächlich ihr Geld verdiente. Mit Pflege hatte dieser Beruf zu tun – aber nur entfernt. Sehr entfernt.

Als sie die Stufen hinuntergehen, hält Jungbluth sie auf. »Deine Geschichte hat mich sehr berührt«, sagt er zu Paula. »Wir können jederzeit sprechen.«

»Danke«, sagt Paula. »Ich bin schon bedient.«

»Warum so schnippisch?«, fragt Franziska, als sie den Weg zurück durchs Dorf gehen. »Der ist doch nett. Und er will dir helfen.«

Eigentlich wäre er der ideale Mann für dich. Das sagt sie aber nicht. Das denkt sie.

»Mir helfen? Wobei?«

»Dein Chaos zu sortieren zum Beispiel.«

»Mal ehrlich, Franziska: Was mache ich ohne Chaos? Ich will nicht, dass mein Leben aussieht wie eine IKEA-Musterwohnung. Alles sortiert und gesammelt in kleinen Schächtelchen. Nein, ich will das Leben unsortiert und wild durcheinander.«

»Verrücktes Huhn«, sagt Franziska.

»Gutes Stichwort«, sagt Paula. »Ich hab einen Bärenhunger.«

Wandertag mit Wunder

Jungbluth hat eine »leichte Wanderung« nach dem Mittagessen angekündigt. Um das Suppenkoma zu bekämpfen. Und für die Gruppendynamik.

Franziska sieht sich um: Die Damen haben sich allesamt in hautenge Sporthosen gezwängt. Sogar die beige Madame hat ausnahmsweise ihre Perlenkette abgelegt und ist im Jogginganzug mit scharfer Bügelfalte erschienen. Laura Konfetti muss natürlich ihre Sanduhrfigur ins rechte Licht rücken und tritt in einem schwarzen Ganzkörperlatexanzug auf. Catwoman reloaded. Lukas kann die Augen nicht von ihr lassen. Paula ist alarmiert.

»Meinst du nicht, dass Laura heiß wird in diesem – Ding?«, zischt sie ihm zu.

Logisch, was Paula jetzt hören möchte. Ein »Die wird aber noch ordentlich ins Schwitzen kommen« oder ein »Will sie das Wild verschrecken?« aus Lukas' Mund. Etwas Verschwörerisches, das unterschwellig sagt: Keine Sorge, die anderen Frauen hier sind mir egal. Ich interessiere mich nur für dich.

Fehlanzeige. Lukas bringt nur ein mühsam hervorgestoßenes »Was?« hervor, während sein Blick wie hypnotisiert an Lauras Hinterteil klebt. Paula trägt im Übrigen immer noch ihre weißen Leggins und die gelbe Bluse, die mittlerweile angewachsen sein musste.

In der Berggräfin war Franziska so frech und hat einen

Blick in Paulas Schrankhälfte geworfen. Haufenweise Dessous. Mit Spitze. Schwarz und rot. Selbsthaltende Strümpfe, obwohl die doch der reinste Fluch sind! Sobald man drei Schritte geht, löst sich unter Garantie die Haftwirkung in Luft auf. Dann kann man entweder alle zwei Minuten unter den Rock greifen und die Strümpfe hochziehen. Oder man lässt es bleiben und muss damit leben, dass der Strumpf bald hilf- und haltlos um den Knöchel baumelt und man aussieht wie eine Zweijährige, der es nicht gelungen ist, nach dem Pipi die Hose wieder hochzuziehen. Was um Himmels willen will Paula damit in Bad Örzen?

Eine Kurhausmitarbeiterin – blaues Shirt mit dem arktisch weißen Aufdruck *Weil wir die Kälte lieben* – drückt jedem zwei Nordic-Walking-Sticks in die Hand. Paula rümpft die Nase: »Danke, brauch ich nicht.«

Jetzt muss Franziska mal ein Machtwort sprechen. »Bitte nimm sie. Du wirst noch froh sein.«

»Das ist einfach lächerlich«, sagt Paula. »Mit chinesischen Stäbchen durch die Botanik marschieren und Maulwürfe erschrecken. Ist dir überhaupt bewusst, wie dämlich das aussieht?«

Franziska zuckt mit den Schultern. Dann eben nicht.

Dennis schlüpft in die Schlaufen der Stöcke wie ein Profi. *Ritsch ratsch* macht der Klettverschluss.

»Ich mach jeden Tag Bewegung«, teilt er nicht ohne Stolz mit. »Wegen der Bikinifigur – der Nachbarin, um ehrlich zu sein. Wenn sie mich im kurzen Höschen sieht, vergeht ihr der Appetit. Sie will abnehmen. Sie fleht mich regelrecht an, jeden Tag bei ihr vorbeizuwalken.«

Jungbluth bittet um Ruhe und sticht bedeutungsvoll mit dem Finger in die Luft. Seine Walking-Stöcke hängen lässig an den Handgelenken. »Das Wetter ist wie gemacht für unseren kleinen Ausflug zum Thema Vertrauen. Ihr müsst wissen: Die Transformation« – es folgt eine Kunstpause, er blickt jedem tief in die Augen – »funktioniert nur, wenn ihr vertrauen könnt. Mir in erster Linie. Aber auch euch gegenseitig. Das Vertrauen ist die Basis jeder Kommunikation.«

Wenn er noch ein einziges Mal *Vertrauen* sagt, denkt Franziska, dann pikse ich ihn mit der Spitze meines Nordic-Walking-Sticks in den Allerwertesten.

Sie marschieren los. Jungbluth an der Spitze, ein Pulk Frauen hinterher. Paula schlüpft an Lukas' Seite. Sie ist die Einzige ohne Stöcke, und in ihrem gelben Dress wirkt sie wie die Schiedsrichterin eines Spiels, dessen Regeln erst noch zu verhandeln sind.

Franziska bildet mit Dennis den Abschluss der Gruppe.

»Wir sind das dicke Ende«, sagt er und lacht.

Franziska findet das nicht einmal ansatzweise witzig. Hat er *wir* gesagt und sie damit automatisch miteinbezogen? Sie sieht an sich herunter, findet sich schick in ihrer Jogginghose mit dem gelben Streifen an der Seite, die macht doch ausgesprochen schlank. Besser nicht nachhaken. Themenwechsel.

»Sag mal, glaubst du da dran? An diese Transformation?«, fragt sie.

Dennis lacht. »Ich mag dich«, sagt er.

Jetzt ist sie es, die lacht.

»Und was die Transformation angeht« – er legt den Zeigefinger über die Lippen –, »Betriebsgeheimnis.«

Vom Kurhaus führt der Weg schnurstracks in den Wald. Rechter Hand fließt ein Bächlein helle, von den Baumkronen jubilieren die Vöglein. Zweierreihen haben sich gebildet, ganz vorn leuchtet Paulas Kolibri-Tunika.

Wenn die metallenen Spitzen der Stöcke auf einen Kiesel treffen, macht es *klick klick klick*. Es riecht nach Tannennadel-Aufguss in der Panorama-Sauna. Und warm ist es auch. Franziska spürt, wie sich erste Schweißtropfen in der Senke zwischen den Brüsten sammeln. Wenn das so weitergeht, wächst sich das noch zu einer sportlichen Veranstaltung aus.

Vor Franziska und Dennis gehen Haarmodel Laura und Handarbeitslehrerin Ursula, die ununterbrochen von ihrem Verflossenen Anton erzählt, der es sich angewöhnt hat, jeden Abend eine andere Arbeitskollegin zum Essen mit nach Hause zu bringen. »Wir waren nie alleine, keinen einzigen Abend, immer saß eine Uschi oder Herta oder Vera zwischen uns wie ein Prellbock. Und er hatte jeden Abend ein stichfestes Argument parat. Einmal war das Auto der bemitleidenswerten Brigitte kaputt, einmal das Fahrrad, einmal hatte eine Angela ihr Schnellbahnticket verlegt, ein anderes Mal war Annamaria frustriert und musste getröstet werden. Sie schliefen alle auf dem Ausziehsofa im Wohnzimmer, das irgendwann überhaupt nicht mehr zusammengeklappt wurde.«

Laura sagt etwas, das Franziska nicht verstehen kann, ihrer gerunzelten Stirn nach zu urteilen, missbilligt sie das Verhalten von Anton, der folgerichtig in die Wüste geschickt werden musste.

Franziska versucht, jedes Wort zu erhaschen. Wie hilfreich, einmal keine Beziehungs-Erfolgsgeschichten zu hören. Bei *Ihr schönster Kalender* übertrafen sich die Kolleginnen doch täglich mit der Schilderung ihres Familienglücks. *Hans hat mir das Frühstück ans Bett gebracht. Und den Handstaubsauger. Er weiß, ich kann Brösel zwischen den Laken nicht ausstehen.* Oder: *Tim und ich, wir feiern jeden Jahrestag auf Fuerteventura. In unserem kleinen Hotel. Zimmer 12, Blick auf einen Olivenhain.*

Franziska muss da immer schlucken. Nicht wegen der Beziehungen, die ihre Kolleginnen gnadenlos in die Auslage stellten und von der Sonne ihrer Aufmerksamkeit bescheinen lassen. Sondern weil all diese Frauen offenbar ihren Platz in dieser Welt gefunden hatten, und sie die Einzige war, die noch orientierungslos herumirrte.

Franziska fragt sich, was wohl passierte, wenn man alle diese scheinbar vor Glück berstenden Frauen hierhin verfrachtet. Ob dann endlich die Wahrheit aus ihren herausbräche wie Lava aus dem Vulkan. Oder ob sie an ihren Erfolgsmeldungen krampfhaft festhielten, aus Angst, ihr Gesicht zu verlieren.

»Warum bist du eigentlich hier?«, reißt Dennis sie aus ihren Gedanken.

»Begleitung«, antwortet Franziska.

»Wirklich? Nur Begleitung?« Dennis sieht sie seltsam von der Seite an.

»Warum nicht?«

»Weil –«

»Weil – was?«

Franziska bleibt stehen. Soll er doch mit der Sprache rausrücken. Sie hat soeben Laura Konfettis Fortsetzung der Prellbock-Geschichte versäumt, und Dennis muss nun eine verdammt gute Nachricht liefern, um die Unterbrechung zu rechtfertigen.

»Weil ich hier nicht zum ersten Mal dabei bin. Und meine Pappenheimer kenne.«

»Deine – was?«

Das ist ja wohl die Höhe. Herr Siebenschlau meint wohl, alle durchschauen zu können. Sie ahnt, was jetzt kommt.

»Du willst mir aber jetzt nicht sagen, dass die, die als Begleitung kommen, es in Wahrheit am meisten nötig haben. Nach dem Motto: Die größten Kritiker der Elche sind in Wahrheit selber welche.«

»Doch«, sagt Dennis und sticht mit dem Stick in den Boden. Er lacht. »Du hast es ziemlich gut erfasst.«

»Zum Mitschreiben, mein Lieber: Ich bin sehr – sehr in Großbuchstaben – glücklich mit meinem Leben. Ich brauche keinen – in Großbuchstaben – Guru, der mir erklärt, wie der Hase läuft.«

»Weiter, komm.« Dennis startet los. »Wir verlieren sonst den Anschluss.«

»Warte!« Franziska hechelt ihm nach.

Da stimmte doch was nicht. Warum war er schon mehrere Male da, wenn doch die ominöse Transformation angeblich schon nach wenigen Tagen eintritt? »Und du? Du bist also so was wie ein Stammgast hier?«

Er lacht, schwingt seine Sticks, deutet auf Laura Konfetti. »Die Dame vor uns, siehst du sie? In dem aerodynamischen Dress. Sie ist Marketingmitarbeiterin bei »Ballett am Bauernhof«, einer Initiative, die den kreativen Ausdruckstanz im ländlichen Gebiet fördert. Das hat sie zumindest angegeben. Unglaubwürdig, wenn du mich fragst. Und Madame Perlenkette heißt in Wahrheit von Frack, geborene Wiesinger. Ihr Ex-Mann ist Gilbert von Frack, Inhaber einer traditionsreichen Porzellanmanufaktur.«

»Woher weißt du das?«

Dennis geht nicht auf ihre Frage ein. »Der Holzfäller mit

Gesichtsbehaarung heißt Robert und ist Nebenerwerbslandwirt. Er war schon bei sämtlichen Datingshows dabei, von »Bauer sucht Frau« bis »Schwer verliebt« und – man sagt so was ja nicht gerne, aber intern gilt er als unvermittelbar.«

Ein Spion. Dennis musste ein Spion sein, der sich die Daten der Teilnehmer erschlichen hat. Woher sonst sollte er das alles wissen? »Und ich?«, fragt Franziska. »Was weißt du über mich?«

»Fachkraft im Callcenter. Du sitzt am Telefon und verkaufst Lampen. Nein, Tapeten. Irgendwas für die Wand.«

»Kalender.«

»Genau, das war's. Kalender.«

»Jetzt bleib mal stehen.« Sie hält ihn am Arm fest. »Du sagst mir jetzt sofort, woher du das weißt.«

Er sieht sich um. »Pssst!«, flüstert er. »Großes Geheimnis. Alle Daten der Jungbluth Foundation laufen über meinen Server. Dazu gehören auch die Anmeldedaten.«

Ach, so läuft der Hase. Als IT-Verantwortlicher hat er natürlich Zugang zu sämtlichen Informationen.

Von Zeit zu Zeit, sagt Dennis, nehme er an einem Seminar teil, um die Abläufe unter die Lupe zu nehmen und der Geschäftsführung rückzumelden. »So eine Art Qualitätscheck. Ich verrate dir das nur, weil ich das Gefühl nicht loswerde, dass du an dieser Veranstaltung zweifelst. Du verpfeifst mich doch nicht?«

»Nur, wenn du … also, unter einer Bedingung.«

»Und die wäre, kleine Erpresserin?«

»Du erzählst mir etwas über unseren Autor. Den Schriftsteller.«

Das war perfekt! Sie würde Dennis ausquetschen und

könnte Paula danach alles über diesen Lukas erzählen. Eventuell Futter für ihren Verkuppelungsversuch.

»Autor? Da ist kein Autor in der Gruppe.«

»Lukas.«

»Lukas? Der ist doch kein – hör mal, der hat mit Autos zu tun. Klingt ähnlich, ist aber nicht ganz dasselbe.«

»Autos?«

»In seiner Anmeldung steht, dass er als Mechaniker arbeitet. Wieso? Gefällt er dir? Soll ich –?«

»O nein, nein, natürlich nicht!«, unterbricht ihn Franziska. Das fehlte gerade noch. Eine gut gemeinte Intervention. Paula würde sie umbringen. Eigenhändig. Aber das ist mal eine interessante Neuigkeit. Da war Paula einem Baron Münchhausen auf den Leim gegangen. Nur gut, dass er sich nicht wirklich intensiv um sie zu bemühen scheint.

»Und das ist alles? Mechaniker? Gibt's sonst noch was Interessantes?«

»Nicht, dass ich wüsste. Alles im grünen Bereich. Ehefrau, zwei Kinder.«

»Was?« Franziska glaubt, sich verhört zu haben. »Hast du Ehefrau gesagt?«

»Das ist keine Seltenheit, Schnecke«, sagt Dennis und wackelt anzüglich mit den Hüften. »Vielleicht kurz vor der Scheidung. Man kann nicht reinsehen in die Leute, nicht wahr.«

»Nein«, murmelt Franziska, »das kann man nicht.«

»Aber in die Zukunft kann ich sehen.« Er kneift die Augen zusammen. »Wetten, dass in« – Blick auf die Uhr – »rund achteinhalb Minuten eine der Damen laut schreit?«

Franziska boxt ihn in die Schulter. »Spinner«, sagt sie, und dann beeilen sie sich, weil irgendwer ihre Namen ruft.

Fünf Minuten später. Eine zauberhafte Lichtung. Hohes Gras, Vogelchor, wilde Blumen. Franziska würde es nicht wundern, wenn aus dem Unterholz eine Kolonie Elfen im Glitzer-Tutu hervorschwebte.

»Wo wart ihr?«, fragt Ursula, ihr Mund ein schmaler Strich.

»Wir mussten etwas besprechen«, sagt Franziska. Sie ist sich keiner Schuld bewusst. Die anderen haben sich über die Wiese verteilt und dehnen ihre Muskeln, als hätten sie soeben die erste Etappe des Himalaya-Aufstiegs hinter sich gebracht. Sir Edmund Jungbluth macht vor, wie's geht.

»Ausfallschritt, rechtes Bein ist vorne, mit den Händen auf den Knien abstützen, und jetzt Becken absenken. Laura, ist das wirklich dein Becken?«

Kichern wie in der Turnstunde mit Dreizehnjährigen.

»Ich kann nicht mehr«, stöhnt Paula und fällt seitlich ins Gras. »Er bringt uns noch alle um.«

Er springt mittlerweile zehn Meter weiter wie ein Jo-Jo auf und ab, wohl um sich für die nächste Etappe aufzuwärmen.

»Vertrauen«, ruft er, »ist kein Naturgesetz, Vertrauen muss man sich erarbeiten!«

»Nicht schon wieder Arbeit«, stöhnt Paula. Sie setzt sich auf, zieht ihre Schuhe aus und schleudert sie ins hohe Gras.

Franziska hat große Lust, Paula alles zu erzählen, was sie von Dennis erfahren hat, doch jetzt ist definitiv nicht der richtige Moment, um sie zu erschrecken.

Paula setzt sich auf. »Meinst du, die Transformation wirkt schon? Wenn Lukas nicht wäre, würde ich am liebsten nach Hause fahren. Ich hab genug von diesem Zirkus.«

Lukas, immer dieser Lukas. Mensch, Mädchen, mach doch mal die Augen auf. Franziska möchte Paula schütteln: Die Welt ist groß und schön, hörst du? Der Erstbeste, den du hier triffst, ist nicht notwendigerweise der Richtige! Sie fühlt sich für Paula verantwortlich – und was fast noch schlimmer ist: für ihr Glück. Schließlich war sie die Urheberin des Geschenks. Was, wenn es nach hinten losgeht und der lila Pudel nun erst recht seine Zähne fletscht?

»Nein«, sagt Franziska, so entschieden wie möglich. »Die Transformation setzt erst ein, wenn man durch ist. Mit allem, hörst du.«

Typisch Paula. Abhauen, wenn's beschwerlich wird. Diesmal nicht. Natürlich hat Franziska keinen blassen Schimmer, wann die Transformation tatsächlich einsetzt. Ob überhaupt. Aber das muss sie Paula ja nicht auf die Nase binden.

»Weiter geht's!« Jungbluth mahnt zum Aufbruch. Er dirigiert die Truppe in ein steiles Waldstück, das an einem Fluss mündet.

Bitte, bitte, nicht da rein in den Fluss, denkt Franziska. Um zu kaltem Wasser zu gelangen, hätten sie nicht erst quer durch die Botanik laufen müssen; kaltes Wasser gab's doch im Kurzentrum hektoliterweise.

Es stellt sich heraus, dass sie nicht durchs Wasser müssen, sondern oben drüber. Aber nicht auf der Wasseroberfläche wie Jesus (ach, was täte sie jetzt dafür, ihre Stofftierschar um sich zu haben!), sondern über eine wacklige Hängebrücke, die aus wenigen dünnen Seilen geknüpft scheint, auf denen ein paar morsche Bretter liegen. Die Konstruktion wirkt, als würde sie jeden Augenblick unter der Last der erschrockenen Blicke zusammenbrechen.

»Nie und nimmer.« (Das ist die Perlenkette, Hannelore Frack)

»Sonst noch Wünsche?« (Laura Konfetti)

»Schwimmen da Piranhas drin?« (Dennis)

»Das ist aber nicht schön geknüpft.« (Handarbeitslehrerin Ursula)

»Das müsste Molly sehen!« (Paula)

»Jetzt beruhigt euch erst mal.« Das ist Jungbluth, der seine Schäfchen um sich versammelt wie ein guter Hirte. »Ihr müsst da nicht sehenden Auges rüber.«

Erleichterte *Aaaahs* und *Oooohs.*

»Nein, natürlich nicht. Ihr bekommt die Augen verbunden.«

Hysterisches Kreischen.

Franziska stutzt – Dennis hatte recht mit seiner Prophezeiung. Nach achteinhalb Minuten würde eine Dame schreien, hat er gesagt.

»Und du, Franziska« – hier deutet Jungbluth mit der Spitze des Sticks in ihre Richtung –, »du beginnst.«

Hat er tatsächlich »Franziska« gesagt? Alle drehen sich zu ihr um. Offenbar hat sie richtig gehört.

»Och«, sagt sie nach einer Schrecksekunde. »Muss nicht sein, ehrlich nicht. Ich lass den anderen gern den Vortritt.«

Es ist so still, dass man eine Tannennadel fallen hören könnte.

»Wir warten«, sagt Jungbluth.

Jetzt spricht er schon von sich in der Mehrzahl! Franziska stochert mit der Spitze des Nordic-Walking-Sticks in der Erde. Wenn sie etwas verabscheut, dann sind das Mutproben. Was ist so schlimm dran, wenn man ein Feigling ist und es bitte schön auch bleiben möchte? Sie musste anderen nie was beweisen. Sich selbst übrigens auch nicht. Wozu auch? Dafür hatte sie stets Freundinnen an ihrer Seite, die sich alles trauten. Die sich im Drogeriemarkt die Kondome in den BH stopften, bei den Mathe-Schularbeiten die Formeln in die Handfläche schrieben, die beim gemeinsamen Referat den Anfang machten.

Dennis zieht sie zur Seite. »Ist nicht schlimm«, flüstert er. »Jedes Jahr dasselbe Theater. Die Brücke sieht nur so kaputt aus. In Wahrheit kann da eine Stierherde drübertrampeln, ohne dass was passiert. Die ist präpariert.«

Woher weiß der das schon wieder?

»Einer von Jungbluths Tricks«, flüstert er noch. »Aber das bleibt unser Geheimnis.«

Und dann tut Franziska so, als ob sie sich duldsam in ihr Schicksal fügen würde, und schlendert betont langsam zur Brücke. Mitleidige Blicke begleiten sie. Alle sind froh, noch mal davongekommen zu sein.

Jungbluth hat währenddessen ein Tuch aus seiner Hosentasche gezaubert, es ist schwarz und verdammt lang.

»Nominier bitte einen Vertrauenspartner«, sagt er, bevor er sich anschickt, ihr die Augen zu verbinden. »Ürgendwen aus der Gruppe, von dem du überzeugt bist, dass du ihr oder ihm vertrauen kannst.«

Franziska muss nicht eine Sekunde nachdenken. »Paula«, sagt sie, »Paula macht das.«

Die Regeln des Spiels: Der Vertrauenspartner steht auf der anderen Seite der Brücke und dirigiert den Kandidaten über den Fluss. Sagt Schritte und Richtung an, rät ihm, wie er sich drehen und wenden soll. Kurz gesagt: Vertrauenspartnerin begleitet Kandidatin mit Worten sicher auf die andere Seite.

Und schon ist es dunkel. Franziska befühlt das Tuch, das über ihren Augen liegt. Weich und fest zugleich. Blinde Kuh. Eine Erinnerung aus Kindertagen. Keine angenehme. Wann immer sie den anderen blind vertraute, wurde sie hereingelegt. Sie war auch immer die blinde Kuh. Diejenige, die die anderen suchen musste. Mit dem Geklapper auf dem Topf lockten sie die Nachbarskinder eines Tages in einen Tümpel. Ihr neues Kleid schlammig von oben bis unten. Sie traute sich kaum nach Hause. Das war, kurz bevor ihr Vater mit Huppendorf-Installationen baden ging. Ihr Vater war noch nervöser als sonst. Die Mutter ging noch häufiger zum Schrank, in dem sie die alkoholischen Getränke aufbewahrten. Für die Gäste. Immer nur für die Gäste. Alles war darauf ausgerichtet, den Schein zu wahren. Auf der Polstergarnitur im Wohnzimmer lagen Kunststoffdecken, die knisterten, wenn man sich hinsetzte. Auf allen Tischen lagen Wachstücher, die die Oberfläche schützten. Zu welchem Zweck?, fragt sich Franziska heute. Wenn das Wachstuch niemals entfernt wurde, konnte doch auch niemand jemals die perfekt konservierte Tischoberfläche bewundern. Einmal davon abgesehen, dass Besuche immer seltener wurden, bis sie völlig versiegten.

Nachdem sie im Tümpel gelandet war, tappte Franziska durch das stille Haus und betete, dass ihre Eltern nicht zu Hause waren und sie das schmutzige und nasse Kleid unbeachtet in die Waschtrommel stopfen konnte. Auf Zehenspitzen schlich sie durch den Flur. Ihr Herz klopfte, als würde es gleich aus der Brust springen. Bitte, flüsterte es in ihrem Kopf, bitte, bitte. Noch drei Schritte bis zum Bad, noch zwei, noch einer. Sie stieß die Tür mit den Fingerspitzen auf. Ihre Mutter drehte sich um. Sie stand vor der Waschmaschine und sortierte Wäschestücke nach Farben. Sie sagte kein Wort. Nur dieser Blick. Franziska streifte das Kleid ab. Es gibt Momente im Leben, da bist du nicht nur nackt. Da fühlt es sich an, als hätte man dir auch noch die Haut vom Körper gezogen. Eine

Eiseskälte, ganz tief drinnen. Ein Blick, der sagte: *Du machst mir nichts als Arbeit. Du bist mir eine Last.*

Damals hätte sie eine Freundin wie Paula gebraucht. Eine, der man alles anvertrauen konnte. Eine, die ihr zuhörte, sie nicht auslachte, selbst wenn sie von ihren Ängsten erzählte. Eine Freundin, der sie eine kaputte Geschichte hätte erzählen können, die danach weniger kaputt gewesen wäre.

Franziska spürt einen Luftzug, hört Lachen. Da hat Jungbluth ihr wohl spaßeshalber in Richtung Gesicht geboxt, um zu demonstrieren, dass sie wirklich nicht mehr sehen kann. Er nimmt sie an der Hand, führt sie ein paar Schritte, legt ihre Hand auf etwas, das sich wie ein Handlauf aus Holz anfühlt.

»Bereit?«

»Bereit.«

Sie atmet tief ein.

Von Bockshörnern und anderen Trophäen

»Es war nicht meine Schuld. Ehrlich.«

»Ach ja? Wessen Schuld denn dann? Und kannst du bitte diesen schrecklichen gelben Fetzen ausziehen? Der ist doch die reinste Zumutung!«

Franziska lässt alles raus, was drin ist. Die ganze geballte Wut, ein heißer Knoten, der in ihrem Magen wirbelt. Das tut gut. Oh, wie gut das tut. Paula steht da wie ein begossener Pudel, obwohl doch Franziska eigentlich die Begossene ist. Ihre Sportkleidung haben sie auf dem Balkon zum Trocknen aufgehängt. Als Wäscheleine dient einer von Paulas selbsthaltenden Strümpfen.

Franziska hat sich tief in die Decke hineingekuschelt. Paula sitzt auf dem einzigen Stuhl im Zimmer, einem hölzernen Exemplar aus der Kollektion *Almöhi meets Ziegenpeter*.

»Aber im Geschäft hast du doch gesagt, dass es mir –«

»Hör mal: Als ich gesagt habe, dass dir das passt, habe ich nicht geahnt, dass du es nie wieder ausziehen würdest.«

Stille.

Paula betrachtet ihre Fingernägel.

»Und noch was«, sagt Franziska. »Rechts ist hier.« Sie deutet zum Fenster.

»Aber ich meinte doch *mein* Rechts«, jammert Paula.

»*Dein* Rechts? Hab ich da was nicht mitbekommen? Hat ab sofort jeder seine Privat-Orientierung?«

Franziska ächzt, lässt den Kopf auf das Kissen fallen, sieht hinauf zum Hirsch, der unermüdlich den Sonnenuntergang anröhrt. Der hat's gut, der Hirsch. Läuft herum, paart sich mit Frau Hirsch, frisst, schläft. Und beendet seine Laufbahn in Öl überm Bett im Zimmer 13 der Berggräfin.

Vielleicht war es nicht so eine gute Idee gewesen, die Sache mit dem Seminar. Warum um alles in der Welt hat sie mitfahren müssen? Hätte sie doch bloß Paula allein nach Bad Örzen geschickt.

»Bereust du, dass du mitgekommen bist?«

Oh. Hatte sie etwa laut gesprochen? Nein, es war nur Paula, die ihre Gedanken lesen konnte. Ach, Paula.

Im Grunde genommen war es ein Übertragungsfehler gewesen. Paula hatte »rechts« gerufen, und dann »weiter, weiter«, obwohl Franziska zu diesem Zeitpunkt bereits gefühlt hatte, dass das Brett, auf dem sie steht, sich gefährlich zu neigen begann. Sie ruderte mit den Armen in der Luft, um das Gleichgewicht wiederzuerlangen, und bekämpfte (erfolgreich) den Drang, sich das Tuch vom Gesicht zu reißen. Nein, sie würde sich keine Blöße geben. Nicht hier vor allen. Und dann rief Paula »pass auf«, und Jungbluth stieß ein »Herrgott« hervor, und Franziska verfluchte Dennis. Hatte er nicht behauptet, dass nichts passieren könne?

Im nächsten Augenblick schon kippte sie ins Nichts, kein Balken, an dem sie sich festhalten konnte, kein Strohhalm. Und dann tauchte sie ein in eiskalte Fluten und sog vor Schreck Wasser ein und tauchte unter und wollte husten, und es ging nicht, und sie riss sich das Tuch vom Gesicht, und die Panik schlug über ihr zusammen wie eine Welle.

Das Nächste, was sie registrierte, war das riesige Gesicht von Jungbluth, der sich über sie beugte, sie konnte jedes einzelne Barthaar erkennen. Seine Hände hatte er auf ihren Brustkorb gelegt. Wollte er sie küssen?

»Herzmassage!«, rief Dennis. »Fest draufdrücken, noch fester!«

Und da spuckte sie Jungbluth ins Gesicht, unabsichtlich natürlich. Ertrinkenden beziehungsweise beinahe Ertrunkenen ist alles erlaubt.

»Willst du zurück in die Stadt?« Das ist Paula. Sie ist zerknirscht. »Ich meine, ich würd es verstehen. Ich mach hier alles zu Ende, warte auf die Transformation und komme dann nach.«

Da muss Franziska dann doch lachen. Alle warten auf die Transformation, als ob sie eine Seuche wäre, mit der man sich unwiderruflich ansteckt. Und dann ist man ein anderer Mensch, von einem Augenblick auf den nächsten.

»Ich bleib noch«, sagt Franziska. »Heute zumindest.«

Abends sind sie bei Simone und ihrem mageren Baumstammwerfer zum Essen geladen, das kann man ja nicht so einfach absagen. Und für den morgigen Tag hat Jungbluth eine garantiert gefahrlose Übung angekündigt. Obwohl: Von dieser Gruppe hat Franziska genug. Wie sie hinter vorgehaltener Hand getuschelt haben auf dem Rückweg. Diese schiefen Blicke, diese Fragen, die dazu dienten, der Dramatik des Zwischenfalls auf die Spur zu kommen. *Hast du ein Licht gesehen? Stimmen gehört, vielleicht von Toten? Ist dein Leben wie ein Film an dir vorbeigezogen?*

Franziska schüttelte nur den Kopf. Keine Stimmen, kein Licht, kein Film. Einfach nur schwarz. Blackout. Mein Gott. Sie war in den Fluss gefallen und hatte einen Schreck bekommen. Das war alles.

»Verzeihst du mir?« Paula setzt sich zu Franziska aufs Bett

und tätschelt ihren Oberschenkel. »Da war keine Absicht dahinter. Im Gegenteil. Mich hat der Schlag getroffen, als sie dich an Land gezogen haben. Ich dachte, du wärst …«

Stille.

»Ich hätte damit nicht weiterleben können, ehrlich. Jetzt lachen wir darüber, aber mir ist das Herz stehen geblieben. Ich wollte das nicht, bitte glaub mir.«

»Ist schon gut«, sagt Franziska. Sie schluckt.

»Nein, ist es nicht«, sagt Paula. »Ich möchte, dass du mir wieder vertraust. Das ist mir so wichtig. Wichtiger als alles andere.«

»Eigentlich absurd«, sagt Franziska. »Da will man Vertrauen schenken und geht unter.«

widewidewitt und drei macht neune …

Franziska greift nach dem Handy. Es ist Jungbluth. Erkundigt sich, wie es ihr geht.

»Alles wieder gut. Auf Blindekuh kann ich aber künftig verzichten.«

Ob Paula auch da sei, fragt Jungbluth. Franziska reicht ihr das Handy.

Paula hört zu. Dann nickt sie. »Ja, ja, hm. – Klar. – Nein, nicht notwendig, danke. Hmmm.«

Sie legt auf.

»Er wollte vorbeikommen und mit uns beiden sprechen. Hat angeboten, unsere Freundschaft zu kitten, falls da jetzt was im Argen läge.«

»Und?«

»Nö, der braucht nicht kommen. Hab abgesagt.«

»Paula. Schau dir den doch mal genauer an.«

»Wen?«

»Na, Jungbluth!«

Paula legt ihre Hand auf Franziskas Stirn. »Sag mal, hast du Fieber?«

Später steigen sie die steilen Treppen hinunter ins Erdgeschoss, und Paula hat tatsächlich die gelbe Bluse durch eine Art Dirndl ersetzt. Ein langer blauer Rock mit rosa Blümchen. Franziska dachte, sie sehe nicht recht.

»Hat mir Frau Muttonen geborgt«, sagt Paula stolz. »Steht mir das nicht wahnsinnig gut?«

»Wahnsinnig«, antwortet Franziska.

Franziska trägt ebenfalls ihre elegantesten Klamotten, die sie mithat: langer dunkler Rock mit weißer Bluse. Ein Konfirmandinnen-Outfit, das in der Zwergenkirche bestimmt für ein mittleres modisches Erdbeben sorgen würde. In Simones Berggräfin hingegen wird sie damit keinen Pokal erringen. Das ist ihr sofort klar, als sie Simone sieht: Ein goldenes Dirndl hat ihre Gastgeberin heute an. Gold! Steht da und glitzert.

»Da seid's ihr ja endlich, gesund und munter!« Simi schlägt die Hände über dem Kopf zusammen. »I hab mir solche Sorgen gemacht, als ich vom Unfall gehört hab. Na, das könnt's ihr euch net vorstellen.«

»Geschenk«, zischt Franziska, »wo ist das Geschenk?«

Paula nestelt aus ihrer Handtasche ein flaches Päckchen, das sie Simi mit einer feierlichen Geste überreicht.

»Aber das wär doch nicht –«

»Eh. Aber das ist wirklich nur eine Kleinigkeit.« Paula wechselt einen Blick mit Franziska. Da ist ein *Ihr schönster Kalender*-Kalender drin. Was sonst. Wo auch immer sie unterwegs sind – ein paar Kalender haben sie immer eingesteckt. Darauf bedacht, dass die Motive ein größtmögliches

Publikum ansprechen. Zur Auswahl hatten sie dieses Mal: »Nacktes Baby im Rosenkohl« (kommt bei Omis und säugenden Mehrfachmuttis gut an); »Die schönsten Wasserfälle der Welt« (inklusive CD mit Wasserfallgeräuschen, so effektiv wie zwei Stunden Yoga, der Renner bei multitaskinggeplagten Managern und Regionalbetreuerinnen mit Aufstiegsperspektiven), und last but not least »Lieblingstiere, die sich nicht für den Streichelzoo eignen« (Wale, Elefanten, Delphine, Menschenaffen, Pfauen).

Was ist es diesmal geworden?

Simi reißt das Geschenkpapier herunter. Aha. Baby im Rosenkohl. Niedlich.

»Wie süß«, sagt Simi und blättert den Kalender durch. »Soll das ein Hinweis sein?« Sie lacht ihr glockenhelles Lachen und hält den Kalender in Richtung Küche. »Hast des gesehen, Fritzl?«

Sie beugt sich vor, hält die Hand vor den Mund. »Der Fritzl will nämlich keine. Kinder, mein ich. Er sagt, die sind ihm zu laut. Da kann er sich net konzentrieren.« Sie seufzt. »Den häng ich mir übers Bett.«

»Du hast das Schicksal in der Hand«, sagt Paula. Simi kichert. Sie hängt sich bei Paula ein. Nanu, sind die jetzt plötzlich beste Freundinnen nur wegen dieses popeligen Kalenders? Der war auch von mir, würde Franziska am liebsten sagen, aber sie hält den Mund und dackelt den beiden in die Küche nach.

An den Wänden hängen gusseiserne Pfannen und altmodisches Küchengerät, von dem Franziska die Funktion nicht mal ahnt. Die Wände und sogar die Decke sind holzvertäfelt. Es fühlt sich an, als wären sie durch die Tür in ein anderes Jahrhundert geschlüpft.

Fritz, der Baumstammwerfer, hat an einem länglichen Holztisch, an dem bestimmt auch alle Ritter der Tafelrunde Platz gefunden hätten, den Vorsitz eingenommen. Er kann, so scheint's, das Essen kaum erwarten. Um seinen Hals hat er eine Art Lätzchen gebunden, wohl um seinen Trainingsanzug nicht zu bekleckern.

»Der Fritzl ist grad vom Werfen zrück«, erklärt Simi den legeren Aufzug ihres Gemahls. »Der hat dann immer einen Bärenhunger.«

Sie rührt in einer riesigen Pfanne. »Es gibt Grenadiermarsch. Ich hoff, ihr seids keine Vegetarier oder, Gott behüte, Veganer.«

Grenadiermarsch? Waren das nicht Wurst- und Fleischreste, die zusammen mit Nudeln und Kartoffeln gebraten wurden?

»Unser Lieblingslokal ist der *Wurstkönig*, das sagt wohl alles.«

Simi lacht, Fritz rutscht unruhig auf der Bank hin und her und klappert mit dem Besteck.

»Die Franziska is in den Fluss gefallen«, sagt Simi jetzt. »Und fast ertrunken, war's nicht so?«

Das waren jetzt wohl ihre fünfzehn Minuten Ruhm. Franziska beginnt zu schwitzen. Kann man diese Episode nicht einfach unter den Tisch fallen lassen?

»Und wozu?«, fragt Fritzl. »Habt ihr den Jungbluth gefragt, was das soll?«

»Eine Übung. Damit wir Vertrauen fassen.«

»Hat's funktioniert?« Spott in der Stimme.

»Mäßig«, sagt Franziska. »Aber Jungbluth ist ein Profi.« Jetzt hat sogar sie das Gefühl, ihn verteidigen zu müssen. War ja nicht sein Fehler.

Simone trägt den Grenadiermarsch auf. Franziska häuft sie einen riesigen Berg auf den Teller. Als müsste sie als knapp Überlebende besonders viele Kalorien zu sich nehmen, um wieder zu Kräften zu kommen.

»Ein Profi!« Fritz lacht auf. »Das ist er bestimmt. Der kommt doch jedes Jahr her und scheucht ein paar verzweifelte Granaten übern Fluss.«

»Fritzl!« Simi unterbricht ihn scharf.

Sie kauen stumm. Der Grenadiermarsch schmeckt, wie er heißt: nach Kaserne, strengem Regiment und verschwitzten Soldatensocken.

Franziska überlegt, wie sie ihre Riesenportion unauffällig entsorgen kann. Hund gibt's hier ja keinen. Dabei gehört dringend einer her, das muss sie unbedingt noch deponieren. Der Berg auf ihrem Teller wächst und wächst, je länger sie kaut.

Für Fritz ist das Thema Jungbluth noch nicht abgeschlossen.

»Der ist übrigens geschieden. Ein Single, der Single-Seminare anbietet. Letzte Rettung und so. Ah, ist das nicht komisch, Simi? Wenn er wüsste, wie's geht, könnte er doch bei sich selbst anfangen, oder nicht?«

»Nein, des geht aber wirklich net«, sagt Simi resolut. »Bei sich selbst hat man blinde Flecken, das musst du grad am besten wissen, Fritzl. Ein Friseur kann sich auch nicht selbst die Haare am Hinterkopf schneiden, und wenn er noch so gut ist.«

»Wieso muss ich das am besten wissen, was meinst denn damit, Simi? Rück raus mit der Sprache!«

»Na, du sagst doch immer, dass es für ein Kind bei uns zu gefährlich wär. Wegen der Baumstämme. So ein Unsinn. Das ist dein blinder Fleck: Dass du nicht weißt, was für ein guter Papa du wärst.«

Kau- und Schluckgeräusche. Irgendwo tickt eine Uhr.

»Jetzt fang nicht wieder davon an.«

»Ich werde so lang davon anfangen, bis du bereit bist, drüber zu reden.«

»Nicht vor unseren Gästen.«

»Warum nicht? Vielleicht haben die auch eine Meinung dazu?«

Franziska sieht dem Schlagabtausch zu wie einem Tennismatch.

Was für eine Schnapsidee, den beiden einen Baby-im-Rosenkohl-Kalender mitzubringen. Da hätten sie gleich eine hübsch verpackte Ladung Sprengstoff überreichen können.

Fritz grummelt etwas Unverständliches, Franziska verschiebt einen Bissen Grenadiermarsch von der linken in die rechte Backe.

»Apropos«, sagt Fritz. »Unsere lieben Gäste.« Er sieht von der einen zur anderen. »Habt's ihr diesmal die Tür genommen? Oder seid ihr wieder durchs Fenster gekommen?«

Der Mann ist heute offenbar auf Kollisionskurs. Kann der nicht rausgehen und hinterm Haus ein wenig mit seinen Baumstämmen spielen?

Simi lacht. Die hat das offenbar schon gewusst und winkt ab. »Seid's froh, dass ihr ihn geweckt habt. Und nicht mich. Ich hätt wahrscheinlich die Polizei gerufen.«

Das wäre doch ein passender Abschluss gewesen. Eine Nacht hinter Schloss und Riegel bei Wasser und Grenadiermarsch. Schmach, lass nach.

Rascheln vor der Küchentür. Simi wendet den Kopf. »Ach,

die Herrschaften aus der Stadt sind zurück. Na, möchten'S auch was essen?«

Schritte. Dann steht ein Pärchen im Raum.

Paula fällt beinahe der Bissen aus dem Mund, und auch Franziska hält wie vom Blitz getroffen inne. Das darf doch bitte nicht wahr sein.

»Kommt zu uns, setzt euch, seids nicht so ungemütlich.«

Simi deutet auf die freien Plätze am Tisch. »Ich richt euch gleich ein Besteck her.«

Schroeder. Das ist doch Schroeder! Mit einem lächerlichen Käppi auf dem Schädel. Er trägt kurze Hosen (was er im Büro nie wagen würde), ein gestreiftes Ruderleibchen, und seine Füße stecken in Sandalen. Inklusive weißer Socken. Alles da. Seine Begleitung, blond, drall, kirschrote Lippen, trägt einen riesigen Sonnenhut (sind wir hier an der Riviera?) und ein lila Stretchkleid, das ihre Pölsterchen auf das ungünstigste betont. Sie könnte genauso gut nackt dastehen.

Schroeder ist der Erste, der seine Fassung wiederfindet. »Na so was, da ist ja die halbe Belegschaft, haha. Auch auf Kneipp-Kur, meine Damen, damit Sie nächste Woche wieder fit sind?«

Stille.

Schroeders Begleitung lächelt, bevor sie sich an Simi wendet. »Bitte, für uns nichts. Keine Umstände, wir sind schon auf dem Sprung.«

Die haben's gut. Müssen das nicht essen.

»Ihr kennt euch?«, fragt Simi. »Das sind die Schroeders. Stammgäste seit fünf Jahren.«

»Sechs«, korrigiert Schroeder und sticht mit dem Finger in die Luft.

Franziska ist plötzlich ganz blümerant zumute. Ein Gefühl, als spiele sie ohne ihr Wissen in einem Film mit, dem das Drehbuch eines Irren zugrunde liegt. Das darf doch alles nicht wahr sein. Da entflieht man der einen Unerträglichkeit, nur um im nächsten Augenblick in die nächste Katastrophe zu stolpern. Ist das ein abgekartetes Spiel? Was um alles in der Welt treibt Schroeder in Bad Örzen? Spioniert er ihnen nach? Oder ist er womöglich tatsächlich ein Kurgast? Molly, stand das auch in deinen Karten? Was hat das zu bedeuten?

Paula findet als Erste die Sprache wieder. Sie lehnt sich zurück und legt ihre Gabel neben dem Teller ab. »Na, das nenne ich mal eine Überraschung.«

»Frau Kohm«, sagt Schroeder mit süffisantem Lächeln. »Zufälligerweise hat mir der Rest der Belegschaft von Ihrer Geburtstagsüberraschung berichtet. Ich halte das für eine äußerst gute Wahl, jawohl, Bad Örzen an der Schlurf ist das Mekka für Gesundheitsfanatiker, nicht wahr, Schnucki?«

Schnucki sieht ihn entgeistert an. »Was hast du gesagt? Du bist das sechste Mal hier? Davon weiß ich ja gar nichts.«

Der Schock ist offenbar mit Verzögerung eingetreten.

Simi schlägt sich auf den Mund. »Des tut mir jetzt aber leid. Ich wollt nicht –«

Schroeder lässt sich nicht aus dem Konzept bringen, fasst seine Freundin fest um die Hüften. »Aber du weißt doch, dass ich verheiratet war, oder? Da sind wir eben hin und wieder verreist, das hat nichts zu bedeuten, rein gar nichts.«

»Aber hast du mir nicht gesagt, dass du mit mir zum ersten Mal herfährst? Weil du es dir immer so gewünscht hast?«

»Mit dir bin ich ja auch das erste Mal da!«

Die Küche ist offenbar hochexplosives Gelände. Franziska sucht Paulas Blick. Paula grinst.

»Komm, reg dich wieder ab, Schnucki, verdirb uns nicht den Tag.«

»Wer verdirbt hier wem den Tag?«

»Wir sollten besser kneippen gehen. Das kalte Wasser wird dich beruhigen.«

Er tätschelt ihr die Schulter wie einem hysterischen Kind, das sein Eis hat fallen lassen.

»Ich empfehle euch im Übrigen das Sisyphos-Becken«, meint Schroeder mit Seitenblick auf Franziskas Teller. »Regelmäßiges Wassertreten hilft auch bei Übergewicht. Regelmäßig ist das Zauberwort. Re-gel-mä-ßig.«

Eine ausgesprochene Frechheit. Dem kann man nichts Adäquates entgegensetzen, ohne seinen Job zu riskieren. Franziska schluckt ihren Ärger zusammen mit einem Bissen Grenadiermarsch hinunter.

»Das war aber gar nicht charmant, Atschi«, sagt Schroeders Begleitung und zwickt ihn in die Wange.

Atschi! Das ist ja sagenhaft. Ein Kosename wie ein Niesanfall. Zumindest ist Schnucki seine Unverfrorenheit nicht verborgen geblieben. Das bringt ihr Pluspunkte.

Schroeder schreit auf. »Aua! Du tust mir weh!«

»Ach, du spürst ja doch was«, sagt Schnucki und wendet sich an Paula und Franziska. »Ich bin übrigens Melanie. Atschi hat vergessen, mich vorzustellen. Alles muss man selbst machen, sogar im Urlaub.«

»Apropos Urlaub«, sagt Schroeder. »Sie sind übrigens angehalten, nach diesem« – er räuspert sich – »Kurzurlaub mit doppelter Kraft zu arbeiten. Wir haben einen kleinen Hänger, was die Verkaufszahlen betrifft. Es sollte auszumerzen sein, doch nur wenn Sie fleißig sind, meine Damen, haben wir uns verstanden? Von Ihnen« – er zielt auf sie mit dem

Zeigefinger – »hängt es ab, ob *Ihr schönster Kalender* eine Erfolgsgeschichte wird. Oder ein Flop.«

Was sollte das jetzt? Eine Standpauke in der Wohnküche eines Hotels – vor den Gastgebern? Eine Szene, die einen Spitzenplatz einnehmen dürfte im Ranking der schlimmsten Erniedrigungen, die je auf Bad Örzener Boden stattgefunden haben. Franziska stößt unter dem Tisch mit dem Fuß an Paulas Bein, um sie vorsorglich zu warnen. Jetzt nur nichts Freches sagen, sonst sind ihre Tage im Callcenter gezählt.

»Einen schönen Abend miteinander«, sagt Atschi, vulgo Schroeder, und tippt an sein Käppi. Simi begleitet die beiden bis zur Tür.

»War das eine Fata Morgana?« Paula ist genauso aus dem Häuschen wie Franziska. »Das war doch eben nicht wahr.« Sie schaut auf ihren Teller. »Da waren wahrscheinlich irgendwelche Pilze drin. Ich hatte Visionen. Schroeder hat plötzlich in der Küche gestanden.«

Fritz hat das Schauspiel die ganze Zeit stumm beobachtet.

»Das war aber jetzt nicht euer Chef«, sagt er. Eine rhetorische Frage, er ahnt die Antwort. Kratzt sich am Kopf. »Dann wird euch sicher interessieren, dass der jedes Jahr mit einer anderen Frau hier auftaucht«, sagt er.

Paula grinst. »Das sieht ihm ähnlich.«

Franziska fragt sich, wie eine Frau geschnitzt sein muss, um diesen Typen auszuhalten. Der ist doch nicht nur unsympathisch, sondern hat auch keine Kohle. Statt Kreuzfahrt auf dem Luxudampfer mit Champagner-Canapés gibt's Kneippen in Bad Örzen mit Grenadiermarsch. Und jeden Abend eine Gutenachtgeschichte über die neuesten Kalendermotive. Dafür kommen nur zwei Erklärungen in Frage: Entweder er ist eine unfassbare Granate im Bett, oder Melanie hat massive masochistische Gelüste.

Eines ist für Franziska jedenfalls klar: Sie möchte nie einen faulen Kompromiss eingehen, nur um nicht alleine zu sein. Natürlich muss ein Periodenmann nicht sämtliche Vorzüge vereinen, die ein Lebensabschnittspartner aufweisen sollte. Doch ein Minimum an Gleichklang ist sogar bei einem One-Night-Stand unabdingbar.

»Sprich ruhig weiter, Fritz«, säuselt Paula, »was weißt du noch über Schroeder? Das interessiert uns brennend.«

Was hat sie vor? Sammelt sie Informationen, um ihn erpressen zu können?

Fritz fährt sich über seinen zerzausten Haarschopf: »Man darf nicht schlecht reden über seine Stammgäste, die Zeiten werden auch nicht besser.«

»Komm schon.« Paula lässt nicht locker. »Wir sind doch auch Stammgäste. Neue Stammgäste, die braucht ihr doch auch.«

Sie fährt alle Geschütze auf.

Fritz trägt seinen Teller zur Spüle und hält ihn unter fließendes Wasser.

»Die Simi weiß mehr. Frauen wissen da immer besser Bescheid. Über Eheprobleme und so. Die ersten Male war er jedenfalls mit seiner Frau da. Rosa hat die geheißen. Wir haben miterlebt, wie die Ehe den Bach runterging. Angeblich hat sie ihn betrogen, was weiß ich. Dann war er plötzlich mit einer anderen da. Den Namen hab ich vergessen. Und im nächsten Jahr war's wieder eine andere. Da fragt man aber nicht nach, das Privatleben eines Gastes geht einen nix an, selbst wenn er zwei Mal am Tag die Frau wechselt.«

Achim Schroeder hat offenbar ein Jungbluth-Seminar

noch viel nötiger als sie. Das sind ja interessante Neuigkeiten.

Franziska lässt die Gabel erschöpft auf den Teller sinken, just in dem Moment, als Simi wieder die Küche betritt. »Das war köstlich, aber ich bin satt. Leider.«

»Ja, der Schroeder«, sagt Simi und trägt den Teller davon, »ganz ein Netter. Mit den Frauen hat er halt so seine Not.«

Fritz öffnet eine Schublade, greift mit beiden Händen hinein und holt einen Stapel *Ihr schönster Kalender*-Kalender hervor.

»Bald«, sagt er, »bald bewerbe ich mich beim Kalenderweitwerfen. Und dann schmeiß ich die alle über die Grenze bis nach Dschibuti und bete, dass keiner den Dreck einsammelt und zurückbringt.«

Jedem sein Talent

»Ihr seid spät!«, ruft Jungbluth.

Und wenn schon.

Sie nähern sich dem Lagerfeuer. Franziska blickt in die rote Glut unter dem flackernden Feuerteppich. Da ist er wieder, der Geruch ihrer Jugend. Franziska hatte immer Respekt vor Feuer. Dieses Knistern. Diese Wärme, die sich in konzentrischen Kreisen vom Mittelpunkt aus ausbreitet. Knackende Zweige. Funken, die in den Nachthimmel stieben.

Das Marshmallow-Spiel. Wer sein Marshmallow im Feuer verliert, ist Freiwild. Der darf von jedem geküsst werden. So waren sie, die Spielregeln. Sie war zwölf, vielleicht dreizehn. Ärgerte sich, dass ihr Marshmallow immer am Stock kleben blieb, als wäre es angeschweißt. Und wenn sie es noch so nachlässig aufspießte. Sie war nie Freiwild, wurde nie geküsst.

Bei Stella war das anders. Die Jungs scharten sich um sie, kaum dass sie ihren Stecken dem Feuer näherte. Sie plapperten und tranken Bier, aber in Wirklichkeit warteten sie nur darauf, dass Stella einen Schrei ausstieß und kreischte: »Mein Marshmallow!«. Stella war nicht schön im klassischen Sinn. Aber sie hatte etwas, das die Jungs anzog. So etwas wie ein Geheimnis. Als ob etwas in ihrem Inneren aus den Fugen geraten war und ihr nun einen dunklen, gefährlichen Glanz verlieh.

»Wir waren zum Essen eingeladen«, sagt Paula und quetscht sich zwischen Lukas und Laura Konfetti.

Franziska sucht Dennis, doch der ist mit Robert ins Gespräch vertieft. Sie kniet sich neben Ursula auf die Erde. Und jetzt? Blöder langer Rock. Früher war das anders: Da hat sie sich überall hingesetzt. Ohne Diskussion. Hauptsache, sie saß in der Nähe eines Jungen, der sie interessierte. Alles andere war nebensächlich. Heute sind da tausend Gedanken, meistens chronischer Natur: Blasenentzündung, Nierenleiden, Bandscheiben, Kniescheiben. Irgendwas tut immer weh. Und dann die Flecken. Geht das raus mit Ariel Ultra?

Wenigstens gibt es keine Stöcke, nichts, das man in die Flammen hält. Keine idiotischen Spiele. Eine kühle Brise kommt auf. Madame Perlenkette hält ihre Handflächen zum Feuer. Abends wird es frisch in den Bergen.

»Unsere Abendeinheit«, sagt Camillo Jungbluth sanft, »steht im Zeichen des Verzeihens.«

Das Holz macht *knacks knacks.*

Die Sternlein glühen am Himmelszelt und müssen sich ganz schön wundern über die Truppe, die sich um die in einem Feuerkorb gezähmten Flammen hinterm Kurzentrum versammelt hat. Sie befinden sich ja nicht wirklich in der Wildnis, wie man vermuten könnte, sondern dort, wo der Kurpark ausfranst und in gesitteter Weise in den Wald übergeht. Hin und wieder huschen ein paar weiße Gestalten vorbei wie Gespenster. Die letzten Wassertreter im Bademantel, die sich offensichtlich nicht von ihren heilbringenden Becken trennen können.

»Franziska, hast du gehört, was ich gesagt habe?«

Oha. Sie war unaufmerksam, muss sie jetzt nachsitzen?

»Natürlich«, sagt sie, reißt ein Grasbüschel aus und wirft es ins Feuer.

Zisch. Das Gras bäumt sich auf, bevor es von den gelben Zungen verschlungen wird.

»Wie ist das bei dir, wenn ich fragen darf?«

»In Ordnung«, sagt sie und zuckt mit den Achseln. Keinen blassen Dunst, worüber er gesprochen hat.

»Ich habe gefragt, ob euch Verzeihen leichtfällt«, sagt Jungbluth. »Was meinst du mit *in Ordnung*?«

»In Ordnung, dass du fragst. Und ja, es fällt mir total leicht.« Das sagt sie geradeheraus, ohne lange zu überlegen.

»Du hast auch Paula verziehen, dass sie dich heute baden geschickt hat?«

Kichern in der Runde.

»Ich glaub schon.«

»Du glaubst? Wie fühlt es sich an, wenn du an den Vorfall denkst?«

Puh, der will es aber heute wissen. *Ich bin nur Begleitung,* möchte sie sagen, *ich zähle nicht. Kümmere dich bitte um die anderen, die haben es nötiger.*

Franziska zuckt mit den Schultern.

»Seht ihr«, sagt Jungbluth, der im Schneidersitz auf einer karierten Picknickdecke sitzt, »so ist das bei vielen. Ich nehme mich da gar nicht aus. Verzeihen ist kein Akt, der sich automatisch irgendwann einstellt. Das muss uns klar sein. Verzeihen ist eine bewusste Entscheidung. Manche sagen, es ist eine Kunst. Manche erlernen sie nie und schädigen sich damit auf Dauer selbst.«

»Und was hat das mit unserem Seminar zu tun?«

Das ist Paula. Die will Ergebnisse sehen. Und nicht nur sie.

»Ich will nicht mehr in der Vergangenheit herumbohren«, schaltet sich Ursula ein und bohrt mit dem Zeigefinger in der Luft, um ihren Worten Nachdruck zu verleihen. »Ich hab fünf Jahre Therapie hinter mir, das muss reichen.«

Jungbluth verzieht keine Miene. Der hat offenbar Erfahrung mit Teilnehmern, die seine heilige Choreographie torpedieren. Jetzt erhebt er sich sogar.

»Das hier ist unsere wichtigste Übung«, sagt er. »Wer nicht verziehen hat, der ist nicht frei und offen für Neues. Wer nicht verziehen hat, der blockiert sich. Heute Nachmittag bei der Wanderung hab ich immer wieder in Gespräche reingehört.« Er nickt und wirft einen Blick in die Runde. »Das waren doch hauptsächlich Beschwerden über Ex-Partner. Ürgendwie eigenartig, dass man gern erzählt, wie schlimm es einem ergangen ist, findet ihr nicht? Das bedeutet nichts anderes, als dass man die missglückte Beziehung mit Energie speist.«

Franziska erinnert sich an Ursulas Geschichte. Der Prellbock. Da war in der Tat noch ganz schön viel Wut da.

»Und deswegen versammeln wir uns heute am Feuer. Um endgültig damit abzuschließen.«

Er lässt einen Block und Stifte herumgehen.

»Schreibt bitte auf, wem ihr hier und heute verzeihen wollt. Die Briefe übergeben wir anschließend den Flammen.«

Es wird still. Jeder tut etwas. Manche kritzeln, andere schauen sich ratlos um oder schielen auf den Zettel des Nachbarn.

In Franziskas Kopf ist es öde und leer. Ein Gefühl, wie damals in der Schule: Sie saß wie gelähmt vor dem weißen Blatt Papier und konnte mit einem Mal kein einziges Wort mehr schreiben. Ein Rädchen blockierte, und jeder Satz, den sie zu fassen versuchte, entglitt ihr. Ohnmacht. Wie sie das hasste: ihrem Hirn unter Druck ein Ergebnis abzutrotzen. Kein Wunder, dass sie bei *Ihr schönster Kalender* gelandet war. Da musste man wenigstens nicht selbst denken.

Ein verzweifeltes Schluchzen durchbricht die Stille.

»Sarah!«, brüllt Robert, der aufgestanden ist und jetzt mit einem Ast auf die Flammen eindrischt. »Ich! Verzeihe! Dir! Nicht!«

Jene, die nah am Feuer sitzen, weichen erschrocken zurück.

Jungbluth greift ein. Packt ihn am Handgelenk, sieht Robert tief in die Augen. Robert sackt augenblicklich in sich zusammen. Als hätte man ihm die Luft rausgelassen.

»Geht's besser?«

Erschöpft lässt Robert den Ast sinken und wirft ihn dann mit verbissener Miene ins Feuer. »Und wie.«

Er setzt sich wieder, stützt sein Gesicht in seine Hände.

Dennis spricht beruhigend auf ihn ein.

»Das ist ganz normal«, sagt Jungbluth. »Manche sind einfach impulsiver. Die leben ihre Schmerzen aus. Lass es raus, Robert, lass es einfach raus. Magst du uns deine Geschichte erzählen? Das befreit.«

Sarah. Ein schöner Name. Franziska kannte auch eine Sarah. War die Tochter von Daddy's bestem Mitarbeiter. Sarah sagte Flanzi zu ihr. Sie lispelte. Trug Biene-Maja-Spangen im Haar und Spitzenkleidchen. Durfte sich nie schmutzig machen. Rächte sich, indem sie später mit Gruftis in zwielichtigen Lokalen abhing und nicht näher definierte Kräuter rauchte.

Roberts Sarah war anders. »Eine Stille, Brave«, sagt er. Die ihm in der Landwirtschaft half und in der Volksschule Religion unterrichtete. Die viele Kinder wollte und auch sonst dem entsprach, was man sich unter einer guten Ehefrau vorstellte.

Dann aber geschah das Unglaubliche: Sarah wurde entdeckt. Sie konnte ja nicht einmal etwas dafür. Eine Parfümerieverkäuferin sprach sie auf ihre offenbar wirklich außergewöhnlich schönen Hände an, denen nicht einmal die Stallarbeit etwas anhaben konnte. Ob man ihre Hände für ein Plakat fotografieren dürfe. »Damit hat's begonnen, das hat mich nicht gestört, sie hat sich gefreut und ein bisserl was nebenbei verdient. Alles in Ordnung.«

Was danach kam, war laut Robert aber nicht mehr in Ordnung: Die Geschäftsleitung der Parfümeriekette rief an und wollte Sarahs Hände für eine Werbekampagne ablichten, danach nahm eine Agentur sie unter Vertrag – »und dann war meine Sarah endgültig verwandelt.« Sie hätte sich alles vorstellen können, nicht aber, dass ihre Hände einmal ihr Kapital sein würden. Sie wurde für die eine oder andere große Kampagne gebucht, fuhr sogar zweimal nach Mailand, danach kam ein Angebot von einem Filmproduzenten. Man suche ein Handdouble für Isabelle Hubble.«

»Hubble? Wie das Teleskop?«

Robert schüttelt den Kopf. »So ähnlich, wartet mal. Huppo. Huppert, das war's. Jedenfalls ist sie ausgeflippt, als sie den Job bekommen hat. Völlig ausgeflippt. Ich hab nicht einmal gewusst, wer diese Schauspielerin war. Ich wollte nur meine Sarah zurück.«

Er senkt den Kopf.

Franziska kann sich lebhaft vorstellen, wie das enden musste. Klassisch: Mann kommt mit dem Erfolg der Frau nicht zurecht. Wollte ein Heimchen am Herd. Bekommen hat er eine Frau mit Entfaltungspotential.

»Und das verzeihst du ihr nicht? Dass sie ihre Berufung gefunden hat?«, fragt Jungbluth.

Robert hält seine Hände hoch. »Schaut euch die an. Wurstfinger zum Quadrat. Gut genug, um Traktor zu fahren. Wenn deine Frau aber Goldfinger hat, dann wird es schwierig. Die darf dann plötzlich nichts mehr anfassen. Kein Spülwasser, kein Putzmittel.«

Ah, daher weht der Wind. Der Herr Macho hat seine Bedienstete am Hof verloren.

»Was hätte sie deiner Meinung nach machen sollen? Den ersten Job absagen? Auf alles verzichten?«, fragt Laura. Das ist ein Misston in ihrer Frage. Frauen halten zusammen, wenn's um Karrierechancen geht, die möglicherweise verpatzt werden.

»Ich hab immer nur Pech«, jammert Robert, ohne auf die Frage näher einzugehen.

»Wer muss hier eigentlich wem verzeihen?«, fragt Ursula.

»Stopp, stopp«, sagt Jungbluth. »Wir sind kein Gericht. Wir urteilen nicht. Wir wollen nur, dass es Robert besser geht. Was können wir ihm raten?«

»Er soll ihr einen Brief schreiben.«

Das war Paula. Sammelt wohl Gutpunkte bei Jungbluth.

»Bravo«, sagt Jungbluth. Sein Gesicht leuchtet.

Paula lächelt.

Harmonische Schwingungen.

Und dann schauen alle wieder auf ihren Zettel.

Madame Perlenkette zeigt auf. »Und wenn ich das nicht kann?«, fragt sie. »Ich kann nicht verzeihen. Ich hab es zigmal versucht. Gelingt einfach nicht. Es ist, als ob die Wut in mir festgewachsen wäre.«

Es ist das erste Mal, dass sie spricht. Sie hat eine zittrige

Stimme, knetet ein Taschentuch in den Händen. Wie alt wird sie sein? Um die fünfundsechzig? Da sieht man doch üblicherweise schon mild auf das zurück, was war. Woher diese Verbissenheit?

Die Männer seien nie ihr Problem gewesen, sagt sie. Aber es gebe da eine Geschichte aus ihrer Kindheit, die sie nicht loslasse.

Und dann beginnt sie zu erzählen.

Dass ihr Vater im Krieg verschollen war, die Mutter mit fünf Kindern allein und völlig überfordert war. Dass die Mutter Tuberkulose bekam und sie, Hannelore, die Jüngste, ins Heim kam. Dass sie schon mit fünf arbeiten musste, den Boden wischen auf Knien und zur Strafe in eine dunkle, feuchte Kammer gesperrt wurde. Wenn sie beim Essen flüsterte. Oder die Gabel fallen ließ. Dass sie immer glaubte, es sei ihre Schuld, dass sie ins Heim musste, weil sie ein schlechter Mensch war. Dass sie so verzweifelt war in dem Heim, dass sie schwer krank wurde, sogar das Sterbesakrament bekam. Dass eine Kinderärztin, die wohl schon moderne psychologische Kenntnisse besaß – und einen gesunden Menschenverstand –, schließlich bestimmte, dass das Kind zurück zur Mutter müsse. Dass sie, sobald die Mutter genesen war von der Tuberkulose, wieder heimkam. Und erfuhr, dass sie einen anderen Vater hatte als ihre Geschwister. Sie war das Kind eines Besatzungssoldaten, eines Engländers, mit dem die Mutter eine Liebesbeziehung hatte. Später bekam sie ein Foto von der Mutter ausgehändigt, es zeigte einen schmalen, attraktiven Mann, blond wie sie, mit vor Lebenslust blitzenden Augen.

John.

Sie trug das Foto immer bei sich, es war ihr Anker über

Jahre, bis sie eines Tages ihre Geldbörse kurz ablegte, um einen Bottich zu reinigen – sie machte eine Lehre als Drogistin –, und als sie das nächste Mal aufsah, war die Börse verschwunden. Geld war nicht viel drin, den Verlust konnte sie verschmerzen, doch den Verlust des einzigen Fotos von ihrem Vater betrauerte sie über Jahre. Vorher hatte sie ihren unbekannten Vater immer mit sich getragen, nun hatte sie nur noch einen Ort, wo sie ihn aufbewahren konnte: ihr Herz. Mit sechzehn ging sie nach England. Sie wollte ihn finden. Sie musste ihn finden. »Ich hatte ja sonst nichts. Um weiterzugehen, musste ich wissen, woher ich komme.«

Das Holz knackst. Keiner rührt sich. Der Schein der Flammen flackert auf den Gesichtern der Umsitzenden. Roberts Bart, der Schatten unter seinen Augen. Dennis, der ganz rote Wangen hat, Camillo Jungbluth, der aufmerksam Hannelores Geschichte lauscht. Laura knabbert an ihren Fingernägeln. Irgendwo bellt ein Hund. Und Franziska schluckt. Was für eine Lebensgeschichte im Vergleich zu ihrer lächerlichen Hanni-und-Nanni-Biographie!

»Und dann?«, fragt Paula. Fräulein Ungeduld. Kann nicht warten.

»Ich habe im Telefonbuch nach einem Mann gesucht, der so heißt wie mein Vater. Und ich habe ihn gefunden. Es war fast zu einfach. Ich konnte es nicht glauben.«

Sie lächelt. Sie sprach diesen John auf seine Stationierung an, und er freute sich, und ja, eine Brigitte, ihre Mutter, habe er auch gekannt.

Dann rief sie aus: »Then I'm your daughter!«

Zunächst war es still am anderen Ende der Leitung. Sie konnte seine Nervosität förmlich spüren.

Dann sagte er: »No, sure not.« Und legte auf. »Da hab ich ihn ein zweites Mal verloren.«

Franziska hält die Luft an. Camillo legt einige Äste ins Feuer, das sofort neue Kraft gewinnt.

»Er hat mich verleugnet. Das tat so furchtbar weh. Dabei war ich ein Jahr alt, als er zurückging nach London. Mit einer Italienerin, die er schon vor dem Krieg gekannt hatte. Eine elegante Frau mit luxuriösen Abendkleidern. Meine Mutter hingegen war arm, sie hat die Vorhänge abgenommen und sich daraus ein Abendkleid geschneidert, um ihn in die Oper zu begleiten. Ich frage mich heute noch, ob er je an mich gedacht hat. Meine Mutter erzählte, dass er mich oft schaukelte und mich entzückend fand. Er war ein Jahr an meiner Seite. Im Nachhinein trieb er mich ab. Nicht meine Mutter war es, sondern er. In London, am Telefon, ich war sechzehn Jahre alt, trieb er mich ab. Sag mir, Camillo, wie man so etwas verzeiht.«

Später, sagt sie, später hat sie eine seiner Töchter gefunden, sie war Bürgermeisterin einer neuseeländischen Stadt geworden. »Wenn du meine Halbschwester bist, dann: Willkommen in der Familie«, hatte sie auf Hannelores Mail geantwortet. Nach unendlichen zehn Tagen. Sie sprechen heute immer wieder darüber, weshalb er nicht zu ihr, dem Kriegskind, stehen konnte. Welchen Vorteil er sich dadurch erhoffte, dass er sie verleugnete. Er war erst vor ein paar Jahren gestorben. Ohne je Kontakt mit seinem ersten Kind aufgenommen zu haben.

Das ist Hannelores Geschichte. In Franziskas Brust wird es eng. Sie möchte aufstehen, nach einem dieser Äste greifen und ihn weit weg schleudern. Irgendwas zertrümmern. Jemanden anschreien. Als ob damit ein Unrecht gutgemacht werden könnte.

Paula meldet sich zu Wort. »Ich habe jetzt ein Ziel. Ich möchte einmal so sein wie du. Du bist … einfach eine tolle Frau.«

Alle klatschen. Hannelore lacht. »Ihr jungen Dinger«, sagt sie. »So viele Möglichkeiten und so viel Angst, es nicht richtig zu machen. Dabei kann nichts passieren. Lasst euch das gesagt sein: Das Leben ist ein Abenteuer. Und es gibt immer einen Weg.«

Die Arbeit in der Porzellanmanufaktur ihres Mannes, sagt sie, habe ihr sehr geholfen. »Jeder hat doch ein Talent, mit dem er geboren wird. Du musst nur draufkommen, was es ist. Ich wusste es erst mit vierzig. Es war das Malen von Vogelköpfen. Wir hatten eine neue Geschirrkollektion in Vorbereitung, und ich sagte zu meinem Mann: Das Design mache ich. Er war einverstanden, unter der Voraussetzung, dass keine Landschaften und Kutschen mit Pferden vorkamen. Er hasste diesen Biedermeier-Kitsch. Also malte ich Vögel. Es waren Phantasievögel mit ausladendem Federschmuck. Sehr ungewöhnliche Tiere. Als mein Mann fragte: Gibt's die überhaupt?, antwortete ich: In meinem Kopf gibt es sie. Das muss genügen.«

Franziska lächelt. Was für ein schöner Gedanke. Es gibt ein Talent für jeden. So wie jeder eine Haut- oder Haarfarbe mitbekommt. Aber was war ihr Talent? Was konnte sie besonders gut?

Bei Stella war es von Anfang an klar: Sie musste was mit Tieren machen. Heute ist sie Tierärztin irgendwo auf dem Land. Das hatte sie schon mit fünf gewusst. Daran hat sie keine Sekunde gezweifelt. Franziska hingegen hat nie so etwas wie eine Berufung gespürt. Wenn die Leute gesagt haben: Ich muss einfach Häuser entwerfen oder Kleider oder komponieren oder dirigieren, dann hat sie danebengesessen und sich gedacht: Und ich muss nichts. Diese Dringlichkeit, die war nie da.

Klar, früher hat sie gern gezeichnet. Und Geschichten dazu erfunden. Comics hieß das damals. Heute sagt man Graphic Novel dazu, wenn es ein wenig anspruchsvoller sein soll. Sie hatte einen Film in ihrem Kopf gesehen, und dann standen Figuren vor ihrem inneren Auge einfach auf und bewegten sich, und sie musste sie nur noch abmalen von ihrer Leinwand im Kopf. Die ersten Geschichten siedelte sie dort an, wo sie sich auskannte. Sie spielten in der Schule oder in einem Installationsbetrieb, der zufälligerweise »Installationen des Betriebs Huppendorf« hieß.

Nach der Pleite fühlte es sich an, als dürfe sie nicht mehr malen. Als sei auch sie pleitegegangen, mit allem, was sie hatte. Obwohl es nicht ausgesprochen wurde, herrschte eine Art Vergnügungsverbot in der Familie. Sie unternahmen nichts mehr, spulten einen Tag nach dem anderen ab wie eine sinnlose Tätigkeit am Fließband, die man verabscheut. Franziska nahm niemanden mehr mit nach Hause. Es fühlte sich an, als wären im gesamten Haus Tretminen versteckt. Jederzeit konnte etwas hochgehen.

Einen Vorteil hatte das ganze Theater: Nun war auch sie Kind mit einem problematischen Familienhintergrund, nun war sie auch für Stella interessant geworden. Beim nächsten Lagerfeuer fiel ihr Marshmallow in die Flammen. So als ob das Schicksal beschlossen hätte, ihr für jeden Schlag als Wiedergutmachung eine Praline auf die Zunge zu legen. Sie war Freiwild, das erste Mal. Und bevor sie es sich versah, hatte Stefan aus der 6b ihr einen Arm um die Schulter gelegt und einen feuchten Kuss auf die Wange gedrückt.

Später schlendert Franziska mit Paula zurück zur Berggräfin.

Der Mond über dem Kurzentrum ist eine blasse Sichel, so scharf, als könne er den Himmel zerkratzen.

»Ich verzeih dir«, sagt Franziska. Sie hat das Gefühl, das muss sein nach diesem Abend.

»Was denn? Die Sache mit der Brücke?«

»Alles.«

»Ich hab also noch was gut?«

Franziska lacht. Eine Universalfreundin hat doch immer was gut. Sie hakt sich bei ihr unter. »Was hast du reingeschrieben in den Brief?«, fragt sie.

Zwei mal drei macht vier, widewidewitt und drei macht neune –

Mist-Handy, immer, wenn's spannend wird.

Es ist Conchita.

»Na, wie geht's meinen Süßen in Bad Schnörz?«

»Bad Örzen. Örzen, hörst du. So wie – ach, keine Ahnung.«

»Stell mal laut«, flüstert Paula.

»Ich war heute im *Wurstkönig*. Molly hat gefragt, wo ihr seid«, sagt Conchita.

Paula lacht. »Ist eine Show hier!«, ruft sie.

»Und? Der Richtige dabei? O Gott, ist das alles spannend.«

»Wer weiß«, sagt Paula, »wer weiß.«

»Wie sieht er aus?«

»Wird nicht verraten«, sagt Paula.

»Franzi, sprich *du* mit mir!«

»Keine Ahnung, wen sie meint. Ehrlich nicht«, sagt Franziska.

»Und der Guru?«

»Der Jungbluth? Ganz in Ordnung. Manchmal tut er wichtig. Dann kann er mir gestohlen bleiben«, sagt Paula. »Und zu Hause?«

Es tut gut, eine Stimme aus der Heimat zu hören. In wenigen Tagen werden sie wieder an ihrem Schreibtisch sitzen und Kalender anpreisen, und dann wird all dies nicht mehr als eine ferne Erinnerung sein.

»Ich freu mich auf die Fotos«, sagt Conchita.

»Da freu dich mal nicht zu früh.«

Um solche Momente festzuhalten, fotografiert Franziska »im Kopf«. Sie wählt ein Motiv, fixiert es als Standbild und drückt auf den Auslöser – das bedeutet, dass sie zwei Mal zwinkert. Dann ist das Bild gespeichert und kann in die Ablage »Gute Erinnerungen« wandern, von wo es jederzeit herausgeholt und betrachtet werden kann. Spart Kosten und Platz. Und man müllt keine Festplatten zu mit Bildern, die man nie wieder anschaut.

»Sag mal, wie sieht's denn jetzt aus mit dem Lukas?«, fragt Franziska, nachdem sie das Gespräch mit Conchita beendet haben.

Vielsagender Blick. »Wir nähern uns an. Langsam.«

»Du weißt aber schon, dass er kein Schriftsteller ist?«

Irgendwann muss die Wahrheit heraus.

»Natürlich. Was glaubst du denn.«

Ach so. Er hat wohl schon alles gebeichtet.

»Er ist Markenleiter bei einem Autohändler. Das ist mir ehrlich gesagt ohnehin lieber. Ein Auto braucht man alle paar Jahre.«

»Im Gegensatz zu einem Buch, meinst du.«

»Dumme Pute.«

»Selber. Gib mir mal den Schlüssel.«

»Den hast du doch!«

Franziska versucht, die Uhrzeit zu entziffern. Wie spät ist es? Eins, zwei? Drei? Paula macht Geräusche wie aus einem Lehrfilm übers Schnarchen. Im Garten feiern die Grillen eine Party. Der Mond beleuchtet den Kopf des Hirsches, der in seiner zur Schau gestellten Arroganz menschliche Züge annimmt. Gruselig. Es wirkt, als wolle er aus dem Bild herausspringen.

Franziska tappt ins Badezimmer. Entenschissbraune Fliesen. Genau jene Sorte, die Tante Rosi auch hatte. War mal todschick. Und bis zur Decke hinauf gefliest. Könnte ja das Blut spritzen. Ist noch gar nicht so lang her, dass Badezimmer an Metzgereien erinnerten, denkt Franziska. Heute gibt's nur noch Wellness-Tempel, was mindestens genauso daneben ist. Ihr Bad zu Hause ist klein, schließlich ist ihre Wohnung auch klein. Sie verbringt nicht viel Zeit vor dem Spiegel. Tageslicht braucht sie auch keins im Bad. Sie war heilfroh, dass es nur eine künstliche Beleuchtung gibt. Man muss ja nicht alles sehen, was einem die Natur untergejubelt hat.

Als sie zurück ins Zimmer tappt, bemüht, keinen Mucks zu machen, sitzt Paula aufrecht im Bett.

»Wo warst du?«

»Auf dem Klo. Entschuldige, dass ich nicht um Erlaubnis gefragt habe.«

»Ich dachte, du wärst abgehauen.«

»Sag, träumst du?« Paula schlüpft unter die Decke.

»Was hast du reingeschrieben? In den Brief, meine ich.«

»Nichts Spannendes«, sagt Franziska. »Und du?«

»Ich habe Laura verziehen.«

»Welcher Laura?«

»Na dieser Tussi im aerodynamischen Gummianzug.«

»Dieser – ich meine: unserer Laura? Der Laura aus dem Kurs? Das ist nicht dein Ernst.«

»Doch, warum nicht?« Paula ist beleidigt. Sie dreht sich auf die andere Seite.

»Hör mal, da ging's um existentielle Kränkungen. Aber doch nicht um …« – Franziska fehlen die Worte – »um derartige Kinkerlitzchen.«

»Kinkerlitzchen? Du hast ja keine Ahnung! Sobald sie sieht, dass ich mit Lukas spreche, drängt sie sich dazwischen mit ihrer affektierten Art. Wirft ihre Haare zurück, macht einen Kussmund, drückt das Kreuz durch. Auf ihrem Hintern kann man ein Glas abstellen. Ekelhaft.«

Paula ist eifersüchtig. Ganz was Neues. »Und was hat sie dir Dramatisches angetan, dass du ihr verzeihen musst?«

»Sie treffen sich heute noch. Ich hab's zufällig mitbekommen.«

»Ach, Süße.«

»Ich hab kein Glück. Ab heute heiße ich Paula P. Kohm. P steht für Pechvogel.«

»Untersteh dich. Dann taufe ich dich um. In Paula Ü. Kohm.«

»Ünglücksrabe?«

»Ünsinn. Überfliegerin.«

»Ürgendwie delikat.«

Sie lachen.

»Ganz schönes Abenteuer, was?«, sagt Franziska.

»Ich hab jetzt Lust auf eine schöne Zigarette und einen doppelten Baileys.«

»Schnapsdrossel.«

»Selber.«

»Schlaf jetzt.«

»Hmhm.«

Pause.

»Duhuu?«

»Was?« Franziska hat bereits an der Klippe zum Traum gestanden. Sie braucht einen Moment, um sich zu orientieren.

»Was hast du geschrieben? In diesem Brief, meine ich.«

Paula, bitte. Nicht jetzt, nicht jetzt. »Wir reden morgen, gute Nacht.«

»Ich muss es wissen.«

»Schlaf gut.«

»Sag schon.«

Was für eine Nervensäge! Franziska setzt sich auf. So ist das mit Universalfreundinnen. Drängende Neugierde ist offenbar Teil des Deals. Aber das ist andererseits auch wieder schön. Immer jemand da, mit dem man Fettnäpfchen, Niederlagen und Peinlichkeiten teilen kann. Als sie noch zu Hause wohnte, vertraute sie ihre Geheimnisse ihrem Tagebuch an. Das Tagebuch hielt den Mund. Blöd nur, dass es sich eines Abends unter dem Teppich versteckte, wo es von Mutters Staubsauger aufgespürt wurde. Ihre Mutter legte das Tagebuch auf ihr Bett, und Franziska fühlte sich wie eine Frucht, die man in der Mitte geteilt und von der man anschließend das Innere ausgekratzt hat. Obwohl ihre Mutter beteuerte, nicht hineingeschaut zu haben, hat Franziska ein Eselsohr gefunden, das vorher bestimmt nicht drin war. Sie warf das Tagebuch auf den Boden, es hatte sie verraten.

Dann kam der Tag, den sie nie vergessen würde: Franziska saß in der Küche und strich sich ein Nutellabrot, als ihre

Mutter hereinkam und sagte: »Ich mach Nägel mit Köpfen. Ich hau ab.«

Liebe Monika (oder soll ich Mama sagen? Es fühlt sich eher nach Monika an, also bleib ich dabei),

Monika, weißt du noch, als du mir eröffnet hast, dass du abhaust? Nach La Gomera. »Dort ist es immer warm. Ich hasse den Winter bei euch.« Das hast du gesagt. Vielleicht hast du es schon vergessen. Ich nicht.

Ich hatte keine Ahnung, wovon du sprichst. La Gomera? Ich dachte, du meinst das neu eröffnete Wellenbad in der Gumpendorferstraße. Mein Gott, ich war noch nicht einmal vierzehn.

Du hast bestimmt, dass ich zu Tante Rosi ziehe. Noch dreieinhalb Jahre, dann wäre ich ohnehin draußen. »Draußen« meinte in deiner Sprache: nicht mehr angewiesen auf Nestwärme. Du hast gesagt: Ich weiß, dass du gut allein zurechtkommst, ich war wie du in deinem Alter. Genauso selbständig.

Das stimmt nicht. Du warst nie wie ich. Und ich wollte nie wie du werden.

Wenn ich heute eine Postkarte von dir bekomme, dann fühlt es sich an, als ob eine entfernte Bekannte ein Lebenszeichen sendet. Einmal hast du sogar mit Monika Slama unterschrieben, so als seien wir Geschäftspartner. Slama. Dein Geburtsname. Der Nachname ist nicht das Einzige, was uns trennt.

Damals blieb mir jedenfalls der Bissen des Nutellabrots im Hals stecken. Eine Woche zuvor hast du mein Tagebuch gefunden. Du behauptest, nicht darin gelesen zu haben. Dann hast du auch nicht gewusst, wie sehr ich Daddy vermisste? Und dass ich lieber bei ihm wohnen würde? Warst du deshalb wütend auf mich? Hast du das als Verrat empfunden? An dir? Natürlich hab ich dir gesagt, dass ich deine Reaktion auf die Pleite einfach scheiße fand. Man ist doch eine Familie, damit man zusammenhält, oder etwa nicht? Du hast geantwortet, dass es damit nichts zu tun hätte, dass sich einfach deine Gefühle verflüchtigt hatten. Wie Dampf. Und ich? War ich auch nicht mehr als Dampf?

Es fällt mir schwer, diese Worte zu schreiben: Aber ich verzeihe dir. Nicht deinetwillen. Sondern meinetwillen. Ich führe ein komisches Leben, aber deines ist doch mindestens so komisch. Was erzählst du den Menschen, wenn sie fragen, ob du Kinder hast? Erzählst du von mir? Zeigst du ihnen Fotos? Wirst du deine Enkelkinder sehen wollen (falls es je welche geben wird)?

Die gute Nachricht: Du hast mir das Abhau-Gen nicht vererbt. Wenn mir etwas nicht passt, dann bleibe ich. Erst recht. Du nimmst dich ja überallhin mit. Und wenn es eine Insel am Ende der Welt ist.

Du weißt nichts von meinem Leben. Nicht einmal, was ich arbeite, wie ich meinen Tag verbringe. Nein, es ist nicht mein Traumjob. Aber ich häng ihn deswegen noch lang nicht an den Nagel.

Als ich dreizehn war, hast du das Heft gefunden, in das ich meine kleinen Geschichten gemalt hatte. Das Heft mit dem karierten Einband hatte mir damals alles bedeutet. Es war mein Rettungsanker auf stürmischer See. Die Zeichnungen waren vielleicht unbeholfen, aber sie waren das Beste, was ich damals aus eigener Kraft hervorbrachte. Ich hatte kaum Freundinnen, also zeichnete ich mir einfach welche. Das konntest du nicht im Ansatz nachvollziehen. Und nahmst mir das Heft weg. Damit ich mich besser auf die Schule konzentrieren könne. Nur zu meinem Besten. Heute frage ich dich: Was hast du damit gemacht, hast du es weggeworfen? Wahrscheinlich erinnerst du dich gar nicht mehr an die Episode. Weil es immer so ist. Für

Erwachsene ist es ein unbedeutendes Detail, für Kinder aber kann es die Welt bedeuten.

Du wirst diesen Brief nie lesen. Aber wenn ich ihn jetzt ins Feuer werfe, dann wird er in Rauch und Asche aufgehen, und falls ein Molekül der Asche es auf deine schöne Insel schaffen sollte, dann wirst du mich vielleicht, vielleicht, vielleicht verstehen.

Irgendwas wird anders sein.

Deine Tochter Franziska

Und wenn du denkst, es geht nicht mehr ...

Als Franziska und Paula am nächsten Morgen den Seminarraum betreten, ist Jungbluth noch nicht da. Robert tippt lustlos auf seinem Handy herum, Kopfhörer im Ohr, Ursula dehnt ihre Muskulatur am offenen Fenster. Dennis ist der Einzige, der schon sitzt, doch er scheint zu dösen, Kinn auf der Brust, die Äuglein geschlossen. Da hat wohl einer seine Kräfte überschätzt. Um die Lagerfeuer-Session würdevoll zu beenden, sind einige noch ins Inferno nach Wulst gefahren.

In der Mitte des Sesselkreises welken Dotterblumen.

Franziska inspiziert die Thermoskannen, zur Auswahl stehen heiße Milch von der Dorfkuh, Kaffee und Kamillentee.

»Hast du eine Sekunde?«

Lukas. Was will der von ihr? Wirkt zerknautscht.

»Muss mit dir reden.«

Er geht voran, öffnet die Tür zur Raucherterrasse. Noch im Gehen zündet er sich eine Gauloise an. Stellt sich vorn ans Geländer, blickt in den Kurpark. Franziska folgt ihm, schaut ebenfalls hinunter. Fast alle Liegen sind schon belegt. Von oben sehen die Kurgäste aus wie Käfer mit einem hellen Chitinpanzer, die sich dem Licht zuwenden und dabei ihre Beinchen erschöpft von sich strecken.

»Warst du da schon drin?« Lukas deutet auf eines der Becken, vor dem eine steinerne Meerjungfrau posiert.

»Nö.«

Wollte Lukas tatsächlich mit ihr alleine sein, um sie *das* zu fragen?

»Probieren wir's aus?«

»Was? Kneippen?«

»Für die Durchblutung.«

»Danke, aber ich bin schon durch –« Dann hält sie inne. Warum nicht? Wenn sie schon mal hier war. Molly sagt immer: Mach jeden Tag etwas, was du noch nie gemacht hast. Dann ist dein Leben eine Abfolge einzigartiger Momente.

Lukas streift die Asche am Balkongeländer ab. Obwohl sie hier ausdrücklich auf der Raucherterrasse stehen, gibt es nicht einen einzigen verdammten Aschenbecher.

Dann dreht sich Lukas zu Franziska, sieht ihr in die Augen.

»Hör mal«, sagt er. »Ich habe gelogen. Das sollst du wissen.«

»Das weiß ich schon«, sagt Franziska. Nicht nötig zu beichten. »Autos statt Autor, was?«, sagt sie. Ist doch alles nicht so schlimm.

»Nein«, sagt er. »Es ist noch mal anders. Ich bin Autor. Das stimmt schon. Aber ich bin nicht zum Schreiben hier. Sondern zum Recherchieren. Ich bin kein Kandidat. Ich wollte dir das sagen, weil ich den Eindruck habe, dass deine Freundin ein wenig, na ja –«

Daher weht der Wind.

»Dass sie an dir interessiert ist?«

Lukas scheint erleichtert, dass sie es ausgesprochen hat.

»Ja, so in etwa.«

»Und du?«

Er schüttelt den Kopf. »Für mich ist das ein Job. Und aus.«

»Aber es hat nichts mit der Börse zu tun? Testosteron und so?«

»Nein, natürlich nicht. Das Buch wird »Das Geschäft mit der Hoffnung« heißen. Ich sehe mir den Psychoseminarmarkt an und schreibe darüber. Da gibt's eine Menge unseriöser Anbieter, weißt du. Das muss man aufdecken.«

Ein Enthüllungsjournalist. Hier im Seminar. Wer ist denn überhaupt noch ein echter Teilnehmer? Dennis kann man auch abziehen, der ist Spion für die Jungbluth Foundation. Fehlt nur noch, dass Ursula vom Geheimbund der Handarbeitslehrerinnen eingeschleust wurde, um das Kurzentrum in eine Guerilla-Knitting-Aktion zu verstricken.

»Und was deine Freundin betrifft –«

»Paula.«

»Also was Paula betrifft, muss ich sagen: Ich bin kein Single. Ich bin verheiratet.«

»Das habe ich gehört.«

Jetzt ist Lukas alarmiert. »Was? Woher?«

»Ich hab auch so meine Quellen«, sagt Franziska und grinst. Soll der sich nur den Kopf zerbrechen. Außerdem beantwortet das noch nicht die Frage, weshalb er Laura ständig anglotzt, als sei sie das achte Weltwunder. Tut man das, wenn man verheiratet ist?

»Ich glaube, der einzige wirkliche Single hier ist Jungbluth selbst«, sagt Lukas. »Diese Seminare sind wohl eher eine Therapie für ihn.«

»Die *wir* bezahlen.« Franziska ist stinksauer.

»Nimm's nicht so tragisch. Ich sag immer: Das Leben ist teuer, dafür ungerecht. Und vielleicht wär ja Jungbluth was für deine Freundin?«

Franziska lächelt milde. Das hatte sie auch schon überlegt. Wenn Paula nur nicht so unglaublich stur wäre. Doch Jungbluth käme nie und nimmer für sie in Frage, und wenn er der letzte Mann auf Erden wäre.

»Sie steht auf … andere Typen. Glaube mir.«

»Auf welche denn?«

Weshalb ist der so neugierig? Will er hören: Auf solche wie dich?

Zugegeben, Lukas sieht ja ganz gut aus. Vielleicht sogar einen Tick zu gut. Geht schon ins Kitschige. Könnte sofort in einer Telenovela mitspielen. Als jugendlicher Liebhaber und Hasardeur. Unter seinem hautengen Shirt zeichnen sich Muskeln ab. Hat er oder hat er nicht (ein Sixpack)? Paula sagt ja, Franziska nein. Das Kneipp-Becken wird alles ans Tageslicht bringen.

Das unterscheidet Paula doch sehr von ihr, denkt Franziska. Paula hat sich immer schon von einer attraktiven Schale blenden lassen. Wenn einer nicht ihrem Muster entspricht, wechselt sie keine drei Worte mit ihm.

Für Franziska war das Äußere immer nur ein Zusatzpunkt. Sie ist eine, die das Gesamtpaket kauft. Weil sie hofft, dass es umgekehrt ebenso ist.

Dann kommt ihr ein Verdacht. »Hör mal: Nicht, dass ich später im Buch lese, was ich dir erzählt habe.«

Er lacht. »Keine Sorge. Das bleibt unter uns.«

»Aber jetzt mal ernsthaft: Was hast du rausgefunden? Ist er seriös, der Herr Guru?«

In dem Moment öffnet Paula die Balkontür. »Kommt rein, wir fangen an!« Und als Franziska an ihr vorbeigeht, zischt sie: »Was habt ihr zu tuscheln, ihr zwei?«

»Nichts«, antwortet Franziska.

»Für *nichts* wart ihr aber ganz schön ins Gespräch vertieft.«

Sie hat rote Flecken auf den Wangen, ihre Augen blitzen.

»Was für ein wunderbarer Vormittag«, sagt Jungbluth voller Elan. Seine Stimme füllt den Raum. Offenbar der Einzige, der ausgeschlafen ist. »Auf dem Weg hierher bin ich einem Reh begegnet. Was könnte das bedeuten?«

»Dass es Wild zu Mittag gibt?«

Robert und seine kulinarischen Scherze.

Jungbluth überhört den Einwurf geflissentlich. »Das bedeutet, dass das Wunderbare oft nur eine Armlänge von uns entfernt ist, wir aber das Sensorium brauchen, um es zu erkennen. Um dann nicht vor lauter Schreck davonzulaufen. Unser heutiges Thema ist Mut.«

Weil sie gestern einen intensiven Abend am Feuer verbracht hätten, stünde heute etwas Erholung an, sagt Jungbluth. Der Zirkus *Fantastico* mache im Dorf Station. Und jetzt: Überraschung! Er greift in seine Laptoptasche und holt einen Packen Eintrittskarten heraus, die er in einer bedeutungsvollen Geste auffächert. »Karten für alle. Wir gehen gemeinsam in den Zirkus. Na, was sagt ihr?«

Wenig begeistertes Gemurmel. Auch Franziska kann sich eine sinnvollere Beschäftigung vorstellen. Zirkus? Gähn. Dafür sind sie doch nicht nach Bad Örzen gefahren. Einen Zirkus haben sie auch im Callcenter. Tagtäglich. Mit allem, was dazugehört: einem lächerlichen Zirkusdirektor im Phantasiekostüm, Clowns, Artisten, Zauberer, die Paletten von Kalendern spurlos verschwinden lassen. Und Tiere gibt's auch, die in der Callcenter-Manege herumhoppeln: falsche Schlangen, dumme Kühe und jede Menge Angsthasen.

Dennis ist der Einzige, der der Nachricht etwas abgewinnen kann: »Ich liebe Zirkus!«, ruft er aus. »Ich wollte selbst immer zum Zirkus, das war mein Traum.«

»Als was?«, fragt Ursula. Die will's aber genau wissen.

»Egal«, sagt Dennis. »Ich hätte alles gemacht.«

»Seht ihr, das ist eines der Probleme an unseren Träumen«, sagt Jungbluth, als er die Eintrittskarten verteilt. »Sie sind zu ungenau. Zu vage. Mein Traum war es immer, das zu tun, was ich mit euch gerade mache. Entwicklungstrainer zu sein. Ich wollte Menschen größer machen, ihnen ürgendwie die Möglichkeit geben, über sich hinauszuwachsen. Das war mein eigentliches Ziel. Und das habe ich mir bildlich vorgestellt. Dass da jemand vor mir steht und ich ihm beim Wachsen zuschaue.«

»Wie ein Gärtner«, sagt Laura.

»Ein Kindergärtner«, sagt Robert, und alle lachen.

Jungbluth führt offenbar etwas im Schilde. Er lächelt so maliziös, als er Franziska die Eintrittskarte überreicht. Da steckt doch was dahinter.

Sie gehen in Zweierreihen eine staubige Straße entlang, wie eine Schülergruppe auf dem Weg zum Hallenbad.

Franziska geht neben Paula. Jungbluth hat ihnen eine Aufgabe gestellt: Sie sollen sich einen Titel für ihre Autobiographie ausdenken. »Stellt euch vor, das Buch über euer Leben liegt in dicken Stapeln in eurer Lieblingsbuchhandlung. Welcher Titel könnte Aufmerksamkeit erzeugen und gleichzeitig einen Eindruck vermitteln, worum es dabei geht?«, hatte Jungbluth gefragt.

»Mein Buch heißt: *Ich bereue nichts*«, sagt Paula und kickt ein Steinchen von der Straße.

»Stimmt das denn?«

Paula denkt nach.

»Also gut. Vielleicht ist *Knapp vorbei ist auch daneben* besser.«

Es ist ungewöhnlich schwül, so als hätte Petrus eine Käseglocke über das Tal gestülpt. Franziska schwitzt, und ihr wird übel, wenn sie daran denkt, die kommenden drei Stunden in einem stickigen Zelt verbringen zu müssen.

»Mein Buch heißt *Die Kalender-Mafia*«, sagt sie. »Eine Lebensgeschichte als Krimi. Das wär doch mal was.«

»Schroeder? Ach du meine Güte. Der ist doch nicht so wichtig. An meinem Sterbebett möchte ich jedenfalls nicht über Telefonleitfäden nachdenken.«

Da hat Paula nicht unrecht. Aber was war denn schon wichtig in ihrem Leben? Was hatte sie denn erreicht? Weder hat sie einen neuen Staatsbürger in die Welt gesetzt, noch in der Stammzellenforschung einen Durchbruch erzielt. Vielleicht sollte das Buch *Glück in kleinen Dosen* heißen? Kitschig. *Tausend Anfänge*? Unspektakulär, es ist doch das Wesen des Lebens, dass man immer wieder von Neuem beginnt. *Ich hab nur dich geliebt*? Melodramatisch. Und gelogen, dass sich die Balken biegen.

»Ich hab's«, sagt Paula. »*Von Perioden- und anderen Männern.*«

Franziska lacht. Eine Komödie. »Und ich zeichne dir das Cover«, sagt sie.

»Deal.« Sie schlagen die Handflächen aneinander, so wie es Ballsportler nach einem gelungenen Wurf tun.

»Was glaubst du, wie heißt Ursulas Autobiographie? *Schnittmuster des Schicksals*? *Verfilzt und zugenäht*?«

»*Die Knopfloch-Saga*«, schlägt Franziska vor.

»*Strick's noch einmal, Sam.*«

»*Vom Kaiserschnitt zum Scherenschnitt.*«

»Na, meine Damen, so gut gelaunt?« Jungbluth hat sich von hinten angepirscht und drängt sich in die Lücke zwischen Franziska und Paula.

»Wir haben unsere Hausaufgaben schon erledigt«, sagt Franziska stolz.

»Sag mal, ist das auch eine Übung, dieser Zirkusbesuch?« Franziska kann sich nicht vorstellen, dass Jungbluth den Ausflug ohne Hintergedanken geplant hätte, aber er schüttelt nur den Kopf und sagt: »Es ist das, was es für dich ist. Nicht mehr und nicht weniger.«

Daraus wird sie nicht schlau. Aber sie sind ohnehin schon da.

Im Niemandsland zwischen Bad Örzen und Wulst ist auf einer Wiese über Nacht ein Zirkuszelt aus dem Boden gewachsen. Es neigt sich ein wenig zur Seite, so als sei es erschöpft vom ewigen Auf- und Abbau. Auf einer improvisierten Koppel grast ein einsames Pferd. Zwischen zwei Wohnwagen ist eine Wäscheleine gespannt, auf der Trikots zum Trocknen aufgehängt wurden. Rundherum nichts als Landschaft und oben drüber ein Himmel, dunkelblau wie der Pazifik.

An den Straßenlaternen flattern bunte Wimpel.

ZIRKUS FANTASTICO – DAS PHANTASTISCHE ERLEBNIS FÜR JUNG UND ALT!

Kein Lüftlein regt sich. Ein roter Teppich führt direkt ins Zelt. Aus Lautsprechern quillt ein Medley mit Udo Jürgens' größten Hits. *Ich war noch niemals in New York. Griechischer Wein. Merci, Chéri.* An einem Kiosk kauft Franziska einen Kübel Popcorn.

»Gibt's keine kleineren Portionen?«

»Das ist die kleinste«, sagt die Frau hinter dem Tresen. Sie trägt einen hautengen Glitzeranzug und hat lila Balken über den Augen. Wahrscheinlich wird sie demnächst als Artistin durchs Zelt wirbeln.

Der Zirkus ist auch nicht mehr das, was er einmal war, denkt Franziska. Heute muss jeder alles machen. Getränke verkaufen, Karten abreißen, Tiere füttern.

»Ich mochte den Zirkus noch nie«, sagt Paula und verzieht den Mund.

»Und das hier schon gar nicht«. Sie deutet auf Lukas und Laura, die vor ihnen das Zelt betreten. »Die kleben immer aufeinander.«

»Bist du eifersüchtig?«

»Pah!«

»Du *bist* eifersüchtig.«

»Red keinen Stuss. Ich mag's nur nicht, wenn ich übergangen werde.«

»So *heißt* das also heute. Übergangen.«

Franziska stopft sich eine Handvoll Popcorn in den Mund. Schmeckt nach gesalzenem Styropor. »Und was hast du vor?«

»Ich werde ehrlich sein.«

»Ehrlich ist immer gut.«

»Ich werde mich ihm erklären.«

»Wie bitte? Was wirst du?«

Was sind das für Ausdrücke? Ist Paula jetzt komplett übergeschnappt? Franziska hat keine Ahnung, wie sie es Paula erklären soll. Dass sie sich Lukas gefälligst aus dem Kopf schlagen soll.

Der Kartenabreißer scheint derselben Familie anzugehören wie die Karten- und die Getränkeverkäuferin. Dieselben imposanten Augenbrauen, derselbe Schmollmund. Mit dem einzigen Unterschied, dass unter seinem Trikot dunkles Brustfell hervorquillt.

»Danke«, haucht Franziska, nachdem er ihre Eintrittskarte – hingebungsvoll und zärtlich, wie sie findet – auseinandergerissen hat.

Himmel, was für ein Schnittchen. Ein Astralkörper, der alle Marcos dieser Welt blass aussehen ließ.

Im Zelt ist es stickig und warm. Es riecht nach Sägemehl, süßem Popcorn und Pferdeäpfeln.

Die Plätze sind zu einem Drittel belegt. Mit Senioren. Noch nie hat Franziska so viele betagte Menschen in einem Zirkus gesehen. Wahrscheinlich allesamt Kurgäste, die heilfroh sind über ein wenig Abwechslung. Endlich mal ein Nachmittag ohne die üblichen Verdauungsgespräche am Thermalquellbrunnen. Aber wo sind die Kinder? Gibt's in Bad Örzen keine Kinder?

Reihe 3 Platz 12. Alles hat seine Ordnung hier. Trotzdem hat Franziska so ein Gefühl. So ein unbestimmtes.

»Ich muss noch mal zurück«, sagt sie zu Paula. »Bin gleich wieder da.«

Und immer, immer wieder geht die Sonne auf, singt Udo, der Große.

Wie recht er doch hat.

Franziska marschiert schnurstracks zurück zum Eingang. Der Junge im roten Trikot rupft an den Eintrittskarten, die man ihm entgegenhält.

»Entschuldigung!« Franziska wedelt mit ihrer Karte. »Ich finde meinen Platz nicht.«

Er lächelt sie an, nimmt die Karte entgegen, betrachtet sie.

Eine Pause, die Franziska nutzt, um ihn anzuschmachten. Den dunklen Lockenkopf. Diese Statur. So ein enger Anzug versteckt nichts. Aber auch gar nichts. Nicht ein Gramm Fett an diesem Körper. Ist das ein Anzeichen des Alters? Dass man sehnsüchtig junge, schöne Körper anstarrt? Fehlt nur noch, dass sie anfängt zu sabbern.

»Ich bringe dich hin«, sagt er und reicht ihr die Karte. Er pfeift nach einem Jungen, der auf der Tribüne Eis verkauft. Dann bietet er Franziska seinen Arm an. »Bitte«, sagt er. Formvollendet.

»Danke!«

»Ich bin Felipe.«

»Ich heiße Franzi. Also Franziska.«

»Francesca. Wunderschöner Name.«

Und schon hat Franziska ihre Meinung geändert. Eine wundervolle Idee von Jungbluth, einen Zirkusbesuch vorzuschlagen. Fantastico.

Felipe tätschelt ihre Hand. Ihr wird heiß. Weshalb war sie nur so gefräßig und hatte vorhin so viel Popcorn in sich hineingestopft? Nun steht ihr Bauch bestimmt hervor wie eine Kugel. Bauch rein, Brust raus, Kopf gerade.

»Hast du Schmerzen?«

»Aber nein!«

»Du gehst so verkrampft«, sagt er. »Aber du brauchst dir keine Sorgen zu machen. Die Vorstellung ist wunderbar.« Er schnalzt mit der Zunge. »Reihe drei. Bitte schön. Hier wären wir.« Er deutet auf den freien Sitzplatz zwischen Paula und Ursula.

Die Frauen glotzen sie an.

»Was soll das?«

»Ich hab nicht hergefunden«, sagt Franziska spitz.

»Aber du warst doch eben grad da!«, sagt Paula.

Und wenn schon. Manche Entscheidungen sind eben nicht von Logik geleitet.

»Adieu«, sagt Felipe.

Franziska winkt ihm zum Abschied zu. Ihr ist heiß rund um den Nabel.

»Ich hab auf dein Popcorn aufgepasst«, sagt Paula und stellt ihr zur Begrüßung den Kübel auf die Oberschenkel.

»Danke, aber mir ist der Appetit vergangen.«

»Wer war denn der junge Mann?«, fragt Ursula. »Der hatte ja einen schicken Anzug an.«

»Wahrscheinlich der Pudel-Dompteur«, sagt Paula.

»Pudel?«

»Klar. Hinter dem Zirkus laufen sie herum. Königspudel. Als Ersatz für die Löwen, nehme ich an.«

Franziska sieht sich um. Vor ihr sitzen Laura und Lukas, in der ersten Reihe hat sie tatsächlich Schroeder mit seiner wasserstoffblonden Begleitung gesichtet.

»Wir sitzen strategisch gut«, raunt Paula. Sie deutet mit dem Kinn auf Laura.

»Was hast du vor? Möchtest du ihr Popcorn in die Haare spucken?«

Franziska wagt einen Blick zum Zelteingang, wo Felipe weiterhin dienstbeflissen den Kartenabreißer mimt. Sie fragt sich, wie sich das wohl anfühlt, in einem Zirkus zu leben. Alle paar Tage an einem anderen Ort. Immerzu neue Gesichter. Zugleich immer mit der Familie zusammen, aneinander gebunden auf Gedeih und Verderb.

Die Kapelle spielt einen Tusch.

Auftritt des Zirkusdirektors. Dieselben dunklen Locken wie Felipe, bestimmt der Herr Papa.

»Willkommen, ihr Leute, von nah und fern, schön, dass ihr gekommen seid, *benvenuti tutti*!«

Tusch, Applaus.

»Der Zirkus *Fantastico* ist ein Familienzirrrkus in vierrrter Generration, mein Name ist Alfrrredo, ich bin der Direktor.« Er spricht wie ein Italiener, der erst spät Deutsch gelernt hat. »Sogar die Uroma ist noch mit auf Tourrrrrnee!« Eine Assistentin schiebt eine alte Frau im Rollstuhl herein. Auf dem Schoß der alten Frau sitzt ein Hase.

»Die Oma, unsere Oma, *la nonna*! *Fantastico*!«

Tusch, verhaltener Applaus. Die Oma streichelt den Hasen. Die Assistentin schiebt die Oma wieder hinaus aus der Manege.

Tusch.

Auftritt eines Clowns, der Franziska nicht ein müdes Lächeln entlockt. Danach der obligatorische Zauberer. Dann klettern zwei Schlangenmenschen in einen winzigen Koffer. Franziska erkennt die Dame aus dem Getränke-Kabäuschen wieder. Wie macht die das? Sie wirkte weder besonders gelenkig noch athletisch.

Nach der dritten Nummer haben sie schon die Hälfte des Popcorn-Kübels verputzt. Ein unangenehmer Druck auf dem Magen macht sich bemerkbar.

Ein müder Gaul trottet depressiv in der Manege im Kreis. Auf den Ohren trägt er lächerliches Bommelzeugs mit goldenem Flitter. Tierische Erniedrigung, eigentlich ein Fall für den Tierschutz.

Alfredo tritt nahe an die Zuschauer heran: »Ich brrrauche Frreiwillige«, wirft er forsch in die Runde. »Werrr kommt zu mirrr, um zu reiten diese schöne Stute Almarrrosa.«

Ein Alptraum, der Franziska seit der Grundschule verfolgt.

Du sitzt im Zirkus, und dann kommt so ein grenzdebiler Clown oder ein Schlangenmensch auf dich zu, der sich mit dem großen Zeh hinter dem Ohr kratzt, und baut dich in eine Nummer ein, von der von vornherein klar ist: Das wird eine Lachnummer. Du blamierst dich bis auf die Knochen. Danach bist du fürs Leben gezeichnet. Kriegst einen Ausschlag beim Wort »Zirkus«. Wenn du »Artist« hörst, wird dir übel.

Franziska macht sich klein, versteckt sich hinter Lukas' Quadratschädel. Wenn das mal gutgeht.

Jetzt macht Paula etwas richtig Fieses. Sie deutet mit beiden Zeigefingern auf Laura Konfetti, die in der Reihe davor seelenruhig Lakritze kaut.

»Sag, spinnst du?« Franziska zieht an Paulas Ärmel.

»Lass mich, verdammt!«

Paula lässt sich nicht beirren. Die hat sie ja nicht mehr alle.

Endlich hat auch Alfredo sie erspäht. Mit etwas Glück darf Paula nun selbst auf den Gaul. So würde in einem gerechten Universum entschieden werden.

Alfredo aber deutet tatsächlich auf Laura. Ja, darf denn das wahr sein?

Laura tut erstaunt. »Ich?«

»*Si, fantastico*!«

Laura drückt Lukas die Lakritze in die Hand und kämpft sich durch die Reihe. Wirklich lange hat sie sich ja nicht bitten lassen.

Paula lacht sich währenddessen ins Fäustchen.

»Du hinterhältige Schlange«, sagt Franziska. »Soll die sich das Genick brechen?«

»Du glaubst doch nicht im Ernst, dass das da gefährlich ist. Die machen sich nur einen kleinen Spaß. Delikat ist das, sehr delikat!« Paula reibt sich die Hände.

Franziska seufzt. Laura ist währenddessen über die Absperrung in die Manege gesprungen. Ausgesprochen schüchtern ist sie ja nicht.

»Das ist Almarrrrosa«, sagt der Direktor und zeigt auf den Gaul. »Und das, Almarrrosa, ist –«

»Laura«, sagt Laura.

»Laurrrra, willkommen!«

Er hält das Pferd mit einer winzigen Bewegung der Hand an und dirigiert es in die Mitte der Manege, wo es artig stehen bleibt. Einer der Musiker springt herbei und klappt neben Almarosa eine Trittleiter auf. Schallendes Gelächter. Paula kann sich kaum mehr halten auf ihrem Sitz, die Schadenfreude quillt ihr förmlich aus allen Poren.

Laura besteigt brav die Leiter, der Zirkusdirektor hält ihre Hand, und dann – Franziska traut ihren Augen kaum – schwingt sie sich lockerleicht auf den Rücken des Pferdes. Kein Sattel, kein Zaumzeug und scheinbar kein Problem für Laura, die mit ihren Händen in Almarosas Mähne greift und ohne Anlaufschwierigkeiten eben mal so ringsherum durch die Arena galoppiert. Sie trägt einen schwarzen Catsuit und sieht umwerfend auf dem Pferd aus. Eine Granate. Als hätte sie sich genau auf diesen Moment seit Monaten akribisch vorbereitet.

Alfredo kann selbst kaum fassen, welche Perle ihm da ins Netz gegangen ist. »Madonna!«, ruft er aus, »*fantastico, fantastico*! Du musst arrrrbeiten bei mir im Zirrrrkus!«

Kaum hat er ausgesprochen, hat Laura die Mähne losgelassen, ein kollektiver Aufschrei geht durch die Menge, um Himmels willen, sie fällt!

Doch Laura fällt nicht. Die Arme hoch in die Luft geworfen, umklammert sie den Bauch des Pferdes mit ihren Beinen. Sie muss Muskeln aus Stahl haben. Dann plötzlich – im Galopp – schwingt sie das rechte Bein über den Hals des Gauls und sitzt urplötzlich im Damensitz da.

Und damit noch nicht genug. Eine weitere Drehung, und sie wendet ihr schönes Gesicht Ambrosias Schweif zu. Das ist doch. Unfassbar. Woher kann sie das? Es wirkt, als sei sie auf dem Pferderücken auf die Welt gekommen. Oder war das etwa ein von langer Hand geplanter Auftritt? Franziska sieht in die Gesichter ringsum. Nein, von denen hat keiner was geahnt, allen ist die Überraschung ins Gesicht geschrieben. Die größte Euphorie zeigt Lukas, der auf seinen Sitz geklettert ist und »Laura, Laura!« skandiert.

Franziska kann es nicht beschwören, aber es sieht aus, als ob Paula in ihrem Sitz zusammenschrumpft. Das passt ihr gar nicht ins Konzept. Pech gehabt. Wer anderen eine Grube gräbt und so.

Laura hüpft elegant vom Ross, das selbst kaum realisiert, was da eben vorgefallen ist. Üblicherweise darf es wahrscheinlich nur krampfadergeplagte Senioren quer durch die Manege schleppen. Dass da mal ein Püppchen mit Wallemähne auf seinem Rücken herumturnt, kommt sicher nicht oft vor.

Laura verbeugt sich, wie es einer Artistin ihrer Liga würdig ist. Unter Jubelgesängen erklimmt sie wieder ihren Sitzplatz.

Jetzt sind die Königspudel dran. Edle Tiere mit einer Frisur wie Tante Rosi, wenn sie direkt vom Friseur kommt. Die Pudel flitzen einmal im Kreis um die Manege und hüpfen dann auf die für sie vorgesehenen Hocker. Putzig. Jetzt tritt der Dompteur auf.

Tadaaa! Niemand Geringerer als Felipe.

Franziskas Herz macht einen Sprung. Endlich! Jetzt wird er zeigen, was er kann.

»Sährrr verrrährtes Publikum!«

Seltsam. Woher kommt plötzlich diese Aussprache? So hat er doch vorher auch nicht gesprochen. Hat er sich auf dem Weg in die Manege mit dem rollenden R infiziert?

Aber wahrscheinlich müssen sie so sprechen, überlegt Franziska. Weil das Publikum es so erwartet. Eine Zirkusfamilie, das hat doch immer was weit Gereistes. Wenn die plötzlich so reden wie Herr Müller aus Buxtehude, ist der Exotik-Bonus futsch, da hilft auch kein Salto mortale.

Jedenfalls folgt jetzt so etwas wie ein Pudelballett. Entzückend. Felipe ist der Ballettlehrer, und die Hunde heben mehr oder weniger synchron ihre Beinchen zum Cancan. Alle klatschen mit. Das Zelt bebt. Vereinzelt sind Bravo-Rufe zu hören.

Felipe! Franziska kann nicht aufhören, ihn anzuglotzen und sich dabei Popcorn zwischen die Lippen zu scheffeln. Die durchtrainierten Beine, der flache Bauch, diese schmalen Hüften!

Ursula kreischt laut auf, packt Franziska am Arm. »Hast du das gesehen?«

Jetzt hat sie den besten Pudeltrick verpasst, weil sie immer auf den Arsch des Dompteurs geglotzt hat. Aber so ist das Leben. Man kann nicht alles haben.

Felipe verbeugt sich. »Und nun!«, ruft er. »Ich brrrrauche eine Frrreiwillige!«

Schon wieder. Sind denen die Artisten ausgegangen? Oder ist heute großer Zirkus-Streik?

»Werrrr kommt zu mirrr? Frrranziska?«

Wie. Hat der eben Franziska gesagt? Das kann doch wohl nur ein Irrtum sein. Sie sieht sich um. Und alle sehen sie an. Nicht schon wieder. Schreite ein, Zwergengott!

Wenn sie jetzt eines garantiert nicht möchte, dann ist es das: sich blamieren. Vor versammelter Runde, Schroeder inklusive. Alles, nur das nicht.

»Na los!«, tönt es ihr entgegen.

»Wir warten!«, ruft einer.

Ein bisschen geschmeichelt ist sie ja schon. Felipe hat sich ihren Namen gemerkt. Außerdem: So einen Königspudel kann man ohnehin nicht reiten. Was soll da schon passieren.

Sie drückt Paula den Popcorn-Kübel in die Hand. Man macht ihr bereitwillig Platz. Bei manchen Zuschauern vermeint sie sogar etwas wie respektvolles Staunen zu registrieren. Jö, schau, die kennt den Sohn vom Zirkusdirektor *persönlich*.

In der Manege erwartet sie Felipe mit offenen Armen.

Er küsst sie auf die Wange. Franziska wird rot wie ein Schulmädchen.

»Wirrr kennen uns«, sagt Felipe zur Erklärung.

Das Publikum lacht und klatscht.

Na, das kann ja was werden. Das Licht eines Scheinwerfers blendet, Franziska schwitzt vor Aufregung, wo ist das nächste Deo?

»Magst du diese Hunde?«, fragt Felipe.

Was kommt jetzt?

»Natürlich«, sagt Franziska. »Ich liebe Hunde.« Nicht sehr schlagfertig.

»Das ist gut«, sagt Felipe. »Denn die Hunde bleiben in der Manege und schauen dirrr zu.«

Zuschauen? Wobei?

Mit einem Mal fällt ein Tau von der Kuppel in die Manege herab und baumelt vor ihr hin und her. Die Pudel sitzen auf ihren Hockern und sehen sie erwartungsvoll an. Was wollen die? Leckerli? Sorry, nix dabei, Jungs.

Felipe deutet auf den Strick. Wirkt wie eine Einladung zur öffentlichen Erhängung.

Lachen im Publikum.

Franziska weiß nicht, wie sie sich drehen und wenden soll. Nackt vor einer Meute schadenfroher Zuschauer zu posieren, kann kaum schlimmer sein. Einzige mögliche Lösung: ab durch die Mitte.

Sie verbeugt sich in Felipes Richtung. »Es war schön bei dir«, sagt sie. »Ich gehe wieder auf meinen Platz.« Sie deutet ihren Abgang an.

Felipe lächelt, packt sie an der Schulter. Ein fester Griff, mein Gott, was für ein Griff.

»Liebe Frrranziska«, sagt er. »Du bleibst bei mir.«

Er zeigt hinauf in die Kuppel. Was soll das bedeuten? Sie leidet an Höhenangst, seit sie gehen kann. Wenn sie auf einen Stuhl steigen muss, benötigt sie Steigeisen und Gurte.

»Da hinauf. Allez hopp!«

Franziska hat Seile immer gehasst, so wie alle Geräte, die im Turnunterricht bestiegen, beklettert oder bewegt werden mussten. Barren, Pferd, Trampolin, Sprossenwand, Ringe: Folterinstrumente, die nur da waren, um Teenies zu quälen, die anderes im Sinn hatten, als sich die Handflächen an irgendwelchen bescheuerten Geräten aufzuschürfen. Regelmäßig fiel eines der Mädchen irgendwo runter, gern auf Kopf oder Rücken, und musste ärztlich versorgt werden. Was bei einigen eine Dauer-Menstruation inklusive Dauerbefreiung zur Folge hatte. Idiotie. Sollte sie jemals ein Kind –

»Frranziska, meine liebe Frrranziska.«

Täuscht sie sich, oder hat Felipes Stimme etwas Forderndes? Unten am Seil ist ein Knoten drin. Wahrscheinlich braucht sie da nur draufsteigen. Ist ja keine Hexerei. Schroeder sitzt in der ersten Reihe und grinst hämisch. Seine blonde Begleitung klatscht und stampft auf den Bretterboden, soweit es ihre empfindlichen Stöckelschuhe zulassen. Wollte sie sie anfeuern? Paula schwenkt eine *Fantastico*-Fahne und kreischt so was wie: »Rauf mit dir, zeig's ihm!«

Von irgendwoher ertönt Trommelwirbel. Und dann spürt sie eine Hand auf ihrer Hüfte, da wird ihr gleich ganz anders. »Du kannst das«, flüstert er in ihr Ohr. »Ist ganz leicht, keine Sache.«

Nägel mit Köpfen. Das hat Monika gesagt, bevor sie nach La Gomera flog. *Ich mach jetzt Nägel mit Köpfen.* Als ob sie bisher nur versucht hätte, mit ihren zwei linken Händen Nägel ohne Köpfe einzuschlagen. Da war so eine Entschiedenheit in ihrer Stimme. So jemandem widerspricht man nicht.

Es ist keine bewusste Entscheidung, aber Franziska ergreift mit einem Mal das Seil mit beiden Händen. Sofort bricht tosender Applaus los. Sie setzt einen Fuß auf den Knoten, zieht sich hoch, zweiter Fuß hinauf, das war's. *Nägel mit Köpfen.* Fühlt sich gar nicht so schlecht an. Das Seil mit ihr drauf bewegt sich sanft wie der Klöppel in der Glocke.

»Moooment!« Die Assistentin bringt eine Art Brustgurt, der Franziska flugs umgelegt wird.

»Gewicht?«

»Wie –«

»Wie viel wiegst du?«, fragt die Assistentin. »Wegen der Einstellung.«

Puh. Das wird ja immer schlimmer. Franziska flüstert der

Assistentin eine Zahl ins Ohr, die eher ihrem Wunschgewicht entspricht als ihrem tatsächlichen. Man muss ja nicht alles preisgeben.

Ein Karabiner wird eingehakt. Ürgendwie witzig, denkt Franziska und muss grinsen. Die sind hier aber sehr auf Sicherheit bedacht, lobenswert! Obwohl sie ja genau genommen kaum mehr als zehn Zentimeter vom Boden trennen.

»Exzellent!«, brüllt Felipe jetzt und deutet auf sie mit ausgestrecktem Arm, so als hätte sie gerade einen eingesprungenen Rittberger vorgeführt.

Das war's schon? Lächerlich. Franziska taucht ein wenig an, schaukelt von einer Seite zur anderen. Wenn sie will, kann sie jederzeit abspringen. Das hier ist ihr Auftritt.

Um dem Publikum – und vor allem Felipe – etwas zu bieten, löst sie nun probehalber eine Hand vom Seil, streckt den Rücken durch und kippt den Kopf zurück. Das sieht bestimmt wahnsinnig elegant aus. Aus dem Augenwinkel sieht sie Schroeder, der begeistert klatscht. Na eben. Was Laura kann, das kann sie schon lange. Und dann wird sie übermütig, löst langsam ein Bein, streckt es vor sich gerade in die Luft. Als Mädchen hatte sie Ballettunterricht. Gut, sie zählte nicht zu den Begabten, aber an der Stange machte sie eine ganz gute Figur. Erste Position, zweite Position, dritte. Battement. Arm ausstrecken, der Hand nachblicken, ja, genau so, ein wenig mehr Eleganz, Kind!

Jetzt streckt sie das Bein durch, der Rist ist gerade. Aus dem Augenwinkel erkennt sie Paula, die nun sogar aufgestanden ist, um sie zu fotografieren. So, das muss reichen.

Gerade, als sie abspringen will – nicht ohne Stolz, ihre Arbeit als Aushilfsartistin hat sie immerhin ohne Gesichtsverlust über die Bühne gebracht –, schraubt ein Idiot an der Seilaufhängung, und das Seil bewegt sich ruckweise hoch. Das muss ein Irrtum sein. Ein schrecklicher Irrtum.

»Runter, sofort!«, will sie rufen, doch ihre Stimme versagt. Alles, was sie herausbringt, ist ein zittriges »Hallo«.

Sie wirft einen panischen Blick in Richtung Felipe, doch der ist damit beschäftigt, einen der Königspudel durch einen brennenden Reifen hüpfen zu lassen. Und schon geht es weiter hinauf. Was soll das? Soll sie durch die Kuppel verschwinden? Felipes Glitzeranzug entfernt sich, wird kleiner. Er lobt einen der Pudel. »Bravo, Lollo!«

Und sie? War sie nicht bravo? Franziska klammert sich an das Seil wie eine verängstigte Jane an ihre Liane. Was, wenn sie loslässt? Hält der Brustgurt? O mein Gott, warum hatte sie bloß das falsche Gewicht genannt. Das kann sie das Leben kosten.

Jetzt – endlich! Felipe hat sie entdeckt, blickt mit großen Augen zu ihr hinauf.

»Aber Frrrranziska, was machst du da oben? Warrum flüchtest du?«

Lachen im Publikum.

»Ich. Kann. Nichts. Dafür.« Gekrächzte Worte, die auf dem Weg in die Manege zerbröseln. Wer straft sie – und warum? Was hatte sie verbrochen? Nach einer kurzen Erholungspause geht die Fahrt weiter Richtung Kuppel. O nein. Ihre Knie schlottern, ihre Arme zittern, ihr Herz flattert, gleich, gleich verlässt sie der Kreislauf, und sie wird auf die mit Sägespänen ausgelegte Manege knallen wie ein wurmstichiger Apfel. So ein Ende hat sie nicht verdient. Molly, steh mir bei!

Der Verrückte hat keine Gnade, zieht sie weiter hinauf, immer weiter. Nur nicht hinunterschauen.

Nicht. Hinunter. Schauen.

Ganz still ist es jetzt im Publikum. Alle scheinen den Atem anzuhalten. Franziska kann die Dachplanen sehen, dunkelblaue Planen, die man lieblos aneinandergeheftet hat. Von unten sieht die Kuppel aus wie ein samtener, eleganter Überbau; von hier oben erkennt Franziska, was sie wirklich ist: ein kaputter, zerschossener Himmel. Notdürftig geflickte Löcher, faltiges Plastik, abgeriebene Farbe. Und ein Spalt ist da, ein Schnitt in der Plane, durch den die Nacht hereinbricht. Ein Ausguck, ein Schlupfloch. Franziska kann den Parkplatz im Feld erkennen. Scheinwerfer blinken auf wie Morsezeichen. Der Turm der Zwergenkirche, die Bauernhäuser entlang der Hauptstraße, die Welt jenseits des Zirkus.

Und durch genau diesen Spalt bricht eine plötzliche Erkenntnis. So als würde im Himmel ein Satz aufleuchten, eine Botschaft, die nur an sie gerichtet ist, an sie allein:

DU SCHAFFST DAS, FRANZISKA.

Das ist dann auch wieder interessant. Weil das Schicksal sie mit Vornamen anspricht. Kein billiger Motivationsspruch nach Schroeder-Art. Sondern etwas, das nur ihr gehört.

Es ist einer dieser Momente, der *bling bling* macht. Von dem man später sagen wird: »Und plötzlich war alles anders«, was natürlich Unfug ist, aber der Zauber des Augenblicks bleibt bestehen. Das Wunder. Jemand hat zu mir gesprochen. Mir Zuversicht gegeben. Dass ich es schaffen kann.

Und wenn die Enkelschar wie aus einem Mund: »Was denn?«, fragen wird, die Blicke angstvoll auf Franziska geheftet, wird sie sich aufrichten und sagen: »Alles. Alles, was ich will. Das Universum stattet uns mit Kraft aus. Umsetzen müssen wir sie mit den eigenen Händen.«

Sie braucht keinen Schroeder, kein Callcenter, das hat sie

in diesem Moment verstanden. Dass sie sich aufmachen muss, um ihren eigenen Weg zu finden. Und gerade als sie den Satz fertiggedacht hat, schwebt sie langsam wieder Richtung Erde. Geschmeidig wie in einem gut geölten Lift – und geradewegs in Felipes Arme. Jetzt ist das Publikum nicht mehr zu halten. Felipe riecht nach Kaugummi und jugendlicher Frische. Mein Gott, was für eine Energie der Junge hat.

»Es tut mir leid«, flüstert er in ihr Ohr. »Hattest du hoffentlich keine Angst?«

»Überhaupt nicht!«, lügt sie. »Das war ein großer Spaß.«

Den Applaus hört sie kaum. Ihre Knie zittern.

Die Assistentin löst den Brustgurt, sagt dabei mit fiesem Grinsen: »Ich stelle automatisch immer zehn Kilo mehr ein. Sicherheitshalber, sonst bockt die Versicherung.«

Die Kapelle spielt einen Tusch. Einer der Pudel springt von seinem Hocker und schnuppert an Franziskas Bein. Felipe fasst sie um die Schulter.

»Verbeugen«, zischt er ihr zu. »Sie warten drauf!«

Franziska verbeugt sich. Sie surft auf dem Applaus wie auf einer Welle.

Und ürgendwas tief drin in ihr lächelt.

Wie die Katzen

Zu Mittag bekommt Franziska kaum etwas runter. Wild gibt's zwar keins, dafür aber Salzburger Nockerln – eine Speise aus Zucker und Eiern mit gefühlten zehntausend Kalorien. Pro Bissen. Zum Glück hat das Popcorn ihren Magen schön ausgepolstert. Und wenn sie ganz ehrlich ist: Felipes Nähe hat ihren Appetit auf die Größe eines Kieselsteins schrumpfen lassen. Ein gutes Zeichen. Es gibt ja Frauen, die bekommen Hunger, sobald sie verliebt sind. Paula zum Beispiel. Die schaufelt hinein wie ein pubertierender Knabe im Wachstumsschub. Je mehr Essen, desto größer die Liebe. Eine problematische Gleichung. Wenn sie schlussendlich den Mann ihres Lebens trifft, hat sie einmal gesagt, wird sie mit einem gewaltigen Knall explodieren.

Heute essen sie zur Abwechslung im Restaurant des Kurzentrums: Ein schmuckloser Bau mit dem Charme einer Abflughalle. Das Besteckgeklapper schmerzt Franziska in den Ohren. Die ganze Truppe sitzt an einer langen Tafel vor bodentiefen Fenstern mit Panoramablick auf Park und Bergkette. Sie sind die Einzigen in der Kantine, die Zivilkleidung tragen. Alle anderen tragen Bademantel, an den Füßen Plastikschlappen, mit denen sie quietschend über die Fliesen schlurfen, in den Händen ein Tablett mit Bergen von Essbarem, mutig aufeinandergeschichtet.

Franziska beschließt, noch ein wenig Apfelmus nachzuholen. Die Salzburger Nockerln verlangen nach Säure. Außerdem tut es gut, mal aufzustehen.

Die Schlange vor dem Büfett ist ein langer weißer Wurm, der sich nur langsam vorwärtsschiebt. Eine kleine Dame mit silberblauen Löckchen dreht sich zu Franziska um.

»Wer seid Ihr denn?«

Ihr? Spricht man sich hier im Majestätsplural an?

Die Dame zeigt auf die Tafel, an der Jungbluth den Vorsitz übernommen hat. »Weil ihr bei uns *so* rumrennt.«

»Wir – äh, sind bei einem Seminar«, sagt Franziska. Sie hofft, dass die Alte nicht nachbohrt. »Weiterbildung.«

Die Alte nickt.

»Ihr gehört alle ins Wasser geschubst«, sagt die Frau plötzlich und tippt sich mit dem Finger an die Stirn. »Zu viel nachdenken ist nicht gesund. Man muss auch was für den Körper tun.«

Na klar. Eine kalte Belehrung am warmen Büfett. Danach hat sich Franziska immer schon gesehnt.

Als sie an den Tisch zurückkehrt, ein armseliges Schüsselchen mit Apfelmus in der Hand, wird sie mit großem Hallo empfangen. Während der Vorspeisen wurde das Thema Herkunftsort durchgekaut. Die Hauptspeisen waren dem Thema erste/zweite Ehe gewidmet, zu dem einige am Tisch Erbauliches beitragen konnten. Und zum Dessert war man bei Freundschaften angelangt, die beständiger waren als so manche Ehe.

»Sie wollen wissen, wie lange wir uns schon kennen«, sagt Paula lachend.

Jetzt fängt das schon wieder an. Immer und immer wieder müssen sie es erzählen. Wie bei einem alten Ehepaar.

»Und was hast du gesagt?«

»Die Wahrheit.«

Als ob es so was gäbe. *Eine* Wahrheit. Jeder hat *seine* Wahrheit, so ist es doch.

»Wir haben noch nicht viel erfahren«, wiegelt Ursula ab. »Nur dass es keine Liebe auf den ersten Blick war.«

»Das stimmt allerdings«, sagt Franziska und löffelt ihr Apfelmus. »Ich hab Paula immer komisch gefunden, wenn ich ehrlich bin. Abgehoben. Wie von einem anderen Planeten.«

Paula lacht. »Und ich hab Franziska die längste Zeit nicht einmal bemerkt. Sie war so mäuschenstill. Grau irgendwie.«

»Das hat sich ja später gelegt«, entgegnet Franziska und löffelt das Schüsselchen leer.

Paula schiebt ihren Teller weit weg von sich. »Puh, ich platze gleich.«

Franziska hebt ihre Hände. »Nicht hier, bitte.«

»Und weiter?« Ursula kann ihre Neugier kaum zügeln.

»Zuerst haben wir gestritten«, sagt Franziska. »Und zwar so, dass die Funken geflogen sind.«

»Das heißt nicht, dass wir das heute nicht mehr tun«, wirft Paula ein und winkt nach einer Kellnerin. »Einen Espresso bitte, Erbarmen!«

»Alle satt?«, fragt Jungbluth und klopft an sein Glas. »Nach der Mittagspause treffen wir uns um Punkt zwei wieder im Seminarraum. Dann wird's dunkel.« Er grinst.

Franziska horcht auf. Aha. Das angekündigte Date im Dunkeln. Nun, da wird sich Paula wohl an Lukas heranpirschen. Wo ist der denn eigentlich? Sie wirft einen Blick über die Tische. Kein Lukas zu sehen. Laura sitzt neben Hannelore, die beiden unterhalten sich angeregt.

»… und dann hat sie gesagt: Du bist die dümmste Pute auf dieser Welt. Ich will dich nie wieder sehen.«

Schon wieder *die* Geschichte. Franziska gähnt. Ursula lacht zu Franziska herüber. »Junge Mädchen können ganz schön fies sein.«

»Was heißt da fies«, kontert Franziska. »Vernichtend.«

Paula ging in Franziskas Parallelklasse und war Teil einer gefürchteten Mädchengang. Sie nannten sich die »PowerGirls« und trugen prinzipiell nur Schwarz. Schwarze Jeans, schwarze Pullover, dicker, schwarzer Kajalstrich. Verfilzte schwarze Haare, selbst gefärbt, zum Friseur gingen schließlich nur die *Mods* und die *Popper.* Franziska mied den Kontakt soweit möglich. Wenn ihr eines der Girls im Gang entgegenkam, bog sie schnell in ein fremdes Klassenzimmer ab.

Die PowerGirls hörten Grufti-Musik, wie man damals dazu sagte, depressive und blutleere Melodien, die so klangen, als sei der Komponist soeben von einem Vampir ausgezutscht worden.

Eines Tages gastierte eine dieser Grufti-Bands in der Stadt. Sie hießen *Die Untoten* oder so ähnlich. Große Aufregung an der Schule, die PowerGirls waren unter den Ersten, die Konzertkarten ergattern konnten.

Zwei Tage vorm Konzert war Paulas Eintrittskarte futsch. Gestohlen, behauptete Paula. Dabei hatte sie die Karte im Spind eingeschlossen.

»Hast du was gesehen?«, fragte sie Franziska. Ihr Spind lag direkt gegenüber.

Franziska hatte nichts gesehen.

Aber ein anderes PowerGirl behauptete, dass sie Franziska gesehen hätte, wie sie um Paulas Spind geschlichen wäre. Was kompletter Blödsinn war. Franziska hasste diese Art Musik, niemals wäre sie zu dem Konzert gegangen, und wenn man sie hingetreten hätte.

Was dann folgte, war der blanke Terror. Franziska hatte das erste Mal in ihrem Leben Angst vor einem anderen Menschen. Einmal wurde sie von fünf Mädchen der Gang im Pausenhof eingekreist. »Die Karte«, raunten sie, »rück die Karte heraus.« Es war völlig verrückt. Sie berührten sie nicht, aber die stechenden Blicke aus ihren schwarz umrandeten Augen verfolgten sie bis in ihre Alpträume.

Franziska durchforstete panisch ihren Spind, voller Angst, die anderen hätten ihr Paulas Konzertkarte hineingeschmuggelt. Mit Tante Rosi konnte sie darüber nicht sprechen. Deren Nerven lagen schon blank, wenn sie einmal bei Gelb über die Straße ging. Dabei war das Konzert ohnehin ein Reinfall. Wie man ihr erzählt hatte, waren die Musiker zu betrunken gewesen, um auch nur die Gitarre richtig herum zu halten.

Als sie sich später wiedertrafen, viel später, in einem noblen Papierfachgeschäft (Franziska benötigte Papiernachschub für ihren Drucker), war das Erste, was Paula sagte: »Die Konzertkarte hab ich ganz zerknautscht in der Waschmaschine gefunden.« Dann lachte sie.

Ein Lachen wie ein Schlag ins Gesicht.

»Hör mal, ich konnte zwei Wochen nicht schlafen.«

Die ganze Wut, die zehn Jahre in einer gut verschlossenen Kammer geruht hatte, brach wieder auf.

»Tut mir leid. Ehrlich.«

Franziska hatte Paula zunächst gar nicht erkannt. Sie war in die Breite gegangen und wirkte auch deutlich größer. Franziskas Blick fiel auf ihre Schuhe: Plateausohlen, die sie gut einen halben Kopf größer machten. Nur das Make-up war dezenter geworden, außerdem trug sie eine weiße Bluse. Die Grufti-Phase schien sie jedenfalls überwunden zu haben.

Paula lud Franziska zur Wiedergutmachung am nächsten

Abend auf ein Bier ein. Nachdem sie sich an die Bar gesetzt und bestellt hatten, legte sie eine Tablette neben ihr Glas. »Ein Schlafmittel. Als kleiner Trost. Wegen der zwei Wochen, die du nicht schlafen konntest.«

Das war geschmacklos, aber dann auch wieder süß. Sie quatschten noch ein wenig über alte Zeiten. *Die Untoten* waren sang- und klanglos in der Versenkung verschwunden, offensichtlich kein großer Verlust für die Musikwelt. Aus der Entfernung wirkt ohnehin alles lächerlich.

Das war ihr erstes Treffen nach der Schulzeit gewesen, und Franziska dachte, dass die Sache damit geregelt und aus der Welt sei. Es gab keinen Grund, weshalb sie Paula noch ein weiteres Mal treffen sollte.

Doch schon die Woche darauf schlug der Zufall wieder zu, und sie stießen im *Achten Weltwunder* aufeinander, einer Bar, die zu dieser Zeit schrecklich angesagt war. Sardinen in der Büchse hatten massenhaft Platz im Vergleich zu den Partywütigen, die sich durch den winzigen Raum stießen und schoben. Franziska spürte einen spitzen Ellenbogen in ihrem Rücken, und als sie sich umdrehte, stand Paula vor ihr, in jeder Hand ein Glas.

»Magst du?« Sie hielt Franziska ein Glas entgegen. »Ich schaff es ohnehin nicht mehr zurück zu meinen Freunden. Kann das genauso gut hier mit dir trinken.«

Und dann plauderten sie dort, mitten im Gewühl, beugten sich zueinander, denn die Musik war ohrenbetäubend, und Franziska dachte: Eigentlich ist sie ja ganz nett.

»Ihr seid euch gar nicht so – ähnlich«, sagt Ursula und zeigt eine lange gelbe Zahnreihe. Wie das klingt. Eigenartig. Seit wann müssen sich Freundinnen ähneln?

Jetzt schaltet sich Robert ein. Es grenzt an ein Wunder,

dass er nach der enormen Portion Salzburger Nockerln, die er soeben verdrückt hat, überhaupt noch in der Lage ist, einen geraden Satz zu formulieren.

»Ähnlich oder anders, das ist doch egal. Seid froh, dass ihr euch gefunden habt. Ich habe keinen Freund mehr. Alle unsere Freunde haben sich für meine Ex entschieden«, sagt er. Als sie den Hausrat aufteilten, stellte er die gemeinsamen Bekannten vor die Alternative: Entweder ich oder sie. Beide, das durfte nicht sein. Mit dem Ergebnis, dass er alleine dastand.

»Warum hast du das gemacht?« Hannelore ist entsetzt.

Robert zuckt mit den Schultern, sein Blick wird grau. »Ich war mir sicher, sie würden sich für mich entscheiden.«

Franziska lehnt sich zurück, tupft ihren Mund mit einer Serviette ab. So kann's gehen. Jeder schaufelt sich sein eigenes Grab.

Endlich kommt Paulas Espresso, Jungbluth nutzt die Pause und springt vom Tisch auf. »Muss noch ein paar Dinge vorbereiten«, sagt er, »nicht, dass ihr später über ürgendwas stolpert.« Er lacht.

Franziska ist alarmiert. »Wie läuft das ab?«, fragt sie Dennis.

»Wirst schon sehen«, sagt er und nickt bedächtig. Blitzt da so was wie Schadenfreude in seinen Augen auf?

Die Bademäntel verdrücken sich wieder in den Kurgarten zum Verdauen auf der Liege. Nach dem Essen sollst du ruhn. Das mit den tausend Schritten steht hier offenbar nicht zur Debatte.

»Jedenfalls – schön, dass ihr hier seid«, beendet Ursula die Diskussion und schlägt mit den Handflächen auf den Tisch. »Auf zu neuen Ufern!«

Draußen setzen sie sich unter eine Platane. Oder ist es eine Weide? Ein Baum eben.

»Hast du Lukas gesehen? Der ist verschwunden.«

»Keine Ahnung«, sagt Franziska. »Ich würde mich an deiner Stelle nicht so auf den kaprizieren. Der ist nichts für dich.«

»Ach was.« Paula lässt sich nicht beirren. »Der weiß es bloß noch nicht. Wie delikat wir zusammenpassen.« Sie schließt ihre Augen. »Er hat gesagt, er wird mich besuchen. In der Stadt.«

»Was?« Paula setzt sich auf.

»Aber ja, warum nicht? Ich habe ihm gesagt, er kann jederzeit auf der Couch schlafen.«

Hör mal, der ist verheiratet, möchte sie Paula anschreien. Aber eigentlich geht sie das nichts an. Ehering trägt er auch keinen. Vielleicht lebt er ja in Trennung. Heutzutage geht das ja schnell.

»Telefon«, murmelt Paula.

Franziska öffnet ihre Handtasche. Tatsächlich.

Widewidewitt und drei macht –

»Hallo?«

»Hier ist Marco.«

Den hat sie jetzt nicht erwartet. Seine Telefonnummer hatte sie bereits aus dem Verzeichnis gelöscht, das ist immer die erste Tat nach Beendigung einer Phase.

»Was willst du?«

»Das nenne ich eine freundliche Begrüßung.«

»Sorry, die Blasmusik hat abgesagt, und der rote Teppich ist noch in der Reinigung.«

»Sarkastisch wie eh und je.«

Der will sie zurück. Das erkennt sie gleich. Er ist nervös, hüstelt und schluckt.

»Ich hab noch was bei dir, das müsste ich holen.«

»Im Moment ist es schwierig, ich bin in Bad Örzen.«

»Wo?«

Da schwingt doch Enttäuschung mit. Sie hat es gewusst. Er ist traurig. Jetzt heißt es: zappeln lassen.

»Aber nächste Woche könnte es gehen«, sagt Franziska und tut so, als würde sie ihren elektronischen Kalender durchforsten. »Sagen wir Mittwoch? Nachmittag?«

Wie sie ihn kennt, würde er am frühen Abend kommen und darauf setzen, dass sie eine Kleinigkeit gekocht hätte. Eine Winzigkeit nur. Aufgeteilt auf drei Gänge. Mit Weinbegleitung. Und einen Averna als Digestif.

»Da muss ich leider absagen«, sagt Marco, und es klingt so, als ob es ihm überhaupt nicht leidtut. »Susi und ich wollten dieses Wochenende an den See, und meine Badehose liegt noch in deinem –«

Susi? Welche Susi? Welcher See?

»Wir sind wahnsinnig glücklich, Susi und ich«, sagt er.

Wen interessiert's? »Ah. Schön«, sagt Franziska so neutral wie möglich. Soll er seine Susi doch heiraten und eine Fußballmannschaft mit ihr zeugen.

»Bei dir hat mir immer was gefehlt. Das gewisse Etwas.«

Jetzt reicht's aber. Was erlaubt der sich? Spricht vom *gewissen Etwas* wie der Blinde von der Farbe.

»Ich muss aufhören«, sagt Franziska und drückt Marco weg. Adieu. So weit ist es gekommen. Dass ihr nicht einmal mehr ein Marco hinterhertrauert.

Paula hält ihr Gesicht in die Sonne.

»Mir ist schlecht«, sagt Franziska. Irgendwie haben sie's doch beide verbockt. Beide. Paula läuft einem verheirateten Autoverkäufer hinterher wie ein Hündchen, und Franziska bekommt eine Abfuhr von einem, der doch froh sein müsste, dass sie sich mit ihm abgibt. Und was um alles in der Welt haben sie eigentlich in diesem Kaff am Ende der Welt verloren?

Für den nächsten Programmpunkt hat Jungbluth wie angekündigt den Seminarraum verdunkelt. Schön schummrig ist es, als sie eintreten. Delphine fiepen zu Harfenklängen. »Entspannungsmusik«. Ein Gejaule, das Franziska immer schon rasend gemacht und das genaue Gegenteil – nämlich einen dramatischen Blutdruckanstieg – bewirkt hat.

Als alle eingetroffen sind, verteilt Jungbluth Schlafmasken, die sie aufsetzen sollen. Ab dann gilt die Losung: Runter auf die Knie und durch den Raum krabbeln – wie Säuglinge.

O mein Gott. Wenn Franziska vor irgendetwas Angst hat, dann sind es gruppendynamische Spielchen, die im unendlichen Reich der Peinlichkeit angesiedelt sind.

»Wir bewegen uns auf allen vieren fort, leise und geschmeidig«, flüstert Jungbluth. »Wie Katzen. Wenn wir einen fremden Körper spüren, dann halten wir an und reiben unsere Köpfe aneinander. Egal, ob Männchen oder Weibchen. Wir riechen einander, berühren Kopf und Schulter, aber ohne Hände, habt ihr verstanden? Es wird nicht angefasst. Bei dieser Übung springen wir über unseren Schatten und lassen Nähe zu. Das ist wie Schwimmen auf dem Trockenen. Ein Training. Ein Spiel. Ihr vergebt euch nichts.«

Dieser Jungbluth hat Ideen! Wenigstens sind sie noch angezogen, denkt Franziska. Conchita hat von einem Tantra-Seminar erzählt, auf dem sie mal war. Da mussten sie sich vom ersten Tag an splitterfasernackt ausziehen. Der Anblick wabbeliger Hinterbacken und trauriger Brüste, die das Match gegen die Erdanziehung verloren hatten, würde Franziska hier glücklicherweise erspart bleiben.

Sie lässt sich widerstrebend nieder und tappt zum Delphin-Gejaule gleich mal zur Wand, um möglichst wenigen Katzen zu begegnen. Ein Kater scheint ihr jedoch zu folgen und bleibt ihr dicht auf den Fersen, selbst als sie vom dritten in den vierten Krabbelgang schaltet. Hilfe, die Wand! Sie weiß nicht, wohin sie sich wenden soll. Da ist er schon ganz nah bei ihr. Sie riecht seinen Knoblauchatem. Und ganz viel frei flottierendes Testosteron. Ein Kopf an ihrem Kopf. *Reib reib.* Sie zuckt zurück. Das war doch ein Bart, oder? Ein Bart hat sie gestupst. Das ist Robert, kein Zweifel. Im Krebsgang krabbelt sie zurück, mit den Zehen tastet sie den Weg ab, nur weg hier und niemandem begegnen.

Das Delphin-Oratorium geht in eine Möwen-Symphonie über. Disharmonische Synthesizer-Klänge, die eine Melodie vorgaukeln. Heiliger Brimborium, bitte für uns.

Irgendwer kichert. Klingt nach Paula. Franziska stößt an etwas Hartes, das belebt scheint. Ein Knie? Da liegt doch wer am Boden. Sie steigt über einen Arm. Dann stößt sie auf Weichteile, das hier scheint eine Dame zu sein. Ketten klimpern. *Reib reib.* Diese Dame riecht nach Deodorant. Der Körperkontakt beschränkt sich auf das Minimum, sie scheint ebenso irritiert wie Franziska.

Und dann der rettende Gedanke. Sie geht da einfach raus, haut ab. Bemerkt doch eh keiner in der Dunkelheit. Später wird sie sagen, dass ihr schlecht war. Was der Wahrheit ziemlich nahe kommt.

Also pirscht sich Franziska an die Tür heran, zieht die Schlafmaske vom Gesicht, sagt aufs Geratewohl »Ich muss mal« in die Dunkelheit und steht auf. Tastet sich die Tür hoch. Die Klinke, hier ist sie ja, die Retterin in der Not. Und schon ist sie draußen und schließt die Tür hinter sich, Himmel sei Dank, noch einmal den Absprung geschafft.

Sie läuft vom Kurzentrum zur Zwergenkirche, nimmt die Abkürzung über den Hügel hinunter zur Berggräfin, wo Simi sie in einer Kochschürze mit Perlen-Applikationen empfängt.

»Seids schon fertig für heut?«, fragt sie.

»Nur ich«, antwortet Franziska.

»Aha. Bist du schon – wie heißt das noch schnell: transformiert?«

»Fast.«

»Heut Abend gibt's Schnitzel.«

An Essen kann Franziska nicht mal denken. »Hast du vielleicht einen Block für mich?«

»Block nicht. Aber das da.« Simi reicht ihr einen ausrangierten *Ihr schönster Kalender*-Kalender. »Da auf die Rückseite kannst draufschreiben.«

»Ach ja, wie praktisch«, sagt Franziska und kann sich ein Grinsen kaum verkneifen.

Draußen ist es immer noch warm, wenn auch windig. Über der Zwergenkirche türmen sich graue Wolken auf wie verkohlte Salzburger Nockerln.

Franziska hat ohnehin nicht vor, weit zu gehen. Nur ein wenig die Straße runter. Die Beine vertreten, nur sie und ihre Gedanken. Die Date-im-Dunkeln-Episode von der Festplatte in ihrem Gehirn löschen. Wie es wohl Paula in diesem Moment geht? Ob sie ihre Drohung umsetzt und sich an Lukas heranmacht?

Und dann – ohne zu wissen, wie's genau geschehen ist – steht sie plötzlich vor dem Zirkuszelt und weiß nicht recht, wie sie hierhergekommen ist. Als hätte sie jemand an der Hand geführt.

Das gelb-rote Zelt sieht heute ganz anders aus. Der Wind zerrt an den Planen, die Lichterketten klirren, auf den zwischen den Wohnwagen gespannten Wäscheleinen bläht sich rosa Bettwäsche. Niemand zu sehen, auch das Kassenhäuschen ist verwaist. Der rote Teppich, der vom Vorplatz zum Eingang führt, ist übersät mit Strohhalmen, Popcorn und Flugzetteln. Am Zaun lehnt ein rostiges Fahrrad. Irgendwo kräht ein Hahn.

Franziska hebt einen Zettel vom Boden auf.

FANTASTICO! NUR HEUTE: MINUS 10% FÜR FAMILIEN MIT KINDERN!

Traurig, findet Franziska. Dass die Kinder extra erwähnt werden müssen. Als ob hauptsächlich Familien ohne Kinder in den Zirkus strömten, Ehepaare mit ihren greisen Eltern, Senioren und Kurgäste, deren Sturm-und-Drang-Zeit schon eine halbe Ewigkeit zurückliegt.

Vielleicht ist auch der Zirkus schon ein Relikt aus einer anderen Welt, denkt sie. Aus einer Welt, in der es Gaukler gab und fahrende Komödianten und Feuerschlucker und das Leben auf der Straße stattfand, unter Planen und auf improvisierten Bühnen.

Das Zelt steht auf einer totgetrampelten Wiese, die zerpflügt ist von Reifenspuren, die sich wie lange Narben bis zum Wäldchen ziehen.

Franziska entdeckt einen Stuhl, der kopfüber im Rasen steckt. Sie dreht ihn um, klopft die Erde ab, setzt sich drauf.

Erste Reihe fußfrei.

Dann holt sie Kalender und Bleistift aus ihrer Tasche und schlägt ein leeres Blatt auf.

Das Zelt duckt sich unter den Angriffen des Windes. Die Wimpel flattern, als wollten sie fortfliegen.

Und dann beginnt sie zu zeichnen. Weniger das, was sie sieht – mehr das, was sie fühlt. Ist ganz Hand. Die Umrisse des Zelts, dahinter der drohende Himmel. Es ist, als ob der Körper sofort wüsste, was als Nächstes zu tun sei. Die Schwünge aus dem Handgelenk, die Striche auf dem Papier, die zunächst rätselhaft scheinen und doch schon bald die Umrisse des Zeltes darstellen.

In der Ferne bellt ein Hund. Franziska ist ganz versunken in den Moment, als hinter ihr eine Stimme ertönt.

»Was du alles kannst.«

Sie zuckt zusammen, der Bleistift fällt ihr beinahe aus der Hand. Die Stimme hat sie sofort erkannt.

Er steht hinter ihr. In Jeans und T-Shirt. Ungeschminkt. Sieht noch jünger aus als am Tag der Vorführung.

»Ich – ich übe nur«, stottert Franziska.

»Ich übe auch. Jeden Tag«, sagt Felipe und stützt sich auf der Lehne des Stuhls ab. »Was machst du hier?«

Eine direkte Frage, die nach einer klaren Antwort verlangt. Sie kann doch unmöglich sagen: Ein Engel hat mich an die Hand genommen, also sagt sie: »Ich habe ein Motiv gesucht, wollte ein wenig zeichnen. Nur so.«

Er lächelt. Glaubt ihr kein Wort.

»Ich kann nicht zeichnen«, sagt er. »Ich bewundere jeden, der ein Talent hat.«

Aber du hast doch tausend Talente, möchte sie rufen.

Er kommt ihr zuvor. »Es ist eine schwierige Zeit«, sagt er. »Wir warten seit Jahren auf eine Renaissance des Zirkus. Aber heute ist es fast unmöglich, mit etwas zu begeistern, das keinen Internetanschluss hat.«

Er setzt sich neben sie auf den Boden, nimmt einen Halm in den Mund, kaut darauf herum.

»Und wenn es einmal nicht mehr geht?«

Er wirft den Halm fort.

»Ich finde schon was«, sagt er und grinst. »Meine Eltern haben darauf geachtet, dass ich was lerne. Sicherheitshalber. Ich bin Dachdecker. Absolut schwindelfrei.« Er lacht. »Passt gut, oder? Ist so ähnlich, wie sich durch die Kuppel zu stürzen.« Er starrt auf das Zelt, das sich im Wind bläht, als würde es ein- und ausatmen.

»Und der Zirkus?«

Franziska hat einen Kloß im Hals.

»Weißt du, wozu ein Zirkus da ist?«, fragt Felipe zurück. Er wartet nicht auf eine Antwort. »Der einzige Sinn eines Zirkus ist es, Menschen Freude zu bereiten. Das wird bleiben. Die Idee des Zirkus.« Er erhebt sich. »In unserer Erinnerung. Für immer.«

Er sieht über das Zelt hinweg. »Es wird gleich regnen.«

»Das tut mir leid«, sagt Franziska. Blöder Satz.

»Ach was.« Felipe lächelt, reicht ihr die Hand: »Ich bin übrigens Tim. Felipe bleibt hier.« Er deutet auf das Zelt. »Unter dieser Kuppel.«

Erste Tropfen fallen vom Himmel. Franziska verstaut rasch ihren Block in ihrer Tasche.

»Komm«, sagt Felipe-Tim und nimmt sie an die Hand.

Seine Hand ist warm, sein Griff fest. Franziska kann es kaum fassen. Was sie hier tut. Was dieser Junge, der gut und gerne zehn Jahre jünger ist als sie, mit ihr macht. Wie selbstverständlich er sie anfasst.

Sie laufen über die Wiese auf das Zelt zu, über den roten Teppich, direkt in die Manege. Es ist dunkel und warm.

Durch den Zelteingang sehen sie die ersten Blitze, die über den Himmel zucken.

»Hier kann uns nichts passieren«, sagt Tim.

Franziska ist sich da nicht so sicher. Ihr Herz spielt verrückt. Klopft eine Mazurka. Ist doch alles wie in einem schlechten Film. Kitschalarm. Es beginnt zu regnen, und das Pärchen flüchtet in einen Unterschlupf, wo er sich seiner nassen Kleidung entledigt, bevor er sie auszieht.

Das hat sie allerdings nicht vor. Sie ist aufgeregt und plappert ohne Punkt und Komma. Aus Verlegenheit. Will alles wissen. Wie es mit den Tieren weitergeht, ob sie daran denken, wieder einen Elefanten anzuschaffen. Ob die Oma irgendwann ins Altersheim muss. Ob aus der Zirkusfamilie irgendwann eine ganz normale Familie wird, mit Bungalow im Grünen, Doppelgarage und Thujenhecke.

Er nimmt sie an die Hand, sie setzen sich nebeneinander auf den Manegenrand.

»Sei ehrlich. Hattest du Angst?«, fragt Tim. »Auf dem Seil.« Er lächelt. »Es sollte dir keine Angst machen. Im Gegenteil. Es sollte dir zeigen, was du kannst.«

»Das hat es getan«, sagt Franziska.

Und dann erzählt sie ihm, was da oben passierte, obwohl sie niemals vorhatte, jemandem davon zu berichten. Es sollte ihr Geheimnis bleiben, doch jetzt ist es nur folgerichtig, dass er davon erfährt. Von dem Spalt in der Plane. Den Leuchtbuchstaben. Der Botschaft am Himmel, nur für sie.

»Siehst du«, sagt er. »Das habe ich gemeint. Es hat dich stärker gemacht. Ich wusste gleich, dass ich dich in die Manege holen musste.«

»Aber wieso?«

»Du hast da was«, sagt Tim und tippt ihr mit dem Finger

auf die Nase. Er hält seinen Finger hoch. »Eine Wimper. Wünsch dir was.«

Franziska schließt die Augen. Pustet auf den Finger. Öffnet die Augen. Tim lächelt. »Ich hoffe, du warst vorsichtig«, sagt er.

Sie läuft knallrot an. Bitte nicht. Mach, dass er das nicht sieht.

»Vorsichtig?«

»Weil der Wunsch in Erfüllung gehen könnte. Jeder Wunsch kann das.«

»Ich bin immer vorsichtig«, sagt Franziska.

»Ich nicht«, entgegnet Tim. »Lebe unbesorgt und wild. Das ist mein Motto.«

»Du machst dir keine Sorgen?«, fragt Franziska.

Tim zuckt mit den Schultern. »Wenn es schiefgeht, bringt es nichts, sich zu wehren«, sagt er. »Im Gegenteil. Wenn du positiv gestimmt bist, hast du mehr Kraft. Das ist eine einfache Rechnung. Meine Großmutter hat mir früher oft die Geschichte von der Erfindung des Zirkus erzählt. Kennst du die?«

Franziska schüttelt den Kopf.

»Dann hör gut zu. Es gab einmal einen Zauberer, der hat die Welt, auf der wir heute leben, aus seinem Hut gezaubert. Mit Wiesen, Schafen, Meeren und Vögeln. Er hat seinen Zauberspruch gesprochen, auf den Hut geklopft, wie ein Zauberer es eben so macht, und schon war sie da. Ohne es zu wollen, hat er aber auch einen bösen Geist herbeigezaubert. Der hat sich im dichten Fell eines Schafes versteckt und kam auf diese Weise unbemerkt in die Welt. Orix heißt er. Und dieser Geist hat die Menschen dazu gebracht, sich zu hassen und zu bekriegen. Immer wieder hat der Zauberer versucht, Orix wieder in den Hut zurückzustopfen, doch sobald er sich umdrehte, entwischte er. Der Zauberer konnte ihn nicht bändigen.«

Franziska lauscht atemlos.

»Irgendwann hat es der Zauberer aufgegeben. Er hat zu Orix gesagt: In Ordnung, du darfst bleiben. Unter der Voraussetzung, dass es einen Ort gibt auf dieser Welt, den du niemals betreten darfst. Einen Ort, an dem die Menschen nur staunen und glücklich sind und die unwahrscheinlichsten Dinge passieren. Orix war einverstanden. Das war die Geburtsstunde des Zirkus. Traurigkeit hat darin keinen Platz. Deshalb, Franziska, bin ich auch nicht traurig, egal, was passiert. Das ist nicht vorgesehen.«

Und dann beugt er sich vor – Franziska glaubt zunächst, dass er ihr etwas ins Ohr flüstern will –, doch er sagt nichts und streift mit seinen Lippen ihre Wange, ganz sanft, bevor er sie auf den Mund küsst. Er schmeckt nach Mintkaugummi. Der Regen prasselt auf die Planen. Franziska spürt ein Sehnen aus der Tiefe ihres Herzens. Alles in ihr sagt Ja.

Ja, ja, ja.

Er sieht sie an.

Sie halten einander an den Händen, Tim streicht mit seinen Daumen über ihre Handrücken.

»Danke«, sagt sie.

»Wofür?«

Dafür, dass du hier bist, möchte sie sagen. Für dich. Für mich. Ach.

Sie schluckt. Vorsicht, Romantik. Sie legt ihren Kopf an seine Schulter. Der Blitz zuckt durch ihre geschlossenen Augenlider hindurch, dann donnert es. Ihr Herz donnert mit. Ein Moment der Unbeweglichkeit. Die Welt steht still.

»Ich hab alles erfunden«, sagt Tim plötzlich.

Franziska richtet sich auf. »Was?«

Er streicht ihr eine Strähne aus dem Gesicht.

»Schau nicht so. Der böse Geist. Die ganze Geschichte. Das hab ich grad erfunden. Ich hätte mir gewünscht, meine Oma hätte mir Geschichten erzählt. Hat sie aber nicht. Es ging bei uns ziemlich unromantisch zu.«

Er lacht, und dann lacht sie auch und boxt ihm in die Schulter.

»Wenn es nicht so ist, wie du es dir wünschst, dann machst du's dir eben so, dass es dir gefällt. Mein Lebensmotto. Und deins?«

Franziska überlegt. Hat sie überhaupt so etwas wie ein Motto?

»Ich warte«, sagt sie. »Dass was passiert.«

»Das klingt aber ziemlich langweilig. Was sollte denn passieren?«

Sie zuckt mit den Schultern. »Irgendwas Besonderes. Das ich meinen Enkeln mal erzählen werde.«

Tim seufzt. »Es passiert doch dauernd was Besonderes. Woran wirst du merken, dass es das ist, auf das du gewartet hast?«

»Wenn ich mich so fühle – wie jetzt«, sagt sie.

Tatsächlich. Sie spricht es aus. Als ob irgendwas aufgebrochen wäre in ihrem Inneren und die Füllung zum Vorschein gebracht hätte: das pumpende Herz, die filigranen Arterien, die Organe, die unermüdlich ihren Job erledigen. Eine empfindliche Konstruktion, mit der es jederzeit bergab gehen kann. Doch im Moment fließt überschwängliche Freude durch ihren Blutkreislauf. Sie lebt.

Und Tim küsst sie ein zweites Mal. Hier, in der Manege,

in der es nach feuchtem Sägemehl riecht, nach Plastik, in der der Applaus noch nachhallt und das Tätärätätä der Zirkuskapelle.

»Ich mag dich«, sagt Tim.

Franziska schluckt. Sie ist wie elektrisiert. In was für ein verrücktes Drehbuch sie da hineingeraten ist! Aber jetzt bloß nicht überschnappen. Links hinterm Ohr meldet sich bereits die Stimme der Vernunft, und die klingt wie Tante Rosi. Das hat doch keine Zukunft, Kind! Jetzt sei doch mal vernünftig. Der passt nicht zu dir, schau ihn dir doch mal an. Zirkusleute! Ojemine, heute da, morgen dort. Das ist alles ein großer Bluff. Außerdem: Was findet der an dir? Du bist doch nur – Durchschnitt. Nicht der Rede wert. Eine, die nicht einmal einen Marco an sich binden kann.

Hinter dem rechten Ohr hat sich auch schon ein Stimmchen eingenistet. Lebe den Moment, säuselt es, und hör nicht auf den Miesepeter. Worauf wartest du? Klingt ganz nach Paula. Nach der erträglichen Leichtigkeit des Seins. Du musst ihn ja nicht heiraten, sagt diese Stimme. Und jetzt denk doch nicht immer alles kaputt, Franziska. Hirn ausschalten, Bauch anknipsen!

»Ich mag dich auch«, sagt Franziska.

Er lächelt.

Sie lächelt.

In einer romantischen Komödie würde sich der männliche Protagonist nun auf ein Trapez schwingen und vor den Augen der Angebeteten ein paar Salti vollführen. In einem Kitsch-Epos würde die Angebetete dicke Tränen flennen, weil sie doch so bald schon wieder fahren muss und die Vergeblichkeit ihrer Liebe einen dunklen Schatten auf ihre Begegnung in der Manege wirft.

Da es kein Film ist, seufzt Franziska nur.

»Alles in Ordnung?«, fragt Tim.

»Ich möchte dich zeichnen. Darf ich?«

Schon kramt sie Block und Bleistift aus der Tasche.

»Mich?« Er fährt mit der Hand durch sein Haupthaar.

»Bleib so. Ja, so. Dreh dich ein bisschen – genau.«

Es ist ganz still im Zelt. Franziska zeichnet, während die Blitze den Himmel taghell erleuchten. Hier sind sie geschützt, hier kann ihnen niemand etwas tun.

Und dann weiß sie mit einem Mal: So fühlt sich Glück an.

Wendepunkte

»Es war Wahnsinn. Der reinste Wahnsinn. Eine – Explosion.«

Paula ist kaum zu bändigen. »Ich habe dir ja gesagt, dass er der Richtige ist. Ach, wenn du wüsstest. Er küsst wie – George. Also George Clooney.«

»Ach, du hast George Clooney geküsst?«

»Klar. Eine Zeitlang jede Nacht.«

Sie sitzen auf dem Balkon der Berggräfin, Paula schenkt sich aus der Weißweinflasche nach, die sie in Simis Speisekammer geklaut haben. Ihre nackten Füße haben sie in die Verästelungen des rustikalen Balkons gefädelt. Das Date im Dunkeln scheint spektakulärer verlaufen zu sein als vermutet.

»Irgendwann haben alle am Boden gelegen. Einer über dem anderen.« Paula kichert. »Das war sehr. Na ja. Sehr. Mir fehlen die Worte.« Sie prustet in die vorgehaltene Hand. So euphorisch hat Franziska ihre Universalfreundin schon lange nicht mehr erlebt. »Delikat ist kein Ausdruck.«

»Ich kann's mir lebhaft vorstellen.«

»Warum bist du früher gegangen? Du hast das Beste versäumt, ehrlich.«

Wenn du wüsstest, denkt Franziska. Wenn du wüsstest.

Sie denkt an Tim, und tief drinnen im Bauch beginnt es zu zittern und warm zu werden. Sie hat eine Erinnerung, die niemand ihr nehmen kann. Die nur ihr gehört, ihr ganz allein.

Was Paula da erzählt, hat Franziska noch nicht bis ins Detail verstanden. Lukas hat sie anscheinend geküsst, als es zum Kuddelmuddel am Boden kam.

»Er ist so forsch. Er hat nicht gezögert, weißt du. War überhaupt nicht zurückhaltend. Keine Memme, sondern ein Mann. Hach!« Sie streckt ihre Arme in den Abendhimmel. »Er ist mein Prinz.«

Lukas, der Prinz. Darauf hätte Franziska jetzt nicht gewettet. Und Paulas euphorischer Ausbruch verheißt ebenfalls nichts Gutes. Sie neigt dazu, Luftschlösser nicht nur zu bauen, sondern auch gleich mit allerlei Schnickschnack auszustatten. Üblicherweise zerschellen diese filigranen Gebilde recht schnell an scharfkantigen Klippen der Realität. Sie hätte Paula doch warnen müssen. Ihr Fehler.

»Und wie geht's jetzt weiter?«

»Keine Ahnung.«

»Hat er nachher noch etwas gesagt?«

»Danach? Nö.«

»Trefft ihr euch wieder?«

Paula sieht Franziska an, als verstünde sie die Frage nicht.

»Mein Gott, was du alles wissen willst. Aber natürlich! Ich fahre doch nicht nach Bad Örzen für einen läppischen Kuss. Dafür kann ich gleich in der Stadt bleiben.«

Oho. Madame schwingt große Reden. Und warum ist sie plötzlich so schlecht gelaunt?

Franziska trinkt ihr Glas aus und steht auf. »Ich geh schlafen.«

»Nein, noch nicht!« Paula hält sie am Handgelenk fest. »Komm, setz dich. Du weißt noch nicht alles.«

Franziska setzt sich widerstrebend. Sie ist müde und erschöpft. Was kommt denn jetzt noch? Sind sie im Bett gelandet? Haben sie – besonders romantisch – auf einer Kurhaustoilette kopuliert?

»Dennis hat sich an Robert angepirscht. Hat man gehört. Danach haben sie einträchtig zusammengesessen. So – vertraut.«

»Mein Gott, sie verstehen sich einfach gut, was weiß ich. Jetzt spinn nicht rum.«

Paula hebt die Weinflasche ins Mondlicht. »Mist, leer. Kommst du mit runter? Ich organisiere uns Nachschub.«

»Paula, meinst du nicht, dass Simi –«

»Ach was. Die merkt das doch nicht. Bei der Menge an Flaschen.«

Franziska, die schon ihren Minnie-Mouse-Pyjama trägt, wirft eine Strickjacke über.

Sie schleichen auf Socken durch den Flur, kichern lautlos. Es fühlt sich an wie Sportschulwoche. Paula rammt beinahe einen kapitalen Sechsender, der das Treppenhaus verteidigt.

Die Küchentür quietscht wie ein angeschossener Marder. Bitte, lieber Zwergengott, lass Fritz und seine Simi tief schlafen und von Mammutbäumen träumen.

Auf Zehenspitzen durchqueren sie die Küche, die Vorratskammer befindet sich am anderen Ende. Das Mondlicht spiegelt sich in den irdenen Gefäßen an den Wänden. Gruselig.

Die Speisekammer platzt aus allen Nähten. Auf den Regalen stehen Einmachgläser in allen Größen, gefüllt mit Erdbeerkonfitüre, Kompott, Apfelmus oder eingelegten Pflaumen. Flaschen mit selbstgemachten Säften und Likören wechseln sich ab mit Körben mit getrockneten Apfelringen.

»Hier ist der Wein.« Paula hat bereits den Überblick.

Der Weißwein steht ganz oben, zwischen Rosé und Rot.

Sie greift nach der Flasche.

»Mission completed, husch, husch zurück!«

Gerade als Franziska die Tür der Speisekammer schließen will, ertönt ein Räuspern. Sie erstarren in der Bewegung, Franziska hält noch die Klinke in der Hand. Bitte nicht der Fritz, bitte nicht der Fritz. Sie sieht bereits einen Baumstamm auf sie zurasen.

»Einnnen wunderwunderschönen gutenAben ausder Berggräfin, waskannichfür Sietun?«, tönt es aus einer dunklen Ecke. Klingt verdammt nach Schroeder. Nach einem Schroeder, der bei Simis Weinvorräten schon ordentlich zugelangt hat.

Paula macht Licht. Tatsächlich. Schroeder, wie er leibt und lebt. Allerdings in einem erbärmlichen Zustand. Sein Ruderleibchen ist verdreckt und zerknittert, seine Schirmkappe hängt schief auf seinem Schädel. Vor sich ein Wasserglas, gefüllt mit einer bernsteinfarbenen Flüssigkeit.

»Whisky«, sagt er und hebt das Glas. »Nur Klares is Wahres!« Er nimmt einen ordentlichen Schluck und stellt das Glas mit zittriger Hand auf den Holztisch zurück. »Unwas habt ihr da Schönes?«

»Was ist denn mit Ihnen passiert?« Paula tritt an den Tisch. Es ist die Neugierde, die sie treibt, vermutet Franziska. Nicht Mitleid.

»Hab mich verlaufen«, sagt Schroeder. Er bemüht sich sehr, deutlich zu sprechen, trotzdem klingt es eher nach *habmilalaufn*.

»Aber jetzt sind Sie ja wieder zurück im Körbchen«, sagt Paula. »Vielleicht besser schlafen gehen?«

Eine bemitleidenswerte Gestalt, die da am Tisch sitzt und

sich immer noch bemüht, einen guten Eindruck zu hinterlassen. Hat gar nichts gemein mit dem Schroeder aus dem Großraumbüro, der sie mit »Wir sind die Weltmeihster« traktiert.

»Wo ist denn Ihre Freundin geblieben, Herr Schroeder?«, fragt Paula, ganz mitfühlende Mitarbeiterin. Eigentlich sollte Melanie von seinem Zustand wissen und ihn ins Bett schaffen.

»Keinefreundin«, lallt Schroeder und fegt mit der Hand über den Tisch.

Daher weht der Wind. Ein Verlassener ist es, den sie vor sich haben. Ein Verlierer mit geknicktem Ego.

Er zeigt auf die Holzstühle. »Hinsetzen.«

Nanu, war das ein Befehl? Sie setzen sich folgsam an den großen Küchentisch. Erpressbar sind sie jedenfalls nicht, auch Schroeder scheint sich am Vorrat der Berggräfin bedient zu haben.

Paula öffnet die Weinflasche und nimmt einen ordentlichen Schluck. »Auf Ihr Wohl!«

»Wasfeiernwir?«

»Das Leben«, sagt Franziska. Immer ein Grund.

»Die Liebe«, ruft Paula aus.

»Slebenisscheiße«, murmelt Schroeder. »Rosaisweg.«

»Rosa? Heißt sie nicht Melanie?«

»Melanies auchweg. Rosa ist … warmeine Frau.«

»Na, na, na, wer wird denn so negativ sein«, schimpft Paula.

Was für eine absurde Situation, denkt Franziska. Da sitzt einer, vor dem sie die letzten Jahre gezittert haben. Nicht mehr als ein Häufchen Elend, besoffen im Selbstmitleid.

»Rosawar … die große, ganzgroße.«

»Die ganz große – was?«

»Lie. Liebe.«

Sieht ganz so aus, als ob er den nächsten Urlaub allein in Bad Örzen verbrächte.

»Die Firma«, sagt Franziska, um ihn aufzumuntern. »Denken Sie an die Firma, an Ihren Erfolg!«

Da versucht Schroeder, ihr in die Augen zu schauen, was nicht ganz gelingt. Immer wieder rutscht sein Blick ab, wie eine Fliege, die aus dem feuchten Waschbecken zu krabbeln versucht.

»Die Firma«, sagt er und bemüht sich, möglichst deutlich zu sprechen, »ist am Ende, hören Sie! Ende! Schluss, aus.«

»Die Kalenderfirma? *Ihr schönster Kalender*? Am Ende?«

Schroeders Elend ist sofort nebensächlich. Was passiert jetzt mit ihren Jobs? Wahrscheinlich nicht der beste Moment, um nach einem Golden Handshake zu fragen. Doch der große Schock bleibt aus. Als hätte sie es, oben in der Kuppel hängend, schon geahnt.

»Aber die sind doch schön, die Kalender!«, flüstert Paula. Ein armseliger Versuch, die Stimmung zu heben.

»Furchbar«, lallt Schroeder. »Diesin furchbar.«

Späte Einsicht.

»Prost«, sagt Paula und hebt die Weinflasche. »Auf unseren neuen Job.«

»Melanie glaubtnich dran. Dassich es schaffe. Aber ich schaffes. Habschon n anderes Projekt, seidalle eingeladen mitzuarbeitn.«

Franziska hat genug gehört. »Ich geh rauf«, murmelt sie.

Oben, unter dem röhrenden Hirsch liegend, überlegt sie, was das alles zu bedeuten hat. Nicht nur, dass die Transformation bislang ausgeblieben war – es hatte sich doch auch alles zum

Schlechteren gewendet. Bis auf die Sache mit Felipe-Tim. Ihr Magen grummelt. Waren das Schmetterlinge? Statt auf der Bluse nun im Bauch?

Franziska springt aus dem Bett. Was tun, wenn sie mit Tim sprechen möchte? Wie erreicht man den Sohn eines Zirkusdirektors? Sie kramt in ihrer Tasche nach dem Handy. Zirkus *Fantastico*. Keine Website, keine Nummer. Ihr Herz klopft. Es fühlt sich an, als ob etwas daran zerrt, ungeduldig. Und dann zieht sie den Kalender aus der Tasche.

Da ist sie, die Zeichnung. Tim. Sie hat ihn gut getroffen, wie sie findet.

»Wie geht's jetzt weiter?«, fragt sie ihn. »Was soll aus uns werden?«

Und dann drückt sie ihm einen Kuss auf die papierenen Lippen.

Frauen, mit Teflon beschichtet

Kommt es ihr nur so vor, oder hat tatsächlich jemand in der Nacht den Hügel zum Kurhaus aufgeschüttet? Franziska ist schon nach wenigen Metern außer Atem. Wo bleiben die Sauerstoffflaschen, Sherpa?

»Ich kann nicht mehr«, keucht Paula, als sie an der Zwergenkirche angelangt sind.

»Sollen wir reingehen und beten?«

»Der alte Mann mit Bart kann mir auch nicht mehr helfen«, stöhnt Paula. Sie setzt sich auf einen Mauervorsprung. Es ist erstaunlich warm für die Tageszeit, Flugzeuge zeichnen blasse Linien in den wasserfarbenblauen Himmel.

»Steh auf, wir müssen weiter.«

Paula ächzt, erhebt sich widerstrebend. »Sklaventreiberin«, schimpft sie.

Nun, es hatte sie ja niemand gezwungen, gemeinsam mit Schroeder Simis Alkoholvorräte zu plündern.

»Wir sind jetzt per du«, sagt Paula. »Ich darf Achim zu ihm sagen.«

»Wie niedlich«, sagt Franziska.

»Sinnlos. Grade jetzt, wo er in Konkurs geht.«

»Sei nicht so furchtbar eigennützig.«

»Da redet die Richtige. Wer hat mich im Stich gelassen gestern?«

Was will sie? Hätte sie es gern gesehen, wenn sie ihr beim

Knutschen mit Lukas assistiert hätte? Gutes Stichwort. Da war ja hoffentlich noch nicht das letzte Wort gesprochen.

»Du, Paula, wegen Lukas –«

»Ja?«

Wie sich ihr Gesicht plötzlich aufhellt. Nein, das kann sie ihr doch nicht antun. Ganz sachte vorgehen, ganz sachte.

»Bist du sicher, dass er der Richtige –«

»Weißt du, was ich glaube?« Scharfer Ton. »Ich glaube, du bist eifersüchtig.«

»Ich? Eifersüchtig?«

Das schlägt ja wohl dem Fass den Boden aus.

»Jawohl. Du machst Lukas schlecht, bei jeder Gelegenheit. Gib's zu: Du möchtest gar nicht, dass ich mich verliebe.«

»Ich gebe gar nichts zu. Und eifersüchtig bin ich in hundert Jahren nicht. Doch nicht auf Lukas! Ha!«

Dieses »Ha« sollte besonders spöttisch rüberkommen, doch es war nur ein unbeholfenes Krächzen, das Paula in ihrer Einschätzung bestärkt.

»Ich frage mich, warum du mir dieses Seminar geschenkt hast. Ehrlich. Ich frage mich, wozu du wolltest, dass ich da hinfahre, wenn du mich doch nur blockierst, wo du kannst.«

Böse Worte, die auf Franziska niederprasseln, und irgendwann kann sie nicht mehr, irgendwann bleibt sie stehen und presst die Hände auf die Ohren und sagt: »Stopp. Bitte. Hör auf!«

Und dann, sie weiß selbst nicht recht, wie es geschieht, spürt sie, wie eine Träne ihre Wange hinunterkullert. Und dann noch eine.

»Heulst du? Wegen mir?«

Franziska wischt sich mit der Hand übers Gesicht.

»Ach, Paula. Ich glaub … ich hab mich. Na ja. Verliebt.«

»*Was?*«

Jetzt hatte sie es also ausgesprochen. Das fiese V-Wort.

»Erzähl schon, los!« Paula schüttelt sie am Oberarm. »Ich will alles wissen, wehe, du unterschlägst auch nur ein Detail.«

»Es gibt keine Details«, sagt Franziska und muss lachen.

»Aber wer ist es, um Himmels willen, nun sagt schon – wer?«

Sie stehen jetzt vor dem Kurhaus, und die ersten Kurgäste, die ins Gebäude strömen, wirken um so vieles vitaler und fitter als sie selbst. Ist das die Belohnung des Alters? Kommt diese unbändige Lebensfreude erst später?

»Warum glotzt du die Leute an?« Paula ist ungehalten. »Ich hab dich was gefragt! Also: Wer ist es?«

Die wird ja richtig wütend. Da beginnt es Franziska Spaß zu machen. Ein wenig auf die Folter gespannt zu werden, das tut Paula ganz gut. Sie ist doch ohnehin immer jener Mensch auf diesem Erdboden, der Franziskas gesammelte Neuigkeiten am ehesten erfährt. Wenn sie es verrät, riskiert sie, die Geschichte noch bis zum Betreuten Wohnen hinein zu hören: *Kannst du dich erinnern, damals, als du beinahe zum Zirkus gegangen bist? Zugegeben, als Artistin warst du nicht sonderlich begabt, aber wie warst du nur verliebt in den jungen Zirkusdirektor! Und schön war der erst … ein Bild von einem Mann!*

Jungbluth trabt an ihnen vorbei. Er wirkt ein wenig durch den Wind, findet Franziska. Verwirrt. »Meine Damen«, sagt er, »ich hoffe, ihr habt gut geschlafen und was Schönes geträumt.« Täuscht sie sich, oder verfärben sich seine Wangen tatsächlich ins Rosé?

Ganz Kavalier, hält er ihnen die Tür auf. »Nach euch.«

Er hat sich besonders schick gemacht. Weißes Hemd,

dunkle Jeans. Und er riecht so gut. Nach dunkler Erde und Abenteuer.

»Alles gut?«, fragt er leise, als Paula an ihm vorbei durch die Tür geht.

Paula ist verwundert. »Klar, und selbst?«

»Hervorragend«, sagt er. »Besser könnte es nicht gehen.«

Für Franziska ist die Sache völlig klar: Jungbluth, über dessen Charisma es sich bestimmt streiten lässt, hat sich in Paula verguckt. Nur will sie das nicht wahrhaben, weil sie einer Chimäre nachläuft.

Paula hingegen hat nichts kapiert. Und im Moment will sie auch nur eines wissen: »Wer ist es?«

Was für eine Nervensäge. Und so schnell gibt sie nicht auf.

Sie stellt sich vor die Tür des Seminarraums, verbarrikadiert sie mit ihrem Körper, was ihr angesichts ihrer Maße nicht schwerfällt. »Ich lass dich nicht hinein, bevor du es mir nicht gesagt hast.«

Franziska zieht an Paulas Ärmel. »Du willst dich prügeln?«

Dennis schleppt sich die Treppen herauf.

»Nanu, was ist denn da los? Seid ihr die Zollwache?«

»Das kostet dich einen Kaffee«, sagt Paula.

Dennis gibt sich gleich geschlagen, der würde wahrscheinlich alles tun, um auf einen Stuhl sinken zu können.

Paula lässt ihn passieren.

»Und ich?«, sagt Franziska. Sie hat das Spiel satt. »Das ist nicht mehr lustig.«

»Du kennst die Regeln!«

Es gibt Momente, da möchte Franziska ihre Universalfreundin zum Mars schicken. Ohne Rückfahrkarte.

»Also gut. Der Sohn des Zirkusdirektors.«

»Der Sohn – des – wie?«

Paula prustet los und macht aber endlich den Weg frei.

Sehr charmant.

»Haha, ich dachte, der wäre schwul, weil er doch« – sie deutet auf ihr Gesicht – »mehr geschminkt war als ich!«

»Doch nur für die Vorführung!«

Paula schlägt Franziska aufs Schulterblatt. »Eines muss man dir lassen. Du hast einfach die krasseren Typen.«

Sie kriegt sich gar nicht mehr ein vor Lachen.

Das tut weh. Doch, das tut richtig weh. So ein Ziehen in der Brust. Hättest du den Mund gehalten, denkt Franziska. Hättest du einfach den Mund gehalten.

Im Seminarraum herrscht eisiges Schweigen.

»Nanu, was ist denn hier los?«, fragt Paula und deponiert ihre Tasche auf dem Stuhl.

»Es gab wohl einige – Bewegungen in den Leben einiger Teilnehmer«, sagt Jungbluth kryptisch.

»Geht's noch allgemeiner?«

Die Transformation, denkt Franziska. Sie hat eingesetzt. Endlich.

Sie macht es sich auf ihrem Stuhl bequem. Die Blumen in der Mitte des Sesselkreises riechen komisch. Warum werden die nicht entsorgt?

»Das Treffen im Dunkeln hatte Überraschungen auf Lager«, beginnt Jungbluth. »Das liegt in der Natur der Sache. Das ist immer so. Im Dunkeln werden Dinge offenbar. Die Dunkelheit erhellt manch Verborgenes. Robert, magst du anfangen?«

Robert sieht zerknirscht auf seine Knie. »Ich glaube, dass ich – nein, anders. Ich habe wohl Männer immer schon attraktiv gefunden. Also attraktiver. Als Frauen.«

Schweigen.

»Kein Problem«, meldet sich Ursula, die keiner um ihren Rat gefragt hat. »Wir mögen dich so und so!«

Ein entbehrlicher Kommentar. Jungbluth übergeht ihn geflissentlich.

»Das ist schön für dich«, sagt Jungbluth. »Wunderschön, oder?« Er sieht in die Runde. »Ein Privileg, dass wir dich auf deinem Weg begleiten dürfen.«

Paula meldet sich, richtet ihre Frage direkt an Robert: »Jetzt erzähl schon! Wie genau ist das passiert? Wir wollen Details hören, Details!«

Franziska versinkt im Boden vor Scham. Kann Paula nicht einfach ihr vorlautes Mundwerk halten?

Da greift Robert auf das Nachbarknie, das Dennis gehört. Oha. So ist das also. Dennis läuft rot an. Beide grinsen verschämt. Franziska kommen beinahe die Tränen. Kein Wunder, dass bei Robert sämtliche Partnerbörsen und medialen Verkupplungsversuche scheitern mussten. Da wurde konsequent an der Zielgruppe vorbei vermittelt.

»Danke«, sagt Robert zu Jungbluth. »Einfach nur danke. Für diese Übung. Sie hat mich zu mir gebracht. Und zu meinem Schatz.«

Dennis drückt Robert einen Schmatzer auf die Wange.

Hach, muss Liebe schön sein!

»Hatte noch jemand eine Erkenntnis?«, fragt Jungbluth. »Sie muss ja nicht gleich die ganze Existenz umkrempeln.«

»Ich, ich, ich!«, jauchzt Paula.

»Ach ja?« Jungbluth wendet sich freudestrahlend ihr zu. »Inwiefern?«

Da legt Paula, ohne zu zögern, ihre Hand auf Lukas' Knie zu ihrer Rechten und sagt: »Insofern.«

Lukas verfällt augenblicklich in eine Schockstarre.

Franziska versucht, Paula vor einer Blamage zu retten.

»Lass das, komm, das mag er vielleicht nicht«, flüstert sie ihr ins Ohr.

»Wieso? Gestern mochte er das doch auch!«, sagt sie laut. Zu laut.

Lukas greift nach ihrer Hand, fasst sie an wie etwas, das der Hund zu lange im Maul gehabt hat, und legt sie zurück auf Paulas Schoß. Paula ist so perplex, dass sie nicht reagiert. Ihr Mund steht offen.

Hannelore schaltet sich ein. Sie will die Situation retten, das ist ihr hoch anzurechnen. »Ich gebe zu, ich hatte Bedenken«, sagt sie, »aber dann war es schön. Kopf an Kopf.« Sie schließt die Augen, als wolle sie sich den Nachmittag vergegenwärtigen.

Jungbluth scheint den Faden verloren zu haben. »Ja, also, was wollte ich. Schön, Hannelore, danke für deine Rückmeldung. Auch dir, Robert, danke für deine Ehrlichkeit.«

Paula erwähnt er mit keinem Wort. Er sieht bestürzt aus, nimmt seine Moderationskarten in die Hand, blättert fahrig darin, die gute Laune scheint verflogen. »Heute«, sagt er schließlich, »ist unser letzter Abend. In dieser Konstellation zumindest. Den Abschluss feiern wir traditionell im Kurhaus mit einem Kneipp-Guss. Mit einer Art Taufe. Einem feierlichen Ritus, der die neue Lebensphase einläutet.«

»Werden dabei die Haare nass?«, fragt Laura. Sie hat wohl Angst um ihre Mähne.

Jungbluth schüttelt den Kopf. »Ihr dürft euch das nicht wie eine richtige Taufe vorstellen. Eher wie eine Erfrischung für Körper und Seele. Etwas, das euch aufwecken wird. Und vielleicht – hier macht er eine dramatische Pause – euch ürgendwelche neuen Erkenntnisse liefert. Versprechen kann ich nichts. Aber ich will auch nicht verschweigen, dass das schon öfter vorgekommen ist.«

Weshalb fängt er wieder an zu labern? Franziska ist enttäuscht. Seminarguru-Prosa. Warm, kalt, warm. Erwartungen schüren, dann runterschrauben, und am Ende bleibt immer noch die Hoffnung, die ja bekanntlich zuletzt stirbt.

In der Kaffeepause nimmt Paula Franziska zur Seite.

»Warum ist er so komisch?«

»Wer?«

»Lukas!«, zischt Paula. »Wer sonst? Gestern hat er mich noch geküsst – was heißt: aufgefressen hat er mich, und heute ist er so. Kalt.«

Franziska zuckt mit den Schultern. »Vielleicht möchte er sich nicht in der großen Runde offenbaren.«

»Meinst du, ich soll ihn direkt drauf ansprechen?«

Lukas unterhält sich angeregt mit Laura, die alle paar Sekunden ihre Mähne nach hinten wirft. Eindeutig eine Flirtgeste. Soll sie Paula wirklich ins Unglück stürzen? Aber irgendwann ist Schluss mit dem Versteckspiel. Dann müssen die Karten auf den Tisch.

»Weißt du was«, sagt Paula. »Ich mach's.«

»Nein, warte.«

Paula sieht Franziska an. »Was ist?«

»Lass es. Lass es einfach. Der ist nicht gut für dich.« Sie hält Paula am Arm fest. Paula reißt sich los. »Das entscheide immer noch ich.«

Franziska hört noch »Lukas, kann ich kurz mit dir sprechen?«, dann verlässt sie schnell den Raum. Bei manchen Dingen möchte man nicht danebenstehen.

Auf der Toilette lässt Franziska das Wasser lange rinnen, bevor sie die Hände drunterhält. Es ist kalt, eiskalt. Die passende Vorbereitung aufs Kneippen.

Und dann stürzt Paula herein, laut schluchzend, und fällt Franziska um den Hals.

»Er … er … er«, stammelt sie.

»Ganz ruhig«, sagt Franziska. Das war ja sonnenklar. Dass da irgendwas faul war.

»Er war es nicht. Lukas war es nicht. Er hat mich nicht geküsst«, bricht es aus Paula heraus.

Na so was. Warum wundert das Franziska jetzt nicht?

»Jetzt beruhig dich mal«, sagt sie. »Tief durchatmen.«

Sie spritzt ihrer Freundin kaltes Wasser ins Gesicht.

»Iiiieh! Bist du wahnsinnig?«

»Das tut dir gut.«

»Woher willst du wissen, was mir guttut?«

Jetzt nur nicht provozieren. Die Frau ist ein Pulverfass. Ein Funken genügt, und alles fliegt in die Luft.

Paula fingert eine Zigarette aus einem zerknautschten Päckchen.

»Das brauche ich jetzt, tut mir leid.«

Und dann gleitet sie die Wand hinunter bis in die Hocke und bläst blaue Kringel an die Toilettendecke. Wie bei Schroeder im Callcenter. Das so weit weg scheint. Lichtjahre entfernt. Das Rad dreht sich weiter.

Franziska betrachtet sich im Spiegel. Die Sonne hat ihr gutgetan, ihr Gesicht wirkt frischer, die Wangen sind rosig, ihre kartoffelschalenfarbenen Haare scheinen sogar ein wenig zu glänzen.

Tim. Tim hat ihr auch gutgetan. Und die ganze Aufregung sowieso. Endlich war was los. Das hat ihr auf den Magen geschlagen, sie konnte nur wenig essen die letzten Tage. Wer ihr da im Spiegel entgegenlächelt, ist eine attraktive Frau.

Franziska dreht sich zu Paula um.

»Eine Frage aber bleibt. Wenn es nicht Lukas war – wen hast du dann geküsst?«

Paula zuckt mit den Schultern.

»Sag bloß, dass dich das nicht interessiert.«

»Wer sollte es schon sein? Robert und Dennis kommen ja wohl nicht in Frage.«

»Jungbluth?«

Paula erhebt sich, löscht die Zigarette im Wasserstrahl und entsorgt den Stummel im Abfalleimer.

»Jungbluth interessiert mich nicht.«

»Er interessiert dich nicht? Obwohl er küsst wie ein Traumprinz?«

»Das habe ich nie behauptet. Ich dachte ja, das wäre Lukas.«

»Geht's eigentlich darum, was du glaubst, oder darum, was du fühlst? Mensch, Paula, jetzt sei doch nicht so verbohrt!«

Franziska hält ihre Hand an den Papierhandtuchspender. Ein Summen ertönt. Das Handtuch erscheint, Franziska zieht daran, trocknet sich die Hände ab. »Ist es wirklich so wichtig, dass einer aussieht wie der Typ aus der Cola-light-Werbung? Hör mal: Die gibt's nicht wirklich. Die sind nicht real. Die sind eine Fata Morgana. Ein Kunstprodukt. Der Cola-light-Mann hat Fußpilz, Filzläuse und Mundgeruch. Mindestens.«

»Du bist eklig.«

»Nein, du bist eklig. Und so oberflächlich, dass … dass … alles an dir abperlen muss. Du bist die reine Oberfläche. Beschichtet von oben bis unten mit Teflon, genau, du bist eine Teflon-Frau!«

»Jetzt mach mal halblang.«

Paula verschränkt die Arme vor der Brust und zieht eine Schnute. »Ich darf ja wohl noch selbst entscheiden, wer mir gefällt.«

Franziska hat genug. Mit einer wütenden Geste knüllt sie das Papierhandtuch zusammen und wirft es in den Abfalleimer. Sie verfehlt ihn nur knapp. Molly, bitte hilf. Weshalb nur ist diese Frau so vollständig beratungsresistent?

»Mach, was du willst, aber frag mich dann BITTE nicht um Rat, hörst du? Und flenn dich bei wem anderen aus.«

Mit diesen Worten rauscht sie aus der Toilette, während Paula sich eine weitere Zigarette anzündet.

Wahrscheinlich wird sie jetzt den Rest des Seminars bocken. Auch gut.

Wir sind alle Sisyphos

Alle Köpfe drehen sich zu ihr um, als Franziska in den Raum schlüpft und mit schlechtem Gewissen zu ihrem Stuhl huscht. Wie noch zu Schulzeiten, wenn sie zu spät kam, weil sie im Süßigkeiten-Laden Esspapier gekauft hatte. Mit dem Unterschied, dass sie hier keinen Klassenbucheintrag kassiert. Und keiner schaut böse. Vielmehr gucken alle ziemlich betroffen aus der Wäsche. Was ist los?

»Wir sind immer noch bei den Erkenntnissen«, klärt Jungbluth sie auf. »Und Lukas hat uns gerade erzählt, dass – aber sag es doch bitte Franziska noch einmal persönlich.«

»Es tut mir leid«, sagt Lukas, »dass es zu Verwicklungen gekommen ist. Ich bin tatsächlich beruflich hier. Es war nicht gelogen, was ich euch erzählt habe, als ich euch auf dem Weg vom Bahnhof ins Dorf getroffen habe. Ich recherchiere zum Thema Gurus in der Singleszene – du entschuldigst«, sagt er in Richtung Camillo Jungbluth, der nachsichtig nickt. »Und ich habe auch eine Unterstützung mitgebracht.«

Laura erhebt sich.

»Das ist Laura, meine Frau.«

Sakra! Das hat dieser Lukas ja geschickt eingefädelt. Präsentiert hier sein Überraschungsei wie die Werbemutti, die sich bei ihren Werbekindern einschleimt. Und was jetzt? Sollen wir etwa applaudieren?

»Normalerweise outen wir uns nicht. Das soll nicht sein.

Damit die Rechercheergebnisse nicht beeinflusst werden. Natürlich benimmt sich jeder anders, wenn er weiß, dass sein Verhalten zu Studienzwecken beobachtet wird. Aber in diesem Fall mussten wir mit der Wahrheit rausrücken. Denn eines ist klar: Niemand soll verletzt oder gekränkt werden.« Er blickt die Innenflächen seiner Hände an. »Ich hoffe, ihr könnt uns verzeihen.«

Stille.

»Du hast ja gut Theater gespielt«, sagt Ursula zu Laura. »Alle Achtung.«

Laura kaut nervös auf ihrer Unterlippe herum, Lukas nestelt an seinem Seitenscheitel, der durch das Gezupfe schon sichtbar gelitten hat. Man kann beiden ansehen, wie peinlich es ihnen ist.

Jungbluth räuspert sich und steht auf. »Das ist kein Tribunal hier. Wir wollen es dabei bewenden lassen.« Er wendet sich an Franziska: »Würdest du Paula bitte ausrichten, was wir hier besprochen haben?«

Ihm ist offensichtlich klar, dass sie nicht so bald an den Ort der Schmach zurückkehren wird. Franziska nickt. Paula tut ihr leid. Vielleicht war das alles ein Fehler. Sie hier anzumelden. Mitzufahren. Obwohl sie dann Tim nicht begegnet wäre. Und als sie den Raum zur Mittagspause verlassen, steckt Jungbluth Franziska ein Zettelchen zu. »Das ist meine Adresse. Pension Ischias. Falls Paula reden möchte. Sie kann jederzeit vorbeikommen. Ich freue mich.« Er lächelt ein ganz klein wenig, und Franziska lächelt zurück und möchte ihm gerne sagen, wie sehr sie es sich für Paula wünscht. Dass sie vorbeikommt. Dann aber lässt sie es bleiben. Es gibt Dinge, bei denen man selbst einer Universalfreundin nicht helfen kann.

Das Kurhaus Bad Örzen hat die Form eines Kreuzes, in dessen Mitte die gläserne Kuppel zu schweben scheint, ganz so wie man sich ein Einwohnermeldeamt auf dem Mars vorstellt. Der Architekt, der dafür verantwortlich ist, hätte laut den Gesprächen, die Franziska in den Umkleiden aufschnappt, ins Kneippbecken getaucht werden müssen, Nase voraus. Andere halten das Bauwerk für einen Meilenstein alpenländischer Architektur. Heute kann man eben keine Tiroler Balkone mehr an holzverkleidete Fassaden kleben. »Kuckucksuhr-Architektur ist mega-out«, hört Franziska eine Frau sagen, die sich in ihren Badeanzug zwängt. Das macht komische Geräusche und sieht aus wie: Fleischermeister füllt Wurst in Darmhaut.

Als sie einen Blick in den raumhohen Spiegel wagt, stellt Franziska erfreut fest, dass sie abgenommen hat – allerdings beweist der Rettungsring an der Hüfte Beharrungsvermögen. Hier ist noch einiges an Überzeugungsarbeit notwendig.

Franziska ist alleine zum Kurhaus hochgegangen, Paula hat sich verweigert. Nachdem sie von der Vormittagseinheit zurückgekommen war (Simi hatte Sandwiches für sie vorbereitet), saß Paula im Schneidersitz unter dem brunftigen Hirsch und weigerte sich, auch nur einen Schritt aus der Berggräfin hinaus zu machen.

»Nun komm schon! Hier zu hocken, macht es auch nicht besser.«

»Er hat mich verarscht.«

»Hat er nicht. Das war ein Missverständnis!«

»Blödsinn. Missverständnisse gibt's nur beim Reden.«

»Dann war das eben ein Missverkussnis. Was weiß ich. Ist doch nicht so tragisch.«

»Was tragisch ist, bestimme immer noch ich.«

»Drama Queen«, sagt Franziska. »Jetzt kommt doch das Abschiedsritual. Da musst du dabei sein. Sonst war alles für die Katz.«

»Du wirst immer mehr wie Fräulein Rottenmeier, fällt dir das eigentlich auf? Ich schenk dir ein Lorgnon.«

Franziska schultert ihre Badetasche. »Schönen Nachmittag. Kannst ja Fritz beim Baumstammweitwerfen anfeuern. Er freut sich bestimmt über eine Cheerleaderin.«

Und jetzt steht Franziska inmitten einer kneippwütigen Schar älterer Mädchen, die es kaum erwarten können, ihre Gliedmaßen in sibirisch kaltes Wasser zu tauchen. *Kneipp – die Therme für Masochisten*, denkt Franziska noch, als sie die Stufen von der Ankleide in die Beckenlandschaft hinaufsteigt. Aha, unter der Kuppel befindet sich also ein Pool. Eine Busladung asiatischer Touristen mit quietschgelben Badehauben schwimmt in Zen-mäßiger Bedächtigkeit kleine Runden im Bassin. Müssen die für irgendwas büßen? Haben sie in ihrem vorigen Leben eine Fliege erschlagen?

An der Wand sind die GRUNDSÄTZE UNSERES HAUSES angeschlagen:

Verantwortung ist für uns, dem Gast Heilsames und Nachhaltiges zu empfehlen.

Qualität ist für uns, dem Gast in Ruhe die Zeit für ein aufmerksames Gespräch zu schenken.

Lebensfreude ist für uns, dem ganzheitlichen Menschen durch das Heil unserer Behandlung zu mehr Lebensqualität zu verhelfen.

Klingt doch schön. Franziska watschelt über feuchte Fliesen hinüber zur Tür, die ins Freie führt. Treffpunkt ist das Sisyphos-Becken. Was für ein Name, da kann man nur hoffen, dass Nomen nicht Omen ist.

Es haben sich schon Laura, Ursula und Hannelore eingefunden. Dennis und Robert sitzen händchenhaltend auf einer der Liegen. Jungbluth hat sein Handtuch über die Schulter geworfen. Ein attraktiver Mann, das lässt sich nicht abstreiten. Es gibt ja Männer, die sehen in Badeshorts besser aus als im Anzug. Und dann gibt es die Mehrheit der Männer, bei denen es umgekehrt ist. Auf Jungbluths Shorts tummeln sich rosarote Seepferdchen. Entzückend.

»Ihr wisst doch bestimmt alle, was ein Feuerlauf ist«, fängt Jungbluth an.

Zustimmendes Gemurmel.

»Nun, was wir heute hier tun, ist gewissermaßen das Gegenteil.«

»Cool, wir gehen auf dem Wasser«, ruft Robert. »So wie der Superstar aus dem Neuen Testament.«

»Fast«, sagt Jungbluth. »Hört mal zu: Wir laufen da jetzt nicht einfach durch, sondern wir treten auf der Stelle. Julius, kommst du mal rüber?«

Er winkt einem zaundürren älteren Herrn zu, der sich mit einer Dame unterhält, die auf ihrem Kopf ein lila Storchennest trägt. Der Friseur, der ihr das angetan hat, gehört mit Marshmallows beworfen. Julius trägt ein T-Shirt mit der Aufschrift: *Wir lieben kaltes Wasser.* Alles klar, der gehört zum Mobiliar.

»Dieser junge Mann hier wird euch jetzt erklären, wie ihr das genau machen müsst«, sagt Jungbluth mit einem Augenzwinkern und stellt sich in die zweite Reihe.

Julius fängt an zu erzählen und holt weit aus. Erzählt von Sebastian Kneipp, der eine ungewöhnliche Gleichung begründet hat: Unheilbare Tuberkulose plus Kaltwasserbäder in der Donau = Heilung. Zumindest in seinem Fall. Franziska versucht, sich alles zu merken, um es Paula brühwarm respektive brühkalt wiedergeben zu können.

Ursula ist offenbar langweilig. Sie nutzt jede von Julius' Atempausen, um mit ihrem Wissen zu protzen.

»Es kam zu einer Anzeige, weil er eine Magd mit Wadenwickeln behandelt hat«, sagt Julius.

»Aber die hatte Cholera«, wirft Ursula ein, schnell wie ein Fidschipfeil.

»Ah, ein Profi!«, ruft Julius aus.

Ursulas Augen blitzen. Dieser Julius hat es ihr angetan.

»Ich kneippe seit dreißig Jahren«, antwortet sie und zeigt ihm ihre textilfreie Schulter.

»Dann haben Sie von mir die Erlaubnis, jetzt wegzuhören«, entgegnet Julius, bevor er den anderen die Wassertret-Technik erklärt. Bei jedem Schritt ein Bein hoch über das Wasser heben und die Zehen nach unten abknicken. Storchengang nennt man das. Wer will, kann sich am Handlauf festhalten. Das wär's eigentlich schon.

Das obere Ende des Beckens ziert ein Gesteinsbrocken. Wahrscheinlich jener Stein, den Sisyphos den Berg hinaufaufrollen musste. Ein passendes Bild für mein Leben, denkt Franziska. Was tun wir denn anderes, als tagtäglich Steine den Hügel hinaufrollen, die uns abends wieder vor den Füßen liegen.

Im Gänsemarsch heißt es nun: hinein ins Becken. »Visualisiert euer größtes Ziel«, sagt Jungbluth, der wie ein Bademeister am Rand stehen geblieben ist. »Das Wasser ist kalt, sehr kalt. Ihr aber überwindet euch und marschiert eine Runde. Genau so ist es mit euren Zielen. Auch da müsst ihr Hindernisse überwinden und über euren Schatten springen. Danach aber werdet ihr euch erfrischt fühlen.«

Franziska überlegt. Was war es denn, ihr größtes Ziel?

Glücklich sein? Zu unkonkret, würde Jungbluth sagen.

Glücklich sein mit einem Mann? War das so? Stimmte das tatsächlich?

Glücklich sein, weil sie das Gefühl hatte, endlich ihren Platz im Leben erobert zu haben? Wie aber fühlt sich Glück überhaupt an? Und wann weiß man, dass man seinen Platz gefunden hat? Wäre doch theoretisch möglich, dass man bereits glücklich ist, ohne davon zu wissen, und immer noch imaginären Zielen entgegenfiebert.

Erst mal stellt sie sich in die Schlange. Vor ihr ist Ursula dran, die mit Todesverachtung und einem zitternden Lächeln auf den Lippen das Becken durchmisst, als sei das ihre größte Freude. Julius lobt sie für ihren gelungenen Storchengang. Ursula strahlt.

Als Franziska an der Reihe ist, benetzt sie ihre Zehen mit dem Wasser, zieht den Fuß sofort wieder zurück. Wenn sie da wieder draußen ist, kann man ihr ein paar Zehen abnehmen, der Aufstieg auf den Nanga Parbat ist dagegen ein Spaziergang.

»Manchmal muss man durch das Tal der Tränen, um die Wärme der Sonne spüren zu können«, sagt Jungbluth, der nicht ganz bei der Sache scheint. Immer wieder guckt er sich suchend um. Franziska fragt sich, ob das tatsächlich der richtige Moment ist, um in der Floskelkiste zu rühren und sie mit Indianerweisheiten und Glückskekspsychologie zu überschütten. Was ist los mit ihm?

Hinter Franziska lauert Lukas auf seinen Auftritt.

»Gehst du bitte? Der Weg ist frei.«

Heiliger Sisyphos, bitte für mich. Und sei so gut: Roll den Stein einmal so hinauf, auf dass er endlich mal oben bleibt.

Du kannst doch kein anderes Ergebnis erwarten, wenn du immer dieselbe Strategie anwendest.

»Wir setzen einen Fuß vor den anderen und kommen ürgendwie trotzdem nicht vom Fleck«, sagt Jungbluth jetzt. »Dabei haben einige von uns schon ganz andere Übungen gemeistert. Etwa hoch oben in einer Zirkuskuppel.«

Da überwindet sich Franziska endlich, streckt den Fuß ins Wasser und durchmisst schnellen Storchenschrittes das Becken. Tim, denkt sie. Sonst nichts. Nur: Tim. Tim. Tim, bei jedem Schritt.

»Lang-sa-mer!«, ruft Julius. »Stör-che lau-fen nicht!«

Franziska ist es ziemlich egal, was Störche tun oder nicht tun. Der Kälteschmerz ist so überwältigend, dass sie hechelnd wieder aus dem Becken steigt.

»Für den Anfang ganz ordentlich.« Jungbluth nickt ihr freundlich zu. Dann bittet er sie, näher zu kommen. »Was ist los mit Paula? Warum will sie nicht mitmachen?«

Franziska zuckt mit den Schultern.

»Hast du eine Minute?«, fragt Jungbluth.

Er möchte sprechen. Sich aussprechen. Verkehrte Welt. Der Therapeut weint sich bei den Teilnehmern aus.

»Klar«, sagt Franziska. Sie setzen sich nebeneinander auf eine Liege. Jungbluth kratzt an seiner Handinnenfläche herum.

»Es ist besser, wenn du alles weißt«, sagt er. »Das ist mir auch noch nie passiert, weißt du«, sagt er. »Dass ich mich verliebt habe in eine Teilnehmerin.«

Oha. Jetzt ist es draußen.

Julius gibt währenddessen im Tonfall des Feldmarschalls weitere Anweisungen. »Kopf hoch, Knie hoch, Zehen runter, weiter geht's!«

»Normalerweise«, sagt Jungbluth, »mache ich auch nicht mit beim Date im Dunkeln. Aber wir waren so wenige. Ich habe geahnt, dass Lukas und Laura keine richtigen Teilnehmer sind. Das weiß man einfach nach so vielen Jahren. Und dann war es wie ein Blitz, verstehst du? Sie hat mir von Beginn an gefallen, das war klar. Aber der Kuss hat für mich ürgendwie alles entschieden. Und ich hatte den Eindruck, sie fühlt genau so.«

Der Groschen fällt langsam. Aber er fällt. Es war tatsächlich Jungbluth, den Paula geküsst hat. Zumindest ist er sich sicher, das ist schon mal fünfzig Prozent der Miete. Franziska kichert.

»Was ist daran so lustig?«

»Dass es ihr tatsächlich genau so geht. Aber sie kann es sich nicht eingestehen.«

Jungbluth nickt. Er blickt ins Leere.

»Weißt du, ich bin schon lange allein«, sagt er.

»Der Guru der Singles ist Single.«

Er lacht. »Vielleicht ist das sogar eine Voraussetzung für meine Arbeit. Ich weiß, wie ihr euch fühlt.«

»Stor-chen-schritt! Bei-ne he-ben!« Julius korrigiert die Haltung seiner Schäfchen.

Franziska nickt. »Paula geht es nicht gut im Moment«, sagt sie. »Sie ist wütend, aber in erster Linie auf sich selbst.« Das war eine gewagte These, aber wer nicht wagt, der nicht gewinnt.

»Könntest du noch einmal mit ihr sprechen?«

Das sind ja ganz neue Töne. Jungbluth, ein Feigling?

»Klar, mach ich«, sagt Franziska.

»Ich muss immer stark sein, immer alles wissen«, sagt Jungbluth. »Das erschöpft unheimlich. Manchmal möchte ich einfach nur dasitzen und zu den Leuten sagen: Macht mal. Macht einfach mal. Seid nicht so zögerlich, habt nicht so viel Angst. Die meisten Probleme haben zwei Ursachen: mangelndes Vertrauen. Und zu viel Angst. Natürlich hängt das zusammen. Das ist auch schon das ganze Geheimnis, viel mehr habe ich nicht zu bieten. Und was tun die Teilnehmer, wenn sie von meinen Seminaren nach Hause kommen? Rollen wieder täglich ihren Stein den Berg hinauf. Freiwillig. Wir sind alle Sisyphos. Reißen uns um diesen schrecklichen Job, zu dem uns niemand zwingt.«

Er starrt ins Leere.

»Ich wünsche mir nur eine ehrliche Begegnung mit Paula. Von ihrer Lebensfreude können wir uns alle ein Scheibchen abschneiden.« Er lächelt. »Und du? Was ist mit dir?«

»Mit mir?«

Franziska ist vom plötzlichen Themenwechsel überfordert.

»Du hast doch ürgendwen kennengelernt, das sehe ich dir an der Nasenspitze an. Was hindert dich, ihn wiederzusehen? Warum sitzt du jetzt hier mit mir, anstatt bei ihm zu sein?«

Er steht auf, sieht von oben auf sie herunter. Strenger Blick. »Das ist jetzt eine Anweisung, Franziska. Du bist ab sofort aus dieser Übung entlassen. Geh dorthin, wo man dich erwartet.«

Und dann dreht er sich zu den anderen um, klatscht in die Hände und ruft: »Packt eure Sachen, wir wandern hinüber zum Helena-Becken«, und zu Franziska sagt er: »Marsch, hau ab, ich will dich hier nicht mehr sehen. Entscheide dich. Wenn du es nicht tust, wird für dich entschieden.«

Tanz auf dem Drahtseil

Ein Wind zieht auf, es wird kühl. Die Zweige der Äste biegen sich im Wind, als wollten sie davonlaufen. Franziska beschleunigt ihren Schritt, sie scheint über den Schotterweg zu fliegen. Ihr Herz zerspringt beinahe vor Vorfreude. Sogar den Weg vom Kurhaus zum Zirkus hat sie schon liebgewonnen. Quer durch Bad Örzen, dann durch ein Kiefernwäldchen Richtung Wulst, vorbei an einer halbverfallenen Mühle, die in ihrem früheren Leben eine Bäckerei gewesen sein musste. KUNSTMÜHLE steht in wackligen Lettern oberhalb der Holztür, die windschief in den Angeln hängt.

Franziska hat sich sofort in diesen Ort verliebt. Mit ein wenig Eigeninitiative könnte man dieses Häuschen auf Vordermann bringen. Ein Leben auf dem Land hatte sie sich noch nie ausgemalt, das Land war immer nur ein anderes Wort für Langeweile gewesen, aber plötzlich versteht sie, weshalb man sich nach einem Ort wie diesem sehnen kann.

Als sie aus dem Wäldchen kommt, blitzen Scheinwerfer auf. Autos fahren an ihr vorbei, schieben sich in einer langen Kolonne vom provisorischen Parkplatz auf dem Feld in Richtung Bundesstraße. Eine Vorstellung scheint soeben zu Ende gegangen zu sein. Aus dem Zelt strömen immer noch Menschen, sie schwenken Fahnen, plappern, halten Popcorn-Eimer in den Armen wie Säuglinge.

Franziska freut sich. Für Tim. Dass die Vorstellung so gut

angekommen ist. Sie umkreist das Zelt und hofft, ihn irgendwo zu erspähen. Vor einem Wohnwagen mit lila Fensterrahmen steht eine schlanke Frau im Catsuit und nimmt Wäsche von der Leine. Franziska erkennt sie sofort: die Seiltänzerin. Sie winkt Franziska zu: »Komm nur, Tim wartet schon!«

Er wartet schon? Franziskas Herz macht einen Sprung. Und wenn die Seiltänzerin sie nun verwechselt? Und Tim auf eine ganz andere Frau wartet? Auf eine, die während der heutigen Vorstellung hinauf in die Kuppel katapultiert worden ist? Was ihr passiert war, kann sich doch theoretisch jeden Abend mit einer anderen Frau wiederholen.

»Ist was? Runzel die Stirn nicht so, das macht Falten!« Die Seiltänzerin lacht. Wenn sie nicht auf ihrem Seil tanzt, sieht sie so verdammt normal aus, denkt Franziska. Wie eine junge Frau, mit der sie gern befreundet wäre. Auf ihr sagenhaft langes Haar wäre sie vielleicht ein wenig eifersüchtig, auf ihre Figur sowieso, aber sonst hätte sie nichts auszusetzen. Besonders sympathisch natürlich, dass sie wirklich meint, Franziska Huppendorf werde erwartet, obwohl sie in ihrem zerknitterten Shirt und dem Rock mit den Grasflecken nicht mehr ganz taufrisch aussieht.

Die Seiltänzerin klopft an das Fenster des schwarzen Wohnwagens und wechselt ein paar Worte mit jemandem, den Franziska nicht erkennen kann. Dann winkt sie Franziska zu sich, und als sie den Wohnwagen erreicht, steht Tim auf der Treppe, noch in seinem Königspudeldompteur-Outfit, und sagt: »Da bist du ja endlich! Komm rein, wir essen in fünf Minuten.« Er hat sie tatsächlich erwartet. Sie begrüßt ihn. Verwundert. Verzaubert.

Franziska ist es, als beträte sie eine Wunderkammer, jedes

noch so kleine Fleckchen an den Wänden dient der Aufbewahrung oder der Erinnerung. Neben Kästchen und Kistchen, verziert mit Muscheln und Perlen, hängen Fotos aus mehreren Jahrhunderten, immer ist es eine Zirkusfamilie, mal mit Löwen und Elefanten, mal mit Prominenten. Ein vielstimmiges »Hallo« schallt ihr entgegen. Der halbe Zirkus, so scheint ihr, sitzt dichtgedrängt um einen Tisch.

Tims Mutter Wanda ist eine resolute, kugelrunde Frau, an der die Jahre spurlos vorübergegangen sind. Ihre Haut ist faltenfrei und rosig wie die einer Zwanzigjährigen, ihre Augen glühen vor Begeisterung, wenn sie von ihrer Anfangszeit im Zirkus erzählt. Und wie sie erzählt!

Sie bietet Franziska den Vorsitz am Tisch an, der offenbar ausschließlich Gästen vorbehalten ist, und serviert als Vorspeise ihre Lebensgeschichte, gewürzt mit Anekdoten aus mehreren Jahrzehnten. Sofort wird klar, dass alle anderen am Tisch diese Geschichten schon unzählige Male gehört haben, dennoch lachen sie an den richtigen Stellen, werfen ihr Stichworte zu wie Bälle und ermuntern sie, weitere Schätze aus ihrer Erinnerungskiste zu heben. Tims Vater Alfredo zum Beispiel, der vor Begeisterung immer wieder auf den Tisch klopft. Oder die Seiltänzerin, die Annabelle heißt – ein Name, der zu ihr passt wie angegossen – und mit ihrem hohen, quietschenden Lachen zum Mitlachen animiert. Oder der Zauberer Vladimir, der auch nach Dienstschluss ein schelmisches Dauergrinsen im Gesicht trägt.

»Und dann habe ich gesagt: Ich bin ein Schlangenmensch, sehen Sie das nicht? Ich habe den perfekten Körper dafür, glauben Sie, ich habe mich umsonst jahrelang geschunden und auf jedes Vergnügen verzichtet? Du hättest den Gesichtsausdruck der Beamtin sehen müssen, Franziska. Natürlich, hat sie gestottert, aber ist Schlangenmensch denn ein Beruf? Ich bin Artistin, habe ich daraufhin gesagt. Und zwar mit Leib, Seele und Herz.« Wanda klopft auf einen gepolsterten Bereich ihres Körpers, unter dem wahrscheinlich das Herz schlägt, und Alfredo schlägt gleichzeitig auf den Tisch und ruft: »Ist sie nicht eine Wucht, meine kleine Wanda? Ist sie nicht ein Teufelsweib?«

Tim hat ein mildes Lächeln aufgesetzt und beobachtet Franziska ohne Unterlass, so durchdringend und gleichzeitig so rätselhaft, dass Franziska die Hitze ins Gesicht steigt.

Dann wird das Essen aufgetragen, große, panierte Fleischstücke, die über den Tellerrand hängen, und ein Salat aus Tomaten, Oliven, Paprika, Schafskäse – und alles schmeckt einfach herrlich, so als hätte sich Franziska die letzten Wochen nur von Wasser und Brot ernährt.

»Unser Wohnwagen steht dir immer offen«, sagt Wanda jetzt und tätschelt Franziskas Wange. Was für herzliche Menschen! Dabei ist sie selbst noch kaum zu Wort gekommen, weil Wanda ihre Erinnerungen loswerden musste aus der Zeit, da Baby Tim im Wäschekorb durch das Zirkusareal getragen wurde und sie zeitgleich einen Babyelefanten aufzogen. »Einer hat immer Unfug gemacht, das kannst du mir glauben.« Wanda schüttelt den Kopf, bis ihre Wangen beben. »Und Tim wollte immer – was wolltest du immer werden, Timmi?«

Timmi. Wie niedlich. Franziska hat das Gefühl, Tim nun besser zu verstehen. Sein Leben als Teil dieser lebendigen, positiven Familie. Neben der Freude keimt auch eine alte Sehnsucht in ihr auf. Ein alter Schmerz. Mit ihrer ganzen Familie um einen Tisch sitzen, nichts anderes hat sie sich je gewünscht. Warum ist das ihrer Familie so schrecklich misslungen?

»Das da ist Timmis Uroma.« Wanda legt das Besteck beiseite und präsentiert Franziska eine Schwarz-Weiß-Aufnahme, die eine schöne junge Frau im Tutu zeigt, die wohlgeformten Arme in einer anmutigen Geste zur Decke erhoben.

»Sie war eine begnadete Tänzerin«, sagt Wanda und seufzt, »nicht wahr, Mutter?«

Die Oma säbelt seelenruhig an ihrem Fleisch, als ginge sie das alles hier nichts an.

»Sie trägt ihr Hörgerät nicht, will einfach nicht, da kann man nichts machen«, sagt Wanda. »Ich hoffe, ich werde im Alter nicht so starrsinnig.«

»Im Alter?«, fragt Alfredo verwundert.

Alle lachen. Dann wendet sich Vladimir, der Zauberer, an Franziska.

»Wir lassen das Kind doch gar nicht zu Wort kommen«, sagt er.

Das Kind hat er gesagt. Franziska fühlt sich wie nach einem Bad im Jungbrunnen.

»Woher kommst du? Bist du glücklich mit dem, was du tust? Und wohin führt dich dein Weg?«, fragt Vladimir.

»Oh, gleich drei Fragen«, sagt Franziska.

»Nicht nur drei Fragen. Sondern die wichtigsten überhaupt«, sagt Vladimir und sieht sie aus grauen Augen nachdenklich an. Ohne Melone und Frack wirkt ein Zauberer sehr alltagstauglich; diesen Vladimir kann sich Franziska gut und gern als Fensterberater im örtlichen Baumarkt vorstellen. Ein überaus charmanter Fensterberater wohlgemerkt.

»Lass mich mal nachdenken …«, sagt Franziska.

»Vladi, jetzt lass die junge Dame doch in Ruhe essen«, fährt Wanda dazwischen.

»Schon in Ordnung«, sagt Franziska und hebt die Hand. »Ich finde unser Gespräch sehr – erfrischend.«

Tim greift zur Weinflasche und schenkt ihr nach.

»Weil du *erfrischend* gesagt hast.«

Er lächelt.

Sie lächelt.

Franziska führt das Glas zum Mund. Es fühlt sich an wie ein Traum. Unwirklich. So als seien alle Schauspieler, die für sie, nur für sie, ein Stück aufführten. Sie beschließt, die Wahrheit zu sagen. »Ich komme aus der Stadt, hab bis vor kurzem noch in einem Callcenter gearbeitet – eindeutig nicht mein Traumjob – und weiß nicht, wie's weitergeht. Überhaupt nicht.«

»Vielleicht kann ich dir helfen«, sagt Vladimir und faltet seine Serviette zu einem kleinen Viereck.

Helfen? Wie denn? Ist er Wahrsager im Nebenjob? Kann er Karten lesen, in Glaskugeln das Schicksal sehen?

»Gute Idee«, sagt jetzt Tim, der ein zweites Schnitzel auf seinen Teller wuchtet. »Vladi kann das, du wirst überrascht sein.« Er grinst.

Wanda hat in der Zwischenzeit zwei weitere Fotografien, die in altertümlichen Blumenrahmen stecken, von der Wand genommen und neben Franziskas Teller platziert.

»Das hier ist Onkel Fritz, Francescu genannt, er konnte mit zehn brennenden Reifen jonglieren. Er war phantastisch, eine kaukasische Prinzessin ist sogar extra angereist, um ihn zu sehen.«

»Mama, bitte«, sagt Tim.

Kaukasische Prinzessin, wie das klingt!

»Man hat mir gesagt, dass du sehr gut zeichnen kannst«, sagt Vladmir zu Franziska.

»Ach ja?« Sie schielt zu Tim hinüber. Er hebt abwehrend die Hände. »Ich bin unschuldig«, ruft er.

»Wie immer«, lacht Wanda und stapelt das Geschirr aufeinander.

»Ich bin doch noch ganz am Anfang«, sagt Franziska. »Ich kann es nicht gut. Noch nicht.«

»Ach was«, sagt Tim. »Sei nicht so bescheiden.«

»Ich möchte dir gern zwei Dinge mitgeben«, sagt Vladimir, und da ist es plötzlich ganz still am Tisch. »Das eine ist ein Satz, den du wissen musst, den jeder wissen muss, der malen will: *Das Besondere liegt zwischen den Pinselstrichen verborgen.* Es geht nicht darum, *was* du malst, was du sagen willst oder was letztlich auf dem Bild zu sehen ist. Es geht um den Raum, den man auf dem Bild *nicht* sehen kann. Den Raum, der durch das Bild erst geschaffen wird. Verstehst du das?«

Franziska nickt, aber sicher ist sie sich nicht. Den Raum, den das Bild erst schafft? Was meint er damit?

»Nicht das Gemalte zählt, sondern die Welt, die durch dieses einzigartige Bild eröffnet wird«, sagt Vladimir. »Ein Bild ist wie ein Fenster in eine andere Wirklichkeit. Und ich wünsche dir, dass du so eine Künstlerin wirst.« Dann plötzlich erstarrt er. »Was hast du da? In deiner Bluse!« Er streckt den Arm aus. Franziska erstarrt. Eine Spinne? Oder Schlimmeres?

»Nicht bewegen, still sitzen!«

Oje. Franziska traut sich kaum zu atmen, als Vladimir am Kragen ihrer Bluse herumnestelt und plötzlich einen Stift in der Hand hält.

»Sieh mal her, was ich in deiner Bluse gefunden habe.«

»In meiner –«

Dann lacht sie. Klar, solche Fingerfertigkeiten gehören zu seinem Job.

»Das war kein Trick«, sagt Vladimir ganz ernst. »Auch wenn es danach aussieht.«

Franziska dreht den Bleistift zwischen den Fingern.

»Oh«, ruft sie aus.

Am Tisch ist es mucksmäuschenstill, alle Augen sind auf sie gerichtet.

»*Für Franziska*«, liest Franziska.

»Und steht noch was drauf?«

Franziska dreht den Bleistift in der Hand, bis sie es entdeckt.

Ich zeig dir was, was du nicht siehst.

Merkwürdig.

»Siehst du: Das ist es, was ich vorhin meinte«, sagt Vladimir. »Dieser Stift wird dir dabei helfen, dein Ziel zu erreichen und den verborgenen Raum hinter den Dingen sichtbar zu machen.«

»Danke … danke«, stammelt Franziska. Sie weiß nicht, was sie sagen soll. Wie soll sie das Paula je erklären? *Weißt du, es war so: Ein Zauberer hat mir einen Stift herbeigezaubert, damit ich beim Malen das sehe, was ich nicht sehe.*

Vielleicht gar nicht erklären. Einfach den Mund halten. Da sein. Atmen. Lächeln. Froh sein über das, was geschieht. Nichts kaputtdenken.

»Ich mag deine Familie«, sagt Franziska.

»Wir mögen dich auch. Am allermeisten: ich.«

Tim streicht Franziska eine Haarsträhne aus dem Gesicht. Sie liegen hinter dem Pferdeanhänger im Stroh. Atemlos. Ineinander verflochten.

Franziska hat sich immer lustig gemacht über die Leute, die vom siebten Himmel gesprochen haben. Von der Glückseligkeit auf Erden. Und nun das. Achter Himmel, wenn es ihn denn gäbe. Das Glück pulsiert in jeder einzelnen Zelle, am liebsten würde sie jetzt aufspringen und allen Geschöpfen auf dieser Erde mitteilen, wie selig sie ist. Sogar ihrer Mutter. *Mama, auch ich habe eine Insel gefunden. Nicht aus Stein. Sondern ein Herz, das in meinem Takt schlägt, Mama.*

Franziska setzt sich auf, schlüpft in ihre Bluse. Er hatte sie ihr förmlich vom Leib gerissen. So etwas kannte sie nur aus dem Film. Jetzt fehlen zwei weiße Perlmuttknöpfe, und sie lacht darüber.

»Deine Mama kocht hervorragend. Aber was noch viel wichtiger ist: Sie hat einen wunderbaren Sohn geboren.«

Das war jetzt gefährlich nahe an der Grenze zum Kitsch, aber was soll man anderes sagen, wenn am Horizont die Sonne hinter den Bergen versinkt und eine signalrote Spur am Himmel hinterlässt und plötzlich alles aus sich heraus zu leuchten scheint.

»Tim –«

»Ja?«

Wie geht das weiter?, will sie fragen. *Mit uns. Wie soll das weitergehen?*

Dann aber fragt sie es nicht. Weil sie die Antwort kennt. Gar nicht. So etwas funktioniert nicht im rasenden Gewimmel der Großstadt mit U-Bahn, Bankautomaten und Verkehrsstau. Punkt. Nutze den Augenblick, und halte nicht Ausschau nach dem nächsten. Das flüstert ihr ein Kobold ins Ohr. Sei nicht gierig. Sei dankbar. Lass es gut sein.

»Das war … wunderschön.« Die Worte zerfallen ihr auf der Zunge. Was für ein Unfug. In den wichtigsten Momenten verlassen uns die Begriffe, und wir greifen ins Leere.

»Das *ist* wunderschön«, sagt Tim und setzt sich auf.

Sie umarmen sich.

Der perfekte Moment, um ein Gedächtnisfoto anzufertigen. Franziska blinzelt zwei Mal, dann noch zwei Mal. Dieser Moment ist festgehalten. Für immer. Auch wenn sie morgen in die Stadt zurückkehrt. Dieser Augenblick wird bleiben.

»Ich will dich«, flüstert Tim.

Ich will dich auch, denkt Franziska. Aber es geht nicht. Unsere beiden Leben sind zwei Planeten mit zwei vollkommen unterschiedlichen Umlaufbahnen. Das kann nicht funktionieren. Und wenn mir das Herz dabei zerbricht.

Als sie sich verabschiedet, »Adieu« haucht, sieht er sie nur an. Sagt kein Wort.

Und erst als Franziska den ganzen Weg zur Berggräfin zurückgelaufen und die Treppen hinaufgesprintet ist, erst als sie sich erschöpft ins Bett fallen lässt und »Du glaubst es nicht, was mir passiert ist, du glaubst es einfach nicht« ruft, weil ihr Herz immer noch überquillt, erst als sie hektisch ihre Kleidung abklopft und ihre Tasche ausleert, erst da wird ihr klar, dass sie Vladimirs Zauberstift verloren hat.

Abschiedswalzer

Simi lädt zu einem Abschiedstrunk. Zur Auswahl gibt's Holunderlikör oder Vogelbeerschnaps, beides hausgemacht. Sogar Fritz hat sich in seinen elegantesten Trainingsanzug mit goldenem Seitenstreifen geworfen, um »meine Mädels«, wie er sie nennt, standesgemäß zu verabschieden.

Feierlich überreicht er jeder ein Foto von einem Baumstamm.

»Mit dem hab ich den Europacup gewonnen.«

»Ist nicht wahr.«

Franziska fixiert die gestickte Bordüre an Simis Dirndl. Nur keinen Blick zu Paula riskieren, sie würden beide sofort losprusten.

Sie nippen vorsichtig am Holunderlikör, der verboten süß schmeckt.

»Jetzt verlasst ihr uns also wieder«, sagt Fritz, der sein Glas in einem einzigen Zug leert. »Hat's wenigstens was gebracht?«

Stille.

»Ja, also. Nein.«

»Ja oder nein?«

»Das mit der Transformation –«, fängt Paula an.

Franziska senkt den Blick. Auf die Transformation pfeift sie, wenn sie im Gegenzug so etwas erlebt wie mit Tim. So etwas Wunderbares. Aber auch Zerbrechliches, in der Zeit

Gefangenes. Was sie erlebt hat, das hat kein Recht auf Dauer. Was sie erlebt hat, ist der berühmte Augenblick, der doch verweilen soll. Und der doch immer vorübergeht. So etwas hat keinen Bestand. Aber vielleicht besteht Glück ohnehin nur aus der Abfolge kleiner Momente, die niemals von Dauer sind. Und ein kleiner Teil des Glücks lässt sich mittels Erinnerung als Einmachhilfe konservieren. Mehr braucht es nicht. Braucht es nicht mehr?

»Ach, vergesst's den Jungbluth und das Seminar-Wischiwaschi«, sagt Fritz. »Wisst ihr, wie das bei uns war?«

Er greift Simi um die Hüfte.

»Liebe auf den ersten Blick?«, fragt Paula.

»Ach, das mit dem ersten Blick, das ist doch Humbug. Das sind nur die Hormone. Das könnt ihr vergessen. Simi, weißt du noch, wie wir uns kennengelernt haben?«

Simi grinst verschämt.

»Net scho wieder …«

»Also das war so. Im ersten Moment hat sie mir ja nicht so gut gefallen, der breite Mund, die hängenden Schultern, und Läuse hat's auch gehabt –«

»Schuft!« Simi boxt ihn auf die Brust. »Na wart nur, das verlangt nach Rache.«

Sie lachen, und sie knuffen sich. Herrlich.

»Eigentlich war's eher umgekehrt. Ich hab ihr nicht so zugesagt. Was ich gar nicht verstehen kann.« Er grinst.

»Und dann?«

»Dann hab ich mich daran erinnert, was meine Oma immer gesagt hat«, nimmt Simi den Faden auf. »Kind, hat sie immer gesagt, bei Männern musst du auf drei Dinge aufpassen: eine Arbeit muss er haben, dreckige Hände und ein offenes Börsel.«

»Dreckige Hände?«

»Das heißt, dass er im Haushalt mithilft und sich für nix zu schade ist.«

»Und das mit dem Börsel?«

»Offenes Börsel bedeutet, dass er großzügig ist und kein Geizhals. Da hab ich mir den Fritz genauer angeschaut. Was hat der für dreckige Hände gehabt! Aber die waren nicht schmutzig vom Arbeiten, sondern vom Baumstammwerfen. Das hab ich natürlich nicht gewusst.«

Alle lachen.

Schroeders Kopf schiebt sich durch die Tür.

»Party?«, fragt er.

»Komm rein!«, ruft Simi. »Für dich gibt's auch ein Gläschen!«

O mein Gott. Mit Schroeder hatten sie jetzt nicht gerechnet.

»Ich habe was zu feiern. Eine neue Firma. Steht schon in den Startlöchern«, sagt er großspurig, als er von Simi ein Gläschen mit Vogelbeerschnaps entgegennimmt. »Damit revolutionieren wir den Markt. Weltweit.«

Er prostet den anderen zu. »Details folgen später.«

»Wo ist denn die Melanie?«, fragt Simi.

»Sie hat es vorgezogen, in die Stadt zurückzufahren«, sagt Schroeder. »Alleine.« Er atmet tief ein, dann leert er das Glas in einem Zug. »Es wäre mir jedenfalls eine Ehre, wenn die beiden Damen bei meinem neuen Projekt mit an Bord wären. Als meine« – er räuspert sich, blickt zur Zimmerdecke, als denke er nach – »als meine persönlichen Assistentinnen.«

Meint er das ernst? Franziska wechselt einen Blick mit Paula. Sie schüttelt kaum merklich den Kopf.

»Lieb gemeint«, sagt Franziska, »aber das wird wahrscheinlich nix.«

»Wir orientieren uns neu«, sagt Paula. »Tut uns leid, Atschi.«

Franziska glaubt, ihren Ohren nicht zu trauen. Der Spitzname, den die Verflossene gebraucht hat. Schroeders Gesichtszüge entgleisen.

»Ist schon in Ordnung«, sagt er und räuspert sich.

»Aber ich hoffe doch wohl«, sagt Franziska, »dass der Rest der Belegschaft übernommen wird?«

»Selbstverständlich. Mein Geschäft steht und fällt mit der Güte meiner Mitarbeiter.«

Franziska atmet auf. Wenigstens müssen Conchita, Frau Muttonen und die anderen nicht um ihre Jobs bangen.

»Dazu kann ich Ihnen … dir – nur gratulieren«, sagt Franziska. Es fällt ihr schwer, dem ehemaligen Chef, den sie so oft verwünscht hat, freundschaftlich zu begegnen.

Und eigentlich kann sie sich auch selbst gratulieren. Paula und sie werden ihren Weg machen, daran gibt es keinen Zweifel. Noch nie war sie sich dessen so sicher. Und wenn sie einmal daran zweifeln sollte, dann wird sie sich an ihren Auftritt im Zirkus *Fantastico* erinnern, an jenen Moment, als sie hoch oben am Seil baumelte. Denn wenn man durch die Ritzen in den Planen schaut, ist immer ein Licht da draußen. Etwas, das einen weiterlotst.

Salto finale

Und dann packen sie oben im Zimmerchen ihre Habseligkeiten. Paula wirft mit wütender Geste die unbenutzten Strümpfe in den Koffer, Franziska legt ihre Kleidung sorgsam zusammen und wird beinahe wehmütig. Und wenn sie bliebe? Untertags im Kurhaus kalte Güsse verabreichen (*Wir lieben die Kälte*), um sechs zur Abendmesse in die Zwergenkirche und abends Tatort schauen, während Kuh Bella auf Nachbars Weide fröhlich muht.

Land light, das wär's. Keine Feldarbeit, kein Schweinefüttern, nur schöne Aussicht und milde Abendluft, gewürzt mit ein wenig Düngerduft.

Franziska schließt den Reißverschluss ihres Rollkoffers. Es kommt ihr so vor, als ob ihnen der Hirsch nicht ohne Genugtuung zusieht. Der ist froh, wenn wir wieder fort sind, denkt sie. Das war sogar für ihn zu viel Theater.

Paula lässt sich auf das Bett plumpsen und stützt den Kopf in die Hände. »Jetzt ist das hier gleich vorbei«, seufzt sie. »Und ich kann ihn trotzdem nicht vergessen.«

Franziska stutzt. Meint sie Jungbluth? Nimmt sie endlich Vernunft an?

»Ich spreche vom Kuss«, sagt sie, als hätte sie Franziskas Gedanken erraten. »Nur vom Kuss. Der war delikat. Einfach nur delikat.«

Ach so.

»Lass dich doch mal auf etwas ein, von dem du nicht von vornherein weißt, wohin es führt«, sagt Franziska.

»Haben wir jetzt die Weisheit mit dem Löffel gefressen?«

»Und wenn ich ausnahmsweise mal recht hätte?«

Und plötzlich durchfährt Franziska so etwas wie ein Geistesblitz. Eine Eingebung. Heiliger Sisyphos, da war doch noch was!

Mollys Prophezeiung. Wie lautete die noch mal?

Paula wird ihren Mann treffen an einem Ort, an dem es warm und kalt zugleich ist. Das kann doch nur Bad Örzen sein: früher ein Thermal-, jetzt ein Kneippkurort. Erste Bedingung abgehakt.

Und was hatte sie über den Mann gesagt? Er hat eine Tätowierung am Oberarm. Genau, das war's. Eine Fledermaus. Der LKW-Fahrer kommt zum Glück nicht in Frage. Der hatte alles außer Fledermäuse.

Franziska versucht sich zu erinnern. Das Kurhaus. Der Garten. Der nackte Oberkörper der Männer. Dennis ist tätowiert, aber Franziska glaubt, sich an eine rosa Meerjungfrau erinnern zu können. Definitiv keine Fledermaus. Und Jungbluth? Sie denkt scharf nach. Komm schon auf Touren, Gedächtnis. Im Schneckentempo schälen sich ein paar Bilder aus der Erinnerung. Da war doch ein Fleck auf seinem Oberarm, gut möglich, dass es sich dabei um eine Tätowierung handelte.

Und dann tut Franziska etwas, das sie noch nie gemacht hat. Sie kniet sich auf den Boden und greift nach Paulas Händen. Paula sieht sie erstaunt an.

»Was ist los? Willst du mich heiraten?«

»Viel besser. Du musst mir was versprechen.«

»Hm.«

»Du erinnerst dich daran, als Molly dir die Karten gelegt hat?«

»Klar.«

»Sie hat den Mann nicht wirklich beschrieben, den du treffen wirst, oder?«

»Sie hat etwas von kalt und warm und einer Tätowierung gefaselt.«

»Du musst mir etwas versprechen, Paula. Wenn ich herausfinde, wer der Mann mit der Fledermaus-Tätowierung ist, wirst du ihn dann treffen? Egal, wer es ist?«

Paula zuckt mit den Schultern. »Von mir aus.«

»Schwör es.«

Paula hebt die Hand. »Ich schwöre es beim Barte des Propheten.«

»Ich meine das ERNST. Also. Schwöre bei etwas, das dir heilig ist.«

Paula überlegt.

»Gut, dann schwöre ich bei unserer Universalfreundschaft.«

Franziska ist zufrieden. Aber sie pokert hoch. Und wenn Jungbluth doch nicht derjenige ist, den Molly vorausgesehen hat? Das wäre dann wohl Pech. Einen Versuch ist es wert. Sie wird Jungbluth einfach anrufen und fragen. Er wird das Rätsel mit einem einzigen Satz lösen: Ja, ich habe so ein Tattoo. Nein, ich habe keins.

Franziska verschwindet hinaus auf den Gang und wählt seine Nummer.

Es läutet zehn Mal. Keiner hebt ab.

Verdammt.

Sie ruft Dennis an. Er klingt verschlafen.

»Jaaa … allo.«

»Du musst mir helfen. Jetzt.«

Stille in der Leitung.

»Hier ist Franziska, Herrgott. Hast du Fotos geschossen, als wir alle im Kurbad waren? Zum Kneippen.«

»Ah ja.«

»Ah ja? Ist das eine Antwort? Hast du Fotos gemacht oder nicht?«

»Du bist nervös, Schnecke.«

»Es ist wichtig, sehr wichtig. Schau mal nach.«

»Was ist los, hast du Sorgen?«

»Große Sorgen. Und die werden noch viel größer, wenn du nicht gleich in dein verdammtes Handy schaust.«

»Gemach, gemach, junge Dame.«

»Schickst du sie mir bitte? Jetzt sofort.«

»Jetzt? Aber ich –«

»Jetzt«, sagt Franziska, keine Widerrede duldend.

Wenig später piepst ihr Posteingang. Die Bilder. Endlich. Begierig öffnet Franziska die Mail. Da! Jungbluth am Beckenrand stehend, das Handtuch über der Schulter. Mist. Handtuch verdeckt Tattoo. Die restlichen Fotos zeigen Robert. Roberts Zehen, Roberts Knie. Robert beim Storchengang. Robert trocknet sich ab. Robert isst einen Apfel. Robert trägt Sonnenmilch auf seinen Bauch auf.

Auf dem allerletzten Bild ist wieder Jungbluth zu sehen. Wie er sich mit Franziska unterhält. Unter dem Sonnenschirm. Nun ist auch das Tattoo gut sichtbar. Franziskas Herz schlägt dumpf gegen ihren Brustkorb. Bitte, bitte, bitte. Mach, dass er es ist. Mach, dass er es ist.

Sie tippt auf seine Schulter, vergrößert den Ausschnitt.

O nein. Keine Fledermaus. Ein doofer Schriftzug.

Glücklich ist, wer vergisst.

Wer bitte beschreibt denn heutzutage noch seinen Körper mit banalen Versen? Bekommt man so was im Knast gestochen? Was für ein mieses Tattoo. Resigniert lässt Franziska das Handy sinken. Alles umsonst gewesen.

Sie öffnet die Tür zum Zimmer Nummer 13.

»Lass uns gehen«, sagt sie zu Paula. Es kommt ihr so vor, als ob der Hirsch zufrieden schnauft.

Die Rollkoffer poltern die Stiegen hinunter.

Schroeder hat es sich in Simis Küche gemütlich gemacht und hält schon wieder ein gut gefülltes Glas in der Hand.

»Noch einen Letzten, meine Damen!«, ruft er, als sie mit den Rollkoffern den Flur entlangrumpeln, dass die Gartenzwerge auf den Regalen zittern.

Paula ist sofort Feuer und Flamme. »Komm, einen noch, sei kein Spielverderber!« Sie zieht Franziska in die Küche.

Simi schenkt ihnen großzügig ein, sie stoßen mit Schroeder an, der nur noch Holundersaft trinkt, wie es sich für einen Autofahrer geziemt.

»Worauf trinken wir?«

»Auf die Liebe«, sagt Simi.

»Auf die Bäume«, sagt Fritz.

»Auf mein neues Projekt«, sagt Schroeder. Und zu Franziska: »Ich bin der Achim.«

»Auf das, was noch kommt«, sagt Franziska.

»Und darauf, dass wir vergessen, was war«, sagt Paula.

Gutes Stichwort! Passt doch perfekt zu Jungbluths Tattoo.

»Glücklich ist, wer vergisst«, sagt Franziska. Gleich mal mit dem neuen Wissen protzen.

Sofort wirft sich Schroeder in Pose wie ein Opernsänger. »Glücklich iiiiist, wer vergiiiiiisst, was nicht mehr zu ändern iiist«, singt er und spuckt ein wenig, so dass sich Franziska in

Sicherheit bringt. Simi fällt mit ein, und dann trällern sie beide ebenso falsch wie laut: »Glücklich iiiist, wer vergiiiiisst, was nicht mehr zu ändern ist!«

»Aus einer Operette«, sagt Schroeder und tupft sich mit einer Serviette die Lippen trocken. Paula und Franziska klatschen mildtätig.

»Lustige Witwe«, sagt Fritz. »Johann Strauss. Das kennt doch jeder.«

»Aber nein«, widerspricht Schroeder entrüstet. »Nicht die Witwe, was redest du denn da? Das ist aus der Fledermaus!«

Bei Franziska dauert es einige Sekunden, bis der Groschen fällt.

Aber dann macht es … *klick!*

Fledermaus? Fledermaus! Molly hat niemals behauptet, dass es sich um das Tier handelt. Heiliger Bimbam! Das bedeutet, dass Jungbluth es doch ist. Sie hat's gewusst. Jubel.

»JAAA!«

Erstaunte Gesichter.

»Ist dir schlecht?«

»Was ist passiert?«

»Es gibt eben noch Damen, die sich freuen, wenn man ihnen einen Arie vorsingt«, konstatiert Schroeder trocken.

Freuen ist gar kein Ausdruck. Euphorisch ist sie. Und zerrt Paula am Arm hinaus auf den Flur.

»Wir müssen sofort fahren. Bevor es zu spät ist!«

»Was? Wieso?«

»Das erklär ich dir später.«

Sie will schon auf die Straße stürzen, als ihr einfällt, dass sie kein Auto haben. Also zurück in die Küche.

»Achim, du musst uns fahren.«

Achim Schroeder sieht nicht so aus, als ob es ihm Freude

machen würde, seinen Hintern hinter der Bank hervor zu hieven.

»Bitte«, bettelt Franziska. »Es ist sehr wichtig. Um nicht zu sagen: lebenswichtig.«

»Na dann.«

Schroeder gelingt es tatsächlich, Simis Küche zu verlassen. Das ist ihm hoch anzurechnen.

Franziska und Paula quetschen sich auf die Rückbank eines mintfarbenen Opel, während Schroeder den Rückspiegel adjustiert.

»Wo soll's hingehen, meine Damen? Zum Bahnhof?«

Franziska wählt noch einmal Jungbluths Nummer. Keiner geht ran. Hilft wohl nur eins. Sie müssen zu seinem Hotel.

Franziska kramt in der Tasche ihrer Jeans. Er hatte ihr doch die Adresse notiert. Hier ist auch schon das Zettelchen. Sie entfaltet es und liest laut vor.

Pension Ischias, Vollwertweg 5.

Was für eine Adresse! Da weiß man wenigstens gleich, was auf den Teller kommt. Schroeder gibt die Adresse in den Bordcomputer ein.

»Aha, ist nicht weit, zwei Minuten von hier«, sagt er.

Wundert ihn das tatsächlich? Bestimmt gibt es keine einzige Adresse in Bad Örzen, die weiter als drei Minuten von der Berggräfin entfernt ist.

Schroeder hat einen Wunderbaum am Spiegel befestigt, der nach einer Mischung aus Klo-Ente und Kräuteraufguss riecht. Entsetzlich.

Der Kofferraum ist bis oben hin mit *Ihr schönster Kalender*-Kalendern angefüllt, die in jeder Kurve aufgeregt rascheln.

»Was tun wir hier?«, jammert Paula. »Wohin fahren wir?« Geradewegs in dein Glück, würde Franziska gerne sagen, wenn es nicht so unsäglich kitschig wäre. Sie versucht, Paula zu beruhigen, und tätschelt ihren Arm. »Du hast gesagt, du vertraust mir. Und du hast mir etwas geschworen, erinnere dich.«

»Ist ja gut«, mault Paula.

»Nach fünfzig Metern rechts abbiegen«, befiehlt eine weibliche Computerstimme.

»Ja, mach ich doch«, murmelt Schroeder. Ein Mann, der die Angewohnheit hat, sich mit seinem Navigationsgerät zu unterhalten. Kein Wunder, dass Melanie das Weite gesucht hat.

»Ihr Ziel ist auf der rechten Seite. Nach zwanzig Metern haben sie Ihr Ziel erreicht.«

»Brav«, lobt Schroeder die Stimme aus dem Navi.

Paula verdreht die Augen.

Sie halten vor einem Haus mit Holzbalkonen und eidottergelber Fassade, und Franziska fragt sich, wie um alles in der Welt man auf die Idee kommt, seine Pension »Ischias« zu nennen.

Und weshalb übernachtet Jungbluth, der gefeierte Seminar-Star, in dieser Bruchbude?

»Du bleibst hier, Paula«, sagt Franziska und stürzt aus dem Wagen.

Im Inneren der Pension ist es dunkel und kalt wie in einer Gruft. Ein eisiges Lüftlein weht von der Gaststube heraus in den Flur. Das Gegenteil von Gemütlichkeit. Franziska hat Gänsehaut an den Armen.

Sie klopft an die offene Stubentür. »Hallo?«

Keine Antwort. Sie tritt ein. Jetzt löst sich aus der Dunkelheit eine Silhouette. Eine dürre Gestalt im gemusterten Hauskleid wankt auf O-Beinen auf sie zu.

»Kein Zimmer frei«, murmelt die Gestalt. »Alles belegt.«

»Ich brauche kein Zimmer«, sagt Franziska. »Ich suche einen Herrn. Camillo Jungbluth. Er hat hier übernachtet. Ich muss ihn dringend sprechen. Es ist sehr wichtig.«

Die Alte schlurft zu einer Rezeption, die seit der letzten Eiszeit nicht renoviert wurde, und kramt umständlich in einem Schüsselchen mit Schlüsseln.

»Das Zimmer drei können'S haben, Fräulein, das ist noch frei«, sagt sie.

»Ich brauch kein Zimmer«, sagt Franziska, deutlich lauter. »Ich will einen Gast sprechen!«

»Fernseher haben wir halt keinen im Zimmer. So was Neumodisches gibt's bei uns nicht«, sagt die Alte.

Franziska spürt, wie ihr Blutdruck in die Höhe gepeitscht wird. Sie muss schon ganz rot sein im Gesicht. Jetzt nur nicht ausflippen.

Plötzlich springt die Tür auf, und eine Frau mit resolutem Kurzhaarschnitt und roter Brille betritt die Gaststube. Franziska atmet auf.

»Was machst denn da schon wieder, Mutter, komm, setz dich, gib eine Ruh.« Sie dirigiert die Alte zu einem Stuhl.

»Wie kann ich helfen?«, fragt die Frau, als sie zurückkehrt. Sie entschuldigt sich umständlich. »Meine Mutter will mithelfen und dreht jedem ein Zimmer an, sogar dem Briefträger. Aber was wollen Sie machen, sie hat die Pension gleich nach dem Krieg übernommen. Da hängt ein ganzes Leben dran.«

Das will Franziska gern glauben, doch im Moment hängt ihre Hoffnung an einer schnellen Auskunft.

»Ach, der Camillo, der ist doch schon weg«, sagt die Frau. »Zum Zug.«

Sie schaut hinüber zur Kuckucksuhr, die gerade fünf Uhr schlägt. Ein ramponierter Vogel kriecht im Schongang aus seinem Häuschen und lässt ein heiseres »Kuuuuk« ertönen, bevor er sich wieder zurückzieht. »Wenn Sie schnell sind, erwischen Sie ihn noch. Der Zug fährt in zehn Minuten.«

Das lässt sich Franziska nicht zwei Mal sagen. Schon ist sie bei der Tür draußen, im Fliegen ruft sie der Frau noch ein »Danke!« zu und stürzt zum Wagen. Tür auf, Tür zu.

»Zum Bahnhof, schnell!«

Schroeder dreht sich um. »Ich bin aber kein Taxi«, sagt er.

»Du bist der Einzige, der uns helfen kann, Atschi«, sagt Franziska, um ihn zu besänftigen. Im Krieg und in der Liebe ist bekanntlich alles erlaubt.

»Was machst du für einen Stress?«, beschwert sich Paula und schnalzt mit der Zunge. »Beruhige dich, unser Zug fährt doch erst in zwei Stunden.«

Zwei gegen eine. Toll.

»Zum Chillen ist im Himmel Zeit«, sagt Franziska. Sie wird sich jetzt nicht den Wind aus den Segeln nehmen lassen.

Schroeder wendet sein Opamobil und fädelt sich zum Monolog der Navi-Stimme (»Fahren Sie dreihundertfünfzig Meter geradeaus«) auf die Bundesstraße ein.

Franziska ergreift Paulas Hand. Sie ist warm und trocken. Franziska schwitzt vor Aufregung.

»Versprich mir, dass du nicht davonläufst«, sagt Franziska.

»Sagst du mir endlich, was du vorhast?«

»Das erfährst du früh genug. Ich habe dir vertraut. Jetzt vertrau du mir.«

Kein freier Parkplatz vor dem Bahnhof, Schroeder hält in zweiter Reihe.

»Raus!« Franziska stößt die Tür auf, nimmt Paula an die Hand, zieht sie mit sich.

Entscheide, sonst wird für dich entschieden. Das hat Jungbluth gesagt. Nichts anderes tut sie jetzt.

Sie schlängeln sich durch Menschentrauben, die sich vor Ticketautomaten und Sandwichbuden zusammenrotten. Woher kommen plötzlich all diese Leute? Sind das Kurgäste? Urlauber? Bad Örzener?

Kein Jungbluth weit und breit.

Rascher Blick auf die Anzeigetafel. In drei Minuten fährt der nächste Intercity von Gleis 1 in Richtung Stadt. Da muss er drin sein.

Franziska zerrt Paula auf den Bahnsteig.

Der Zug liegt auf den Schienen wie ein erschöpfter Wurm.

»Vorsicht auf Gleis eins. Bitte steigen Sie ein«, sagt eine Stimme.

»Und jetzt? Was jetzt?« Paula ist entnervt. »Ich dachte, wir nehmen den nächsten Zug? Warum hast du's plötzlich so eilig?«

»*Ich* nehme den nächsten«, sagt Franziska. »*Du* wirst in diesen Zug einsteigen.«

»Ohne dich? Bist du übergeschnappt?«

Franziska läuft die Waggons ab und späht dabei ins Innere. Herrgott, wo ist er nur? Da. Ein blau-weiß gestreiftes Poloshirt. Typisch Jungbluth. Das muss er sein. Bitte, lieber Zwergengott – mach, dass er es ist. Sonst fress ich einen Besen. Von mir aus auch den Inhalt einer ganzen Besenkammer.

»Rein mit dir«, befiehlt sie Paula. »Marsch. Und frag nicht nach.«

»Aber wi-«

Franziska packt Paula am Arm und schubst sie über die Schwelle in den Zug. »Für unsere Universalfreundschaft. Wir reden später.«

»Wenn das eine Falle ist!«, ruft Paula noch, bevor sich die Türen schließen.

Das ganze Leben ist doch eine Falle, denkt Franziska. Dir wird Sicherheit vorgegaukelt, doch das Netz ist nur eine Attrappe. Du machst einen Plan, und das Leben lacht darüber. Du wünschst dir etwas, und wenn es sich erfüllt, bist du unzufriedener als vorher.

Paula verschwindet im Bauch des Zuges, und da wird Franziska plötzlich mulmig. War das richtig, was sie getan hat? Darf man Schicksalsengel spielen? Sie sieht Paula, wie sie ratlos durch den Gang wandert, dann Jungbluth, der von der anderen Seite auf sie zuläuft. Er hat sie entdeckt, zum Glück! Die beiden reden, gestikulieren. Jungbluth nimmt sie an die Hand, öffnet ein Abteil. Paula verschwindet aus Franziskas Blick. Hat sie sich tatsächlich zu Jungbluth gesetzt? Jungbluths Kopf, ganz nahe am Fenster. Er winkt Franziska verstohlen zu.

Jetzt kann sie gehen.

Sie dreht sich um. Schroeder steht vor ihr, die Hände in den Hosentaschen vergraben.

»Und jetzt?«, fragt er.

»Zurück«, sagt Franziska. »Ich habe noch was zu erledigen.«

Der Wagen wirkt leer ohne Paula.

Alles wirkt leer ohne Paula.

Schroeder nestelt am Radioknopf. Elvis schmettert sein

But I can't help falling in love with you. Schroeder summt mit, und sogar die Lady mit der perfekten Orientierung hält ausnahmsweise den Mund.

Heiliger Sisyphos, lass alles gut werden. Franziska seufzt. Das hat man davon, wenn man auf das Glück der anderen schaut. Man sitzt am Ende alleine da.

Was steht ihrem Glück eigentlich im Weg? Vielleicht ist es sie selbst und nichts anderes?

Franziska fühlt Schroeders Blick im Rückspiegel.

»Traurig?«, fragt er.

Nein, traurig ist sie nicht. Wehmütig vielleicht. Melancholisch. *Ürgendwie emotional*, würde Jungbluth sagen.

Eine perfekte Gelegenheit, um noch ein paar abschließende private Worte mit Schroeder zu wechseln.

»Es geht mich ja nichts an: Aber was ist eigentlich mit deiner Freundin passiert?«

Schroeder sagt lange nichts, und Franziska fragt sich, ob er sie überhaupt gehört hat. Nach einer gefühlten halben Ewigkeit beginnt er zu sprechen. »Es war mein Fehler. Alles mein Fehler. Geh, wenn es dir bei mir nicht gefällt, habe ich zu Melanie gesagt. Das hat sie sich nicht zwei Mal sagen lassen. Ihr war das alles zu viel. Dass ich dauernd in der Firma rumhänge. Und dauernd von Rosa erzähle. Angeblich. Dann geh doch zurück zu ihr, hat sie gesagt. Ich bin kein Rosa-Ersatz. Sie war gekränkt.«

Er schaltet einen Gang zurück, Franziska sieht im Rückspiegel, wie sich seine Stirn in Falten legt. Am Ansatz werden seine Haare grau. Ein silberner Panther, der zu neuen Ufern aufbricht.

»An mein neues Projekt hat sie auch nicht geglaubt. Alles, was du kannst, ist betrügen, hat sie gesagt. Aber darin bist du Spitzenklasse. Was du nicht bedenkst: Du bekommst alles zurück. Irgendwann. Ich fürchte, sie hat recht. Auch wenn ich das als Mann nicht zugeben mag: Rosa hat mich betrogen.« Er seufzt.

»Und du? Du betrügst die Menschen nicht?«

»Natürlich muss man immer ordentlich ins Marketing investieren«, sagt er, ohne auf Franziskas Frage einzugehen. »Egal, was man verkauft. Von alleine geht nichts. Von allein funktionieren nur die Wunder. Aber sag mal einem Wunder, dass es passieren soll.«

Franziska lacht. Dann überlegt sie. Na klar. Warum nicht? Sie sieht zum Fenster hinaus auf die vorbeiziehende Bad Örzener Landschaft.

Wunder, geschehe!, flüstert sie.

Als sie den Ortsrand von Wulst passieren, legt sie ihre Hand auf Schroeders Unterarm. »Bitte lass mich hier raus. Ich muss ein paar Schritte gehen.«

Schroeder steigt sogar aus, um sich ganz offiziell zu verabschieden. Eigentlich ein ganz netter Typ.

Er versucht es noch ein letztes Mal. »Mein neues Projekt ist eine Wucht. Der Megaseller. Garantiert. Ich biete dir eine Top-Position an. Du könntest Teamleiterin werden. Na, wie klingt das?«

Teamleiterin. Früher hätte sie aufgejauchzt und ihm die Hühneraugen geküsst. Früher. Heute ist es anders.

»Danke für alles«, sagt Franziska und streckt ihm die Hand hin. »Ich glaube, ich muss weiter.«

Jetzt und überhaupt.

»Überlegst du es dir noch einmal?«

»Nein«, sagt sie. »Ich habe mich entschieden.«

Er schüttelt ihr die Hand. Einen Augenblick zu lang, so

als wollte er noch etwas sagen. Doch er sagt nichts, öffnet stattdessen den Kofferraum, hebt ihren Trolley auf die Straße.

»Vergiss nicht«, sagt Franziska. »Wir sind die Weltmeister.«

Schroeder setzt ein schiefes Lächeln auf, startet den Motor und braust in einer Staubwolke davon.

»Adieu«, sagt Franziska leise. »Und viel Erfolg.« Das meint sie ehrlich.

Sie blickt dem Wagen nach, bis er hinter dem Hügel verschwunden ist, klein wie ein Matchbox-Auto.

Man muss kämpfen, wenn man etwas wirklich will«, hat Schroeder gesagt.

Das ist der Moment.

Ein besserer wird nicht kommen.

Franziska sieht Tims Gesicht vor sich, die weichen Lippen, seine dunklen Locken, das tiefgründige Lächeln, sie möchte ihm übers Haar streichen und sagen: Alles wird gut.

Franziska sagt es probehalber vor sich hin: »Alles wird gut.«

Sie hat sich gegen Schroeders Angebot entschieden. Nicht aus Vernunftgründen. Das war eine reine Bauchentscheidung. Und wenn sie ihren Bauch nun weiterhin befragte, was würde er sagen? Nach dem letzten Treffen mit Tim war sie sich sicher: Das mit ihm und ihr hat keine Zukunft. Aber was macht sie da so sicher? Und wenn sie es probierte? Was wäre daran falsch?

Franziska zieht ihren Trolley über den Waldweg wie einen bockigen Hund. Die Sonne bricht durch das Geäst und wirft schimmernde Lichtsäulen auf die Erde. Die Natur gibt nie auf. Bringt nach jedem Frost irgendwann wieder neue Blüten hervor. So etwas nennt man Konsequenz.

Und dann fährt ohne Vorwarnung ein Blitz in sie ein. Mit einer Wucht, die ihr beinahe den Atem nimmt. Tim. Sie muss es mit ihm versuchen. Es gibt keine andere Wahrheit.

Alles an ihm wird strahlen, wenn er erfährt, was sie für ihn aufgegeben hat. Für eine Zukunft unter einem gemeinsamen Stern. Er wird von innen heraus leuchten, so als hätte er eine 100-Watt-Birne verschluckt. Um das Rundherum werden sie sich später kümmern.

Und sie wird Paula eine Geschichte liefern, für die sie später im Betreuten Wohnen Prominentenstatus einnehmen wird.

Stimmt es, dass deine größte Liebe der Sohn eines Zirkusdirektors war?

Sie wird sich im Neid und in der Bewunderung der anderen sonnen, die nicht mehr zu bieten haben werden als eine Durchschnittsexistenz mit zwei Fortpflanzungen und einer Thujenhecke vor dem Carport.

Ja, wird Franziska sagen. *Das stimmt.*

Bevor sie vom Herumtingeln erzählen wird, vom improvisierten, aber charmanten Leben im Wohnwagen, von der Zweitfamilie, die sie sofort liebevoll aufgenommen hat wie ein verlorenes Kind.

Und hast du es niemals bereut?

Nein, niemals.

Und was hast du dort gearbeitet?

Hier endet Franziskas Phantasie, denn darüber hat sie sich noch keine Gedanken gemacht. Sie könnte beispielsweise Hilfsdienste übernehmen, Karten abreißen, Getränke verkaufen, Königspudel frisieren. Irgendwas fiele ihr schon ein.

Die Vorfreude steigt, es fühlt sich an wie Fieber. Gleich

wird sie Tim umarmen können. Sie beschleunigt ihre Schritte.

Sie wird ihrer Mutter eine Postkarte schreiben. Ganz ohne ironische Spitze. *Wir sind auf Tournee. Komm uns doch mal besuchen. Vladimir, der Zauberer, ist genau dein Typ. Der holt das Beste aus den Menschen heraus.*

Sie wird ein aufregendes Leben führen und es einrichten, Franziska dennoch zu sehen. Das muss sein. Dafür werden sie Verständnis haben. Sie wird Tim alles erzählen über das Leben, das sie in der Stadt geführt hatte. Sie wird über Mollys Fähigkeiten ebenso berichten wie über Conchis Taille und Frau Muttonens Männergeschmack. Sie wird ihm von ihrer Universalfreundschaft berichten und auch die Männertypologie nicht unterschlagen. Sie wird ehrlich sein.

Und wenn er fragt: *Und was bin ich in eurer Einteilung?*, wird sie antworten: Für dich ist da drin kein Platz. An so jemanden wie dich haben wir nicht gedacht. Du stehst darüber.

Franziska geht an der aufgelassenen Mühle vorüber. Warum sich nicht hier ein Wochenendhäuschen einrichten? Sie sieht es vor sich, wie es strahlen würde mit einem frischen Anstrich und bunten Gartenmöbeln. Eine im Wald verborgene Hobbit-Höhle.

Realistisch bleiben, mahnt sie sich. Jetzt geht die Phantasie mit dir durch. Gleich wird sie da sein, dann kann sie mit Tim alles besprechen.

Zuerst glaubt Franziska, sich im Weg geirrt zu haben. Falsch abgebogen zu sein. Ihr Herz hämmert. Sie sieht sich um. Nein, sie ist schon richtig.

Doch dort, wo das Zelt stand, ist Ödnis.

Umgeknickte Halme. In den weichen Boden gestempelte

Reifenprofile. Nichts sonst. Festgetrampelte Erde dort, wo der rote Teppich lag, der in die Manege führte. Popcorn, verstreut über die Wiese wie exotische Blüten.

So ist das, denkt sie.

Es fühlt sich an, als ob ihr Herz es schon wusste, bevor es die Augen sahen.

So ist das also.

Sie hat die Angelrute ausgeworfen. Ein Fisch ist vorbeigeschwommen, hat vom Köder gekostet und ist weitergeschwommen. Dass er sich festbeißt, kann man nicht erzwingen. Nichts im Leben kannst du erzwingen. Aber packe gefälligst auch die anderen Geschenke aus, die dir das Leben unter den Baum legt, sagt eine Stimme in ihr. Du musst weiter. Wie der Zirkus.

Sie entdeckt den Stuhl, auf dem sie saß, als sie das Zelt zeichnete. Er liegt verkehrt herum im Gras, ganz so wie beim ersten Mal. Sie putzt ihn ab, setzt sich, blickt auf den Platz, auf dem das Zelt stand.

Wenn sie die Augen schließt, kann sie die Melodie der Kapelle hören. Taram taram taramtatam, tschinnnn. Alfredo, der »Gutän Abäääänd« sagt. Sie hört die Pudel bellen und das Pferd wiehern. Da ist Wandas Stimme. *Sehe ich nicht aus wie ein Schlangenmensch, Franziska, sei ehrlich. Noch ein Schnitzel?* Annabelles hohes Lachen. Tims Lächeln. Diese wunderbare, herzliche Familie. Ganz und gar unwirklich kommt es ihr jetzt vor. Als wär's in einer anderen Zeit geschehen. Ach Molly, was sagst du dazu?

Und dann, als sie die Augen öffnet, entdeckt sie vor sich im Gras etwas Schwarzes. Ein Strohhalm? Zuerst stupst sie es mit der Fußspitze an, im nächsten Augenblick aber bückt sie sich schon. Und hält den Bleistift in Händen. Ihren Zauberstift.

Für Franziska.
Ich zeig dir was, was du nicht siehst.

Sie hält ihn fest in der Hand, ganz fest, selbst als sie mit ihrem Trolley über die Wiese zurückstolpert zur asphaltierten Straße und ohne Verschnaufpause den Weg zum Bahnhof zurücklegt, selbst als sie auf ihren Sitz plumpst und der Zug anfährt und die Abendsonne die Bergspitzen in rote Farbe taucht, selbst als Conchita anruft, um sich über den Status der Transformation zu erkundigen. (»Wie? Paula hat wen gefunden? – Was, den Jungbluth? Das darf doch nicht wahr sein. Und du? Was ist mit dir? – Du auch? Ach du heilige Sch… Wie – was meinst du mit *Es ist kein Mann*? Was heißt das – du hast dein Talent gefunden?«)

Im Zug wird sie Porträts der Mitreisenden anfertigen, kleine Skizzen, bemüht, das auf Papier zu bannen, was sie hinter den Gesichtern zu erkennen glaubt. Tims Porträt wird sie in einem Moment, in dem der Zug an einem gleißend gelben Rapsfeld entlangfährt, aus dem Klofenster flattern lassen, und sie wird der Zeichnung nachsehen, wie sie vom Wind über die Felder getragen wird, bis sie sich im Geäst eines Baumes verfängt.

Und wenn Paula sie später, viel später, im Betreuten Wohnen fragen wird, ob sie nicht doch traurig war in diesem Moment, dann wird Franziska rasch das Thema wechseln und den Pfleger bitten, eine alte Folge der *Lindenstraße* einzulegen. Denn alles muss man nun wirklich nicht verraten. Nicht einmal der Universalfreundin.

Hinweis:
Die Geschichte, die Hannelore am Lagerfeuer (Seite 159) erzählt, beruht zu Teilen auf den Lebenserinnerungen der Österreicherin Gitta Rupp, deren leiblicher Vater ein britischer Besatzungssoldat war.

Leseprobe

Ich habe den peinlichsten Job der Welt: In meinem Gesicht prangt eine rosa Schweinsnase, und auf meinem Kopf steckt ein Haarreif mit schlackernden Schweineohren. Jeder, der mich sieht, wird denken, dass ich eine schreckliche Sünde begangen habe, für die ich nun bestraft werde. Oder dass ich einen besonders schlechten Schulabschluss habe. Denn mal ehrlich, wer außer mir muss sich in seinem Job als Glücksschwein verkleiden?

»Zwei Komma vier«, murmele ich, in Gedanken immer noch bei meiner Abi-Note, und knalle die Hecktür des kleinen Lieferwagens zu.

Der ältere Herr, der neben mir auf das imposante Gebäude zugeht, schüttelt den Kopf. »Diese Apartmentnummer gibt es hier meines Wissens nicht. Am besten, Sie fragen den Concierge.«

Mit einem monströsen Blumenstrauß in den Händen schiebe ich mich an dem freundlich lächelnden Herrn vorbei und bedanke mich. Neugierig blicke ich mich um. Ich habe mich schon oft gefragt, wie die Neubauten im Rheinauhafen, die wegen ihrer Form Kranhäuser genannt werden, wohl von innen aussehen. Meine Erwartungen werden nicht enttäuscht: Eine beeindruckende weiße Theke bildet den Mittelpunkt der Lobby, an deren Wänden der Marmor glänzt. Aus allen Ecken wird die Eingangshalle dezent beleuchtet. So dezent, dass dem Mann hinter der Theke ein samtener Schimmer ins Gesicht fällt.

»Schönen guten Tag«, grüße ich möglichst lässig, denn ich will mir nicht anmerken lassen, wie aufgeregt ich bin. »Emma Arend von Daisy Düfte, ich bringe einen Blumenstrauß für Herrn …«, ich ziehe einen zerknitterten Lieferzettel aus der Tasche, »… Dannenberg. Können Sie mir sagen, in welchem Stock er wohnt?«

Der Concierge muss nicht einmal im Computer nachschauen. »Herr Dannenberg bewohnt das Penthouse in der 18. Etage. Ich melde Sie an.« Er greift nach dem Telefon und tippt eine Zahlenkombination ein. Nach wenigen Augenblicken legt er den Hörer wieder auf.

»Tut mir leid. Anscheinend ist er gerade nicht zu sprechen.« Jetzt wirft er doch einen Blick auf seinen Bildschirm. »Möchten Sie warten? Sie können den Strauß aber auch bei mir abgeben.«

Unwillkürlich umklammere ich die Blumen fester.

»Ich muss sie persönlich überbringen«, sage ich. »Zusammen mit einer Nachricht.«

Eigentlich ist es nicht bloß eine Nachricht. Es handelt sich um ein elendes Gedicht! Ein Gedicht, das so peinlich ist, dass sich Heinz Erhardt im Grabe umdrehen würde. Ich habe nur den Anfang gelesen, aber der war schon schlimm genug. Das verrate ich dem Concierge natürlich nicht.

Ungeduldig trete ich von einem Fuß auf den anderen. Der Strauß ist ganz schön schwer. Blumenwasser tropft auf meinen linken Oberschenkel und ich werfe einen hilflosen Blick zu Herrn Winkel. Doch bevor ich ihn noch einmal an mein Anliegen erinnern kann, hebt er beschwichtigend die Hand und greift erneut zum Telefon.

»Hier spricht Winkel von der Rezeption. Eine junge Dame von der Firma Daisy Düfte kommt jetzt zu Ihnen. Sie überbringt einen Blumenstrauß.« Er wartet. »Ich werde es ihr sagen.« Nun wendet er sich an mich. »Es tut mir leid, Herr Dannenberg kann den Strauß nicht persönlich in Empfang nehmen. Er bittet Sie, ihn hier zu hinterlassen.«

»Das darf ich leider nicht.« Ich hebe entschuldigend die Schultern. »Ich muss den Strauß persönlich abgeben und eine Nachricht überbringen.« Dass der Auftraggeber dafür extra einen Bonus gezahlt hat, muss Winkel ja nicht wissen.

Seufzend greift er erneut nach dem Hörer. Mein Gott ist das alles umständlich. Ich überlege schon, ob ich nicht einfach in den Aufzug springen und blitzschnell nach oben düsen soll. Das Problem ist: Ich habe riesige Angst vor Aufzügen. Das liegt nicht etwa an der Enge der Kabinen, sondern daran, dass ich bereits mit sieben alle alten James-Bond-Filme gesehen habe. Die Szene mit dem Aufzug, in der der Boden plötzlich aufklappt und die Insassin in ein Haifischbecken rutscht, hat sich in mein Gedächtnis gebrannt. Seitdem fällt mir Aufzugfahren schwer, auch wenn ich weiß, dass Haie hier eher selten sind. Aber ich weiß auch, dass man sich nie sicher sein kann, welche Fallen sich die Architekten sonst noch haben einfallen lassen. Dieses Haus steht schließlich direkt am Rheinufer.

»Sie können jetzt hinauffahren«, unterbricht Winkel meine Gedanken. »Aber bitte fassen Sie sich kurz, Herr Dannenberg ist sehr beschäftigt, und wir legen großen Wert auf die Privatsphäre der Eigentümer.«

»Aber selbstredend«, antworte ich und merke, dass ich schon genauso gespreizt rede wie er. Färbt das etwa ab?

»Es gibt hier nicht zufällig eine Feuertreppe?«, erkundige ich mich.

Herr Winkel hebt das Kinn. »Das Gebäude verfügt über die neuesten Sicherheitstechniken und selbstverständlich auch über eine Feuertreppe. Doch die Benutzung ist nur im Notfall gestattet.«

»Vielleicht können Sie ausnahmsweise …« Unter seinem strengen Blick fällt mein Widerstand in sich zusammen. »Nicht? Na gut.« Ich seufze. Zögernd betrete ich den vollverglasten Aufzug und beäuge den Boden. Es gibt keine Fugen, die sich in irgendeiner Weise öffnen könnten, und ich entspanne mich. In den Scheiben sehe ich, dass meine Schweinsnase schief sitzt, und rücke sie eilig zurecht. Dann streiche ich meine Haare glatt und bohre mit dem Fingernagel einen Mohnsamen zwischen meinen Schneidezähnen raus, als mein Blick auf das neugierige Auge einer Kamera fällt, die von der Decke herabhängt. Peinlich berührt lasse ich von meinen Zähnen ab und winke. Herr Winkel hat das bestimmt genau gesehen. Vielleicht beobachtet er, ob Gäste des Hauses eine Waffe aus ihrer Tasche ziehen.

Ein leises Pling kündigt an, dass ich mein Ziel erreicht habe, und die Fahrstuhltür schiebt sich geschmeidig auseinander. Noch bevor mein Fuß den Boden berührt, erhellt sich der Flur.

Ich brauche nicht lange, um mich zu orientieren, denn es gibt nur eine einzige Tür am Ende des Flurs, durch die Musik dröhnt. »My Way« von Frank Sinatra. Mit einem nervösen Flattern im Magen drücke ich auf die Klingel.

Nichts passiert. Ich befürchte schon, dass dieser Dannenberg aufgrund der lauten Musik das Klingeln nicht hört, da wird die Tür so ruckartig aufgerissen, dass ich unwillkürlich zurückweiche. Ein dunkelblonder Mann, höchstens Mitte dreißig, erscheint im Türrahmen. Er ist unrasiert und trägt ein verknittertes weißes Hemd, dessen Ärmel er bis zu den Ellbogen aufgekrempelt hat.

»Geben Sie schon die Blumen her, und dann verschwinden Sie«, blafft er mich an. Dann heftet sich sein Blick auf meine Schweinsnase. »Ach du Schande.«

Mit der linken Hand stützt er sich am Türrahmen ab. Mit der rechten umfasst er lässig ein Glas, in dem eine bernsteinfarbene Flüssigkeit schimmert.

»Entschuldigung«, hasple ich verlegen und suche vergeblich nach einem Namensschild über der Türklingel. »Ich wollte eigentlich zu einem Herrn Dannenberg.«

»Herzlichen Glückwunsch«, erwidert er. »Sie haben Ihr Ziel erreicht.«

»Sie sind Herr Dannenberg?« Der ungläubige Tonfall in meiner Stimme ist nicht zu überhören. Ich hätte nie gedacht, dass jemand, der in einem Penthouse im Kranhaus wohnt, so jung sein könnte!

»Warten Sie«, sagt er. »Ich sehe mal kurz in meinem Pass nach.« Aber er rührt sich nicht vom Fleck, sondern trinkt sein Glas in einem Zug leer, während er mich durch halbgeschlossene Lider mustert.

Mein Blick bleibt an seinen sonnengebräunten Unterarmen hängen. »Wenn Sie Herr Dannenberg sind, dann ist dieser Blumenstrauß für Sie«, sage ich. »Ich bin Emma Arend von Daisy Düfte.« Mit Schrecken spüre ich, wie meine Schweinsohren dabei wackeln.

Seine Augen weiten sich. »Können Sie vielleicht die Musik etwas leiser stellen? Ich muss Ihnen auch noch ein Gedicht vorlesen.«

»Ein Gedicht.« Es ist nicht als Frage gemeint. Er hat die Stirn in Falten gelegt und schnipst dann zweimal mit den

Fingern. Die Musik verstummt. »Nun gut«, sagt er ungeduldig.

Ich halte den Blumenstrauß vor mich, setze ein feierliches Gesicht auf und ... erinnere mich, dass ich das Gedicht nicht auswendig kann. Meine hilflosen Bemühungen, mit Blumen im Arm in meiner Hosentasche nach dem Spickzettel zu fingern, quittiert Dannenberg mit einem Seufzen.

»Können Sie mal kurz halten?«, frage ich und reiche ihm den Strauß. Ohne ihn eines Blickes zu würdigen, lässt er ihn hinter sich auf den Boden fallen.

Ich schnappe nach Luft. Weiß er denn nicht, wie teuer Callas in dieser Größe sind? Ganz abgesehen davon: Der Strauß ist wunderschön! Sehr schlicht und geschmackvoll, und – wenn ich es recht bedenke – eigentlich ein Brautstrauß.

»Sie können doch nicht die schönen Blumen einfach so hinwerfen!«, empöre ich mich und dränge mich an ihm vorbei in die Wohnung. Behutsam hebe ich die Blumen auf und richte die abgeknickten Stängel. Danach falte ich mein Notizblatt mit der ausgedruckten E-Mail des Auftraggebers auf.

»Lieber Nils«, beginne ich.

»Was wäre ich denn ohne
einen Freund wie dich?
Ich legte dir mein Herz
ganz offen auf den Tisch.
Ich schenkte dir nicht nur
mein allergrößtes Vertrauen.
Sondern auch meine Tochter,
um deine Zukunft aufzubauen.«

Es ist furchtbar. Wieso schreibt jemand so etwas? Und weshalb hält er sich dann nicht weiter an das Versmaß?

»Doch jetzt in dieser Stunde
da weiß ich, wer du bist.
Wer solche Freunde hat,
braucht … keine Feinde nicht.«

Ach du je. Ich werfe einen schnellen Blick zu Dannenberg, der die Augen halb geschlossen hat und leise atmet. Meine Stimme beginnt zu zittern.

»I… ich wollte dir nur sagen,
einschenken reinen Wein.
Du bist nicht mehr mein Schwiegersohn,
du bist ein … mieses Schwein!«

Vor Schreck rutschen mir fast die Schweinsohren vom Kopf. »Verzeihen Sie«, sage ich tapfer, »ich habe ehrlich gesagt nicht gewusst, was in diesem Gedicht steht. Sonsthätte ich bestimmt nicht … also ich hätte niemals … ganz sicher nicht … diese Verkleidung angezogen«, beende ich mein lächerliches Gestammel und zerre mir die Plastiknase vom Gesicht.

Dannenberg lässt mich, ohne ein Wort zu sagen, stehen. Mir ist das Ganze furchtbar unangenehm. Ich stolpere ihm hinterher und sehe, wie er im Wohnzimmer sein Glas auffüllt. Seufzend lässt er sich auf ein cremefarbenes Sofa nieder. Ich bleibe abrupt mitten im Raum stehen. Nicht nur, weil ich die mit Abstand luxuriöseste und traumhafteste Wohnung aller Zeiten betreten habe. Auch nicht, weil sich mir eine spektakuläre Aussicht auf den Kölner Dom bietet und der loftähnliche Raum durch die bodenlangen Fenster so sehr von Sonnenlicht durchflutet wird, dass ich beinahe erblinde. Und schon gar nicht, weil ein Schnipsen von Dannenberg die Surround-Anlage reaktiviert und Sinatra erneut anfängt, seinen größten Hit zu schmettern. Was mich erschrocken innehalten lässt, sind der riesige Metallhaken, der an der Deckenmitte hängt, und der Stuhl, der darunterstehtund nur darauf wartet, dass jemand hinaufklettert.

Erst jetzt fällt mir auf, wie zerzaust Dannenbergs Haare sind. So, als hätte er sie sorgenvoll durchwühlt. Sein weißes Hemd ist halb aufgeknöpft und sein blauer Schlips baumelt merkwürdig verdreht um seinen nackten Hals. Auf dem Tisch liegen ein Stapel zerrissener Fotos und die Überreste mehrerer Kreditkarten, die in Stücke geschnitten worden sind. Aus den Boxen dröhnt: »And now the end is near …«

Fehlt nur noch ein Umschlag mit der Aufschrift »Mein letzter Wille«. Unwillkürlich suche ich den Tisch danach ab, doch Dannenberg fängt meinen Blick auf und fegt im selben Moment alles mit einem Wisch beiseite.

Mein Mund öffnet sich wie von selbst. »Sie … Sie wollen sich doch nicht etwa umbringen?«, quetsche ich heraus.